我花了很長時間才終於明白一件事：
對自己不誠實的人，是不會得到幸福的。

灰姑娘掉落的甜點

My Sweet Girl

裴宥——著

第一話　王子浪子

他怎麼又遲到了，這可是開學第一天的晨練啊……

「六點半了，現在開始點名。」

S大下學期的開學日，射箭校隊助理教練巫玟盈將長直髮整齊束成馬尾，在上身淺藍、下身深藍的隊服外面罩了件白色羽絨衣，此時站在校隊辦公室門口，手拿點名板開始唱名。

「鍾致中。」她先從最年長的碩一隊員點起。

「有。」綽號中中的鍾致中，身材高大，戴副眼鏡，雖是運動員，卻有股書卷氣。

大四本來有男女各一名隊員，上學期先後因為要考研究所跟高普考退隊，接下來輪到大三隊員。

「莊鳴佐。」

「有……」綽號阿左、蒼白瘦弱的莊鳴佐幽幽舉起手。

「方敏儒。」她點了大三唯一的女隊員。

「有。」將捲髮綁起、畫淡妝的方敏儒，看來仍睡眼惺忪。

大二有男女各一名隊員，女隊員孫羽翎選上奧運代表隊，正在國訓中心集訓，只剩下男生一名。

「夏斯廷。」

「有。」長相跟名字一樣斯文的夏斯廷微微點頭。

大一隊員只有女生一名。

「許誼。」

「有。」綁丸子頭，戴膠框眼鏡的許誼，看來精神奕奕。

校隊隊員人數不多，在場的人都點完名了。

「助教，妳還有一個人沒點到。」最資深的鍾致中盡責地提醒她。「我們的隊長，蘇祐凡同學。」

「阿左，」她終於忍不住嘆氣，刻意為他爭取了時間還是趕不上，非得讓她開學第一天就祭出隊規不可嗎？「你室友呢？」

「我叫過小右……他說他會起來……」阿左講話總是斷斷續續的。「但最後他還是起不來……」

「算了，那就由中中帶隊，直接開始吧。」她拿起手上碼表。「老規矩，三十分鐘內跑環校一圈，計時開始。」

她按下碼表，五名隊員便由鍾致中領頭，排成縱隊跑向一旁的校園小徑。

目送隊員們身影消失後，巫玟盈踏進校隊辦公室，在記錄本月出缺勤的大白板上，朝「蘇祐凡」那格下方打叉。

隊長都當半年了，還是沒定性嗎？

巫玟盈心中頗感挫折。

她三年前回母校S大當助理教練，正好跟今年大三這屆同年入隊，對於自己作為助教的第一屆學生，她有種特別的感情。

他們見證了她從手忙腳亂的菜鳥小助教，到現在能獨當一面執行大學部與中學部射箭隊選手的訓練計畫，而她也見證了他們的成長與改變——

敏儒從清純的青少女，變成熱衷打扮的女大生，也漸漸將生活重心由校隊訓練轉移到課業與校外實習上。

阿左從大一時，只敢跟國中同校的小右說話，到現在能勇敢在隊友前開口，雖然還是中氣不足，但已是驚人進步。

至於小右，也就是蘇祐凡同學……

唉，一言難盡。

簡單說，「蘇祐凡」三個字，對她而言，一直都是「本性不壞，卻很棘手」的同義詞。

入隊前兩年，他做盡了讓她搖頭的事——髮色越染越搶眼、耳洞越穿越多個，大一時，一學期換一個女友、大二上湊熱鬧似的加入追隊花學妹的行列、大二下又短暫交了個外校女友，把心思全放在這些事上。

S大射箭隊領軍的任霆總教練作風自由，隊風也走自由路線，以上行為都不違反隊規，她想管也管不著，只能暗自頭痛。每次帶隊出賽時，跟其他隊規矩乖巧的選手一比，她都不免會被資歷比她深的教練們念上幾句。

如果他認真練習，隊規管不著的行為也就罷了，可他偏偏連唯一明文規定的隊規都不好好遵守——原本大學部射箭校隊只有「必須出席規定的練習時間」這一條理所當然的規定，大一時的小右，練習時間時常為了陪女友而遲到早退，偶而甚至直接翹練習，她好聲好氣地「提醒」他多次也不見改善，她這個菜鳥助教只好找任總教練求救。任總教練便決定，為了不影響隊上練習氣氛，遲到早退及缺席必須有明確罰則。小右升上大二時，每遲到或早退一分鐘罰打掃隊辦十分鐘或罰十元、翹一次晨跑或練習罰掃一個月隊辦的「小右條款」正式上路。

條款出現後，隊辦打掃人力沒有變多，但隊上的公基金不斷增加——大多都是蘇祐凡同學的貢獻。她想著不能只祭出鞭子而沒有鼓勵出席的糖果，想起小右似乎抱怨過學校附近沒有好喝的奶茶，便開始每天早上煮奶茶給晨練的隊員們，希望能增加他早起晨練的動力。

不知道究竟是嚴刑峻法起了作用，還是奶茶作戰奏效，小右不再翹練習，遲到早退的行為也開始收斂，從每天被罰，逐漸進步成每週被罰個幾次，到他大二結束時，甚至創下一個月都沒被罰的紀錄。

於是，在另外兩個同屆的隊員都無意接任隊長的狀況下，「改過向善」的小右，在大三這年成為S大射箭隊的隊長。

成為隊長後，小右整個大三上學期都沒被罰，她還欣慰地想，這孩子當上隊長後終於長出責任感了……沒想到，下學期一開學就破功。

光想到過去為了將他「導回正途」所做的所有努力可能又要重來一遍，巫玟盈覺得心好累。

她走到茶水區的冰箱，拿出她藏在選手們的運動飲料和牛奶後方，用報紙層層包好的保鮮盒，從裡面取出一塊她趁四下無人時，在隊辦自製的巴斯克乳酪蛋糕裝盤，再到冰箱旁的長桌裝一大杯已成為隊員們晨跑完必喝的助教牌奶茶，趁學生們還沒回來，進行對她總是很有效的甜食療法。

巫玟盈，振作，妳今天有很多事要做呢。

嗑掉一塊濃郁起司味中帶點焦香味的巴斯克乳酪蛋糕、灌了整杯暖心暖身的熱奶茶，心情終於恢復平靜的巫玟盈抬頭看向白板上方的大時鐘。

六點四十。

再過十五分鐘，晨跑的學生們會陸續回來，先把本週中學部跟大學部的訓練計畫印出來，然後利用剩下的空檔做點自己的事吧。

走到校隊辦公室一角她專屬的辦公桌，巫玟盈打開桌上貼有S大財產貼紙的公務筆電，從e-mail中找出任總教練寄來的訓練計畫檔案，迅速過目後，按下列印鍵。

雖然她的職稱是助理教練，她主要的工作內容，卻更像是執行教練，也就是負責執行總教練擬定的訓練計畫——她必須同時負責執行S大大學部以及包含國、高中兩部的S大附中三批年齡與需求不同的選手訓練，每天生活忙碌而充實。

她到一旁的印表機拿回列印出來的訓練計畫，分別收到國中部、高中部、大學部的檔案夾後，關上公務筆電，從包包中拿出自己的筆電。

一開機，便跳出新郵件通知。

寄件人是宋承浩，她交往五年的初戀男友。

她立刻點開郵件。

「玟盈：我今天回系上演講的投影片，妳幫我編輯得怎麼樣了？我需要在中午演講前再過目一次，麻煩妳看到e—mail，盡快將檔案寄回給我。愛妳，中午見。」

大她三歲的宋承浩與她一樣是S大運動與休閒學系系友。在外創業有成的他這學期被邀請回系上開課，選課人數卻還沒達到開課門檻，今天主講的這場全系強制參加的傑出系友講座若表現精彩，應該能吸引更多學生來選課。

昨晚收到男友請她幫忙製作投影片的請求，巫玟盈熬夜將投影片大致完成，就差最後再從頭到尾校對一遍就能放心寄出了。

還剩十分鐘，她估計自己能在這段空檔完成。

她點擊桌面上的投影片檔案，畫面卻停在應用程式的起始畫面久久不動。

「拜託，小銀，不要現在鬧脾氣啊！」

她心急喚著五年前買的銀色筆電小名，瘋狂按著滑鼠，畫面上的游標卻紋絲不動，長按最後手段的電源鍵打算重開機也毫無反應，筆電的風扇一個勁地越轉越大聲。

怎麼辦？投影片她忘了備份，只存在這臺筆電裡，電腦當機，今天承浩的演講就要開天窗了！

在她驚慌失措之際，隊辦大門被推開——

「助教，我幫妳把早餐拿進來了，這樣可不可以抵一點罰款？」

巫玟盈聞聲抬頭，見染著銀色短髮的高䠷男子逆光站在門口，雙耳上的純銀耳飾和淡色髮絲在晨光映照下特別炫目。

遲到了整整二十分鐘還那麼高調……

態度和打扮同樣高調的蘇祐凡同學，提著全隊的外送早餐，在她傻眼的注視下笑著走進門。

❄

當蘇祐凡推開隊辦大門，立刻看到坐在室內右邊最深處的辦公桌前，表情急得像快哭出來的玟盈助教。

助教都當到第三年了，她一慌，還是會不小心顯現愛哭的弱點。

這可不行啊，姊姊，妳的助教面具掉了喔？

有男友的人，還在別的男人面前流露脆弱表情……

很危險的。

他勾起笑，故意開口引她注目：「助教，我幫妳把早餐拿進來了，這樣可不可以抵一點罰款？」

他走進門，將早餐放到隊辦茶水區的長桌上，深吸一口桌上大鍋奶茶傳來的暖心甜香後，笑意加深。

他悠然走到她桌前站定，半開玩笑地喊價：「一百塊。」

「什——」她愣一下，才反應過來。「不行。你遲到二十分鐘，就是罰兩百塊。」

不錯嘛，很快就把助教面具撿回來戴了。

「誰說我不交罰金了？身為隊長當然要以身作則。」他從皮夾抽出兩張紅色紙鈔遞給她。

「我也不想罰你，下次別再遲到了好不好？」接過紙鈔後，她又恢復成愁眉苦臉。

唉，姊姊，妳怎麼這麼快又掉面具了？

他嘻皮笑臉地伸手捏住其中一張百鈔，引來她不解的目光。

「我是說，我幫妳修電腦，一百塊。」

她用力抽過紙鈔，沒好氣道：「不、不用了，謝謝。」

見她終於不再擺出一張哭臉，蘇祐凡鬆口氣，決定給她一點發自內心的忠告。

「小銀看起來又老人痴呆了啊，」他欠揍地笑著搖頭。「助教，就跟妳說，東西不行了就要換，念舊只會害了妳——」

他剩下的話，被鍾致中沉穩的報備聲打斷：「助教，我們回來了。」

蘇祐凡抬頭看一眼時鐘，六點五十五。

可惡，中中學長真的跟時鐘一樣準。每次都二十五分鐘跑完環校，就不能給他多點時間，讓他搞清楚筆電不是第一次罷工的助教到底在慌什麼？

「喔，好，那來吃早餐吧。」他看著天生勞碌命的助教姊姊從座位起身，跑到茶水區，將早餐照著白板上的點餐註記一一拿給在場的人。

「助教，大家都是有眼睛有手的成年人，妳不用像幼稚園老師一樣，連早餐都幫我們發。」隨手替她關上看來過熱的筆電，蘇祐凡邊走向茶水區邊忠告著。

這個姊姊真的很愛累死自己，攬一堆事到身上，明明也沒人要她這麼鞠躬盡瘁。

「這是我的工作。」她拿起雞腿堡塞到他手上。「快吃吧，等一下要練習了。」

而且，還說不聽。

蘇祐凡翻個白眼，走到大鍋裝著的奶茶前，拿起馬克杯為自己盛了一大杯奶茶。當濃濃茶香、奶香與恰到好處的甜度滑進喉間，「好心被雷親」的無奈立刻得到撫慰。

唉，她的固執程度，大概跟她煮的奶茶好喝度成正比吧？

好吧，他承認自己也是雙重標準。因為她煮的奶茶太好喝，明明這也是她沒必要做的事，他卻每天喝得很開心，沒阻止她總是提早來準備。

「在你想關心別人的時候，先遲到再嗆人不是個好方法。」一旁經過的中中學長誠心地建議。「你也不是第一天認識助教，她吃軟不吃硬的。」

「哼，誰關心那個射箭隊小媽媽了？」他又喝一口奶茶。可惡，好喝到他根本上癮了，沒喝到這杯奶茶，他整天都會覺得少了什麼。「只是她總是瞎忙，我替她覺得累。」

蘇祐凡看著她忙進忙出為早上七點集合的中學部校隊學弟妹點名、一人分一杯熱奶茶，幾個學弟妹一臉嫌棄的樣子，有種衝動想出去教訓不知感恩的小鬼。但想到這跟自己的叛逆痞子學長人設不符，還是作罷，移動到休息區的沙發坐下，悶頭開始進攻雞腿堡。

叫她射箭隊小媽媽其實不是貶義。她照顧選手細心到近乎囉唆，為了他隨口一句「學校附近都沒有好喝的奶茶」就開始每天煮奶茶，集訓時，甚至開放大家點餐，從咖哩到滷肉飯、牛肉麵都難不倒她，盡心的程度，只有媽媽比得上。

在身兼運休系系主任的任霆總教練只能在一週三次的團練時間來指導的狀況下，射箭隊還能有這種像家一樣的溫馨感與凝聚力，全要歸功於她對選手無微不至的照顧與關心。

不過，這種無微不至，遇上不懂珍惜的傢伙，很容易被當作驢肝肺。

比如之前的他。

大一時，剛從壓抑的高中校隊生活中解脫的他如脫韁野馬，將生活重心全放在戀愛與打扮上，覺得她一天到晚「忠告」他不要這樣、不要那樣，住海邊、管太寬、太囉唆了。

大二開始他逐漸把生活重心放回校隊，才慢慢體會她的好——像他這種難管教的選手，很多教練會選擇冷凍或放棄，但她從來沒有，即使她並不認同他的某些行為。

不管他看來多不可救藥，她總努力想將他拉回來，每次都苦口婆心地勸他「下次別再這樣了好不好」，無條件相信他一定會改進。

他漸漸地不再遲到早退，不想讓這個一直願意相信自己的人失望。

雖然今天破功了，但這並非他本意。

他想跟她說聲抱歉，但好好說話總讓他渾身不自在，還是算了。

他看著她完成中學部隊員的點名回到隊辦，視線卻忽然被一張蒼白的臉給填滿。

「小右……你印堂發黑欸，這表示你今天運勢低落，要小心……」是從國中開始就跟他一直同隊的阿左。「不過，天道酬勤，有時危機就是轉——」

「靠，我是之前寒訓晒黑了好嗎？」他推開近到讓他感到一股寒意的白臉。「那你晒一樣多太陽，還白得像鬼，是走什麼運勢？」

阿左多年如一日中氣不足的說話方式他早就懶得吐槽了，只是熱衷命相星座，常不請自來預言他運勢這點，不管過了多少年，他還是覺得很欠嗆。

「算命師父說我要多晒太陽，補充先天不足的陽氣……」阿左自顧自地第一百零一次解釋。「所以我爸媽才讓我練射箭練這麼多年……」

「小右，是你把我筆電關上的嗎？」玟盈助教的尖叫聲傳來。

「小銀就過熱啊，關起來休息一下應該就好了吧？」

他吃下最後一口雞腿堡，配上最後一口助教牌奶茶，滿足得幾乎歎息。

「現在小銀開不了機了……」

真是的，她看起來又快哭了。

蘇祐凡立刻起身去查看狀況。

「連插上電源都沒用，可能是妳的電池壽終正寢了。」他檢查完，下了結論。「小銀跑得跟老奶奶一樣慢，是換一臺的時候了。妳先用學校電腦撐一下，過幾天，我叫我資工系室友幫妳推薦一臺新的。」安慰還兼友情介紹，他人是不是超好？

「……」

怎麼還是那個想哭又為了形象死命忍住的表情？

「怎麼了？」

「我有很重要的檔案在裡面……今天中午一定要用。」她一開口就帶鼻音。

「妳沒備份?」話一出口他就後悔,因為助教眼圈更紅了。

此時,山頂S大附中早上七點十分的鈴敲響。這個鈴響,也被在山腰射箭場的他們當成晨練熱身操的集合鈴。

「好啦,助教妳先不要慌。」沒看她這麼慌過,是什麼重要的檔案?「等一下我資工系室友起床,我叫他過來看看,等我們晨練完他應該就醒了。」

安撫完六神無主的助教,以隊長身分走向室外集合眾人熱身時,蘇祐凡忍不住摸摸眉間那塊據說是印堂的地方。

雖然他不怎麼相信運勢,但開學第一天晨練遲到、又衰小弄壞助教筆電,這真不是打開一個新學期的好方式。

他沒料到的是,這還只是這漫長一日的開端而已。

❄

「承浩,對不起,早上電腦當機,一個小時前才救活,投影片寄得晚了……」S大運休系大講堂後臺休息室,巫玟盈一臉愧疚地看著男友。

「玟盈,沒關係,我已經很快看過一遍了。」高大挺拔、五官疏朗的宋承浩沉穩一笑。「最近我健身中心真的太忙,妳願意幫忙,我已經很感謝了。」

巫玟盈整個早上焦慮的情緒，被男友溫和的話語給撫平。

「那個，我把投影片印出來一份，給你演講時放在手邊參考。」運休系系祕美理姐已來請人上臺，巫玟盈連忙將預備好的紙本遞給男友。

「謝謝。」宋承浩獎勵似的摸摸她的頭，「對了，妳下午有空嗎？演講完，我們一起去喝杯咖啡吧。」

喝咖啡？好呀，他們很久沒約會了……

「我下午一點到三點有空檔。」她乖乖答道，唇角因男友久違的邀約揚起欣喜弧度。

「那好，時間很充裕。」他滿意地點頭，「妳快入座吧，演講完見。」

當巫玟盈由正門進入聽眾席時，運休系系主任、也是射箭隊總教練的任霆正在做開場引言：「各位同學，今天的傑出系友講座，邀請到SwiftFit健身中心的創辦人，也是以前S大籃球校隊王牌控衛的宋承浩，來為大家分享他由運動員到創業家的心路歷程。」

熱烈的掌聲響起，巫玟盈在最後一排選了個不引人注目的位子坐下。

「各位學弟妹大家好，我是宋承浩，今天很榮幸被邀請回來系上演講……」宋承浩站到講臺前，開始侃侃而談。

承浩還是那麼厲害，一小時前才拿到投影片，臺風卻自信穩健。

巫玟盈佩服地看著男友在臺上口若懸河的樣子。

宋承浩與大眾刻板印象中肌肉棒子型的運動員不同，外貌斯文俊朗、談吐沉穩有物，從巫玟盈還是只能遠遠望著他的小學妹時，就一直崇拜宋承浩彷彿萬事都在掌握中的自信。

直到大四上學期修系上必修時，她才真正認識了人稱運休系王子的宋承浩，當時碩二的他，正好是那門課的助教。原本很冷門的系必修，因為男神助教的出現，擠滿慕名而來的外系女學生。

至今巫玟盈仍想不透，不缺對象能選的宋承浩，怎會跑來追求當時只敢默默遠觀，既沒有費心打扮、也沒有在課後纏著助教問問題，平凡又低調的她？

「因為妳特別乖巧單純，我才會注意到妳。」當時的宋承浩笑著說。「而且，我們都是體保生出身，容易互相理解，可以避免很多無謂的摩擦。」

巫玟盈至今也不明白他的意思。男友身邊的女孩，明明都是跟她完全相反的類型——

比如，他的前女友莫芸。莫芸大她一屆，當年是S大無人不知的企管系書卷獎才女兼系花，因為擔任籃球校隊經理而與宋承浩相識相戀，當時是人人稱羨的金童玉女，後來因為莫芸堅持出國念書導致兩人分手。

又比如，跟他交情很好的籃球隊下任經理呂舒舒。呂舒舒與她同屆，是莫芸企管系的學妹，號稱企管系小系花。雖然學業成績不像學姊莫芸亮眼，但漂亮大方，接續莫芸擔任籃球隊經理後，跟當時的王牌球員宋承浩一直保持好友關係。宋承浩跟莫芸分手後，還曾有不少人認為他會跟呂舒舒交往。

結果，宋承浩跌破眾人眼鏡地選擇了名不見經傳的她——宋承浩與莫芸分手後半年，也就是巫玟盈認識宋承浩的那學期期末，宋承浩突然問她願不願意跟他以結婚為前提交往。

帥氣優秀的男神學長，居然相中她這個外貌、射箭與課業表現很平凡的灰姑娘，巫玟盈受寵若驚。雖然曾擔心兩人是否不相配，感情經驗到大四仍掛零的她，在宋承浩的積極追求下，很快就陷進去了。

交往後，雖然相處方式全由宋承浩主導，而且他們幾乎沒有經過熱戀期就進入了平淡如水的老夫老妻模式，卻真如宋承浩預言，因為求學背景相似，她能體諒他為了創業而沒太多時間陪她、他也能接受她身為助教時常連週末都要帶隊訓練或出賽。聚少離多的兩人，見面頻率雖不如一般情侶頻繁，卻穩定無波地交往五年，連一次架都沒吵過。

父母對一表人才、事業有成的宋承浩很滿意，常說她遇上這麼理想的對象真是好運氣，總催著他們趕快結婚。

被父母一直在耳邊念著，巫玟盈也覺得自己似乎真的很幸運。若能跟這樣人人稱羨的對象結婚，應該就能將幸運變成幸福吧。

剛交往時，她常幻想著當宋承浩的新娘的畫面，好像那是她由灰姑娘化身公主的最後認證，但天真夢幻的少女情懷，在她開始助教工作後漸漸消失了。

並不是她變得不想結婚，只是，她不再需要藉另外一半的優秀來肯定自己的價值。

助理教練的工作雖然只是個小螺絲釘，但也不是人人都能扮演好這個角色。年輕選手們像一株株幼苗，需要長時間的細心照顧，而她很擅長照顧人。

她的頂頭上司任總教練給她很大空間，只要她能帶好選手，她所提出的要求都會被接受。像是茶水區的冰箱跟烹調器具，是她上任後建議添購的，她工作之餘用隊辦的廚具自娛地做些烘焙，也完全不被干涉。雖然一口氣帶三個年齡層的選手難免辛苦，每次比賽前後她的工時會變得很長，但這份工作上司開明、環境單純、隊員間感情融洽、她又能保有發展個人興趣的空間，對她而言是接近理想的工作環境，即使結婚，她也希望能繼續做下去。

剛交往時，宋承浩曾提過希望能在他三十歲那年結婚。當時才二十二歲的她，覺得那一天好遙遠，想著如果男友願意跟她交往到那時，就結婚吧。

不知不覺，時限即將在明年到來。

自宋承浩四年前創業、而她三年前接任射箭隊助教後，兩人日子越過越忙，一個月最多見上兩、三次，很久沒討論過結婚的話題。

上次提到結婚，是她回S大當助教之前的事——大學畢業後，修畢教育學程的她，父親建議要早點卡位教職缺額，她便沒繼續念碩士，先去國小實習與代課兩年。因為菜、個性不懂拒絕，她時常被其他老師使喚，十足折磨。當時，她曾一度想以結婚逃避工作上的不如意，問了男友可否早些結婚、婚後她去他的健身中心上班，當時他以事業還不夠穩定婉拒。不久，S大射箭隊開了助教缺，她找到適合的職場、而他事業蒸蒸日上，開始忙著拓展分店，就沒人再提起婚事。

不過，以她對男友的了解，做事一向很有計畫的他，這一年之內，一定會把結婚這事排進時間表。

在承浩提起結婚話題前，她好像應該先跟他說，她早已沒有去他的健身中心工作的想法，想好好繼續現在的助教工作。

下定決心的巫玟盈，看著男友像當年一樣，魅力橫掃全場女性，忍不住露出苦笑。

「承浩還是一樣是萬人迷呢。」留著俐落短髮，長年擔任運休系系祕的美理姐，捧著剛送到會場、要獻給講者的花坐到她身旁。「倒是妳長大不少，不再是當年不知所措的小女孩了。」

美理姐一定是想起當年他們剛交往時她的慘況了吧？

那時不管走到哪裡都會因為「宋承浩的新女友」身分被指指點點的她，有次在廁所聽到一群學妹正在八卦她，躲了好久才敢出來，出來時正好遇到美理姐，溫柔的美理姐安慰她，談戀愛是兩個人的事，要她不要在意酸葡萄的流言蜚語。

巫玟盈看向五年後眼角又多了些紋路的美理姐，忽然想起當時美理姐饒富深意的下一句話：「不過，結婚就是兩家人的事了。乖巧的妳應該很有長輩緣，只是到了要成為一家人的時候，記得別太委屈自己。」

結婚啊……承浩是講理的人，應該不會到需要她委屈自己的程度吧？

「玟盈，怎麼看著我這個歐巴桑發呆？」美理姐的聲音將她拉回現實。「妳也真是少根筋，這種場合應該穿上妳最漂亮的衣服啊，怎麼還穿著運動服？」

「今天主講人是承浩，不是我啊……」她一早就要盯訓練，穿運動服是理所當然。

「沒關係，趕快整理好儀容，等一下妳上去獻花。」

「咦？不不不，怎麼輪得到我一個助教獻花……」生性低調的她立刻慌忙婉拒。

美理姐卻不由分說將花束塞到她懷中，香水百合濃烈的香味襲來，讓她好想打噴嚏。

「今天這個場合，當然是妳上臺，我會在臺下幫你們多拍幾張照的。」美理姐對她眨眨眼，丟下她往前排移動。

獻花給講者一向是美理姐的工作啊……怎麼忽然丟給她了？

她還沒有心理準備在學生面前公開跟承浩的戀人關係啊。

巫玟盈束手無策地看著懷中散發濃豔香氣的花束。

「哈啾！」她被香氣刺激得打了個噴嚏，連忙將花束放在左手邊的空位上。

倒數第三張投影片……承浩的演講快結束了。

「助教，這位就是傳說中的男朋友？」演講快結束才從側門溜進來，坐到她右手邊的蘇祐凡問道。

巫玟盈被小右的突然接近與犀利猜測嚇了好大一跳。

空位那麼多，小右幹麼突然跑到她旁邊坐？而且也太精明了，不過幫她救了演講的投影片時應該就猜到了……

不願在全系齊聚的講堂內公開私人感情事，她沒回答，若無其事地轉頭——見小右已換掉晨練時的運動服，穿著軍綠飛行外套搭白帽T和黑色丹寧破褲，一身街頭時尚地登場。

「你、你怎麼現在才來？」她決定換話題。

「拜託，是因為誰我才遲到的？」蘇祐凡也不追問，只是沒好氣地白她一眼。「妳以為我跟室友跑了多遠，才找到有零件修好妳那臺古董筆電的店家？」

噢，原來他是來報告維修進度的。

她一收到小右寄來的檔案，迅速校對一遍就轉寄給男友，之後她忙著幫下次的全國賽預訂民宿，都還沒問他們拿筆電到校外修得怎麼樣了。

「那個……謝謝。」這次小右真的幫了她這個3C白痴大忙，她該道謝的。「維修費多少再跟我說。」

「哼，是不是要請我吃飯？不然這場演講就泡湯了。」他還是語氣不善。

「好、好啦。」發現已經進行到最後一張投影片，巫玟盈心不在焉地應承，連忙捧起花束，跨過小右的長腿，從側邊走道快步往講臺移動。

只要她獻完花趕快下臺，他們的關係應該就不會曝光吧？

在臺下等著宋承浩做完最後激勵學弟妹的結語，巫玟盈說服著自己。

「剛剛提醒妳要整理儀容，怎麼一點也沒變啊？」美理姐笑著走過來替她撥好瀏海、理正衣領，拍拍她肩膀。「好了，上去吧。」

「感謝宋承浩學長的分享。學長這學期有開系選修『運動創業與經營實務』歡迎大家踴躍選課，現在請也是系友兼射箭隊助教的巫玟盈學姊獻花給宋承浩學長。」

呃，擔任司儀的學弟為什麼要提她的名字？

巫玟盈掩不住疑惑地走向講臺，將花束遞給剛放下麥克風的男友。

宋承浩卻不接過，只是看著她，笑得溫柔。

「承浩？」為什麼他不把花接過去？她好想趕快下臺離開這尷尬場合啊……

「各位學弟妹，」宋承浩再次拿起麥克風，看著她，發話對象卻是臺下的人。「我想利用這個難得的機會，做一件很重要的事，請大家當我的見證人。」

反應比較快的人，已經在臺下此起彼落地鼓譟起來。

承浩這是要……

接下來的事，巫玟盈事後回想起來，仍覺得驚嚇大於喜悅——

宋承浩從西裝口袋中掏出一個藍綠色名牌戒指盒打開，亮閃閃的六爪鑽戒折射出炫目得令她全無實感的七彩虹光。

「五年前，我對她說過，」他繼續說道，「等我三十歲時，除了事業，也想擁有一個幸福的家庭。我們以此為目標，以結婚為前提交往吧。」

等、等等！這些話不能私下對她說嗎？

終於確定男友企圖的巫玟盈，因為眾人的注視與鼓譟，緊張得全身僵硬。

好多人盯著，讓她好不自在……

「玟盈，妳願意嫁給我嗎？」

當男友單膝下跪、說出經典求婚臺詞時，巫玟盈腦袋忽然一片空白，失去了回答的聲音。

「好浪漫喔，學長一來就宣示主權耶。」

「學姊，妳還在猶豫什麼？」

「答應他、答應他、答應他……」

大家都在看，壓力好大……

如果她不趕快答應，場面一定會變得很尷尬……

他們交往很久，親朋好友都說她有這樣的男友很幸運，是時候邁向下一階段了嗎？

雖然心裡有道微弱聲音：這是一輩子的事，妳真的要在頭腦一片混亂的時候答應嗎？

但群眾的鼓噪聲、腦中自動播放周遭人的認可話語，壓過了她微弱的心聲。

巫玟盈怯怯地點頭，任男友為自己戴上求婚戒。

❄

「射箭隊的玟盈助教平常低調，沒想到男朋友那麼帥，一來就霸氣求婚……」

蘇祐凡下午的必修課，因為是學期第一堂課，解釋完課程大綱跟評分方式後就提早下課。教授前腳才離開，教室裡的運休系同學就有志一同地討論起中午上演的求婚秀，聽得他莫名浮躁。

「阿左，」他走到莊鳴佐的座位前，「走，去買東西吃。」他不想再聽沒營養的八卦。

「國師的本週星座運勢說，牡羊座要克制口腹之慾，不然會招來麻煩……」

「國師有沒有說，你那個座本週要小心禍從口出？」他冷冷瞥一眼好兄弟，「少囉唆，走了。」

拖著阿左到了商管學院中庭二樓的咖啡吧，蘇祐凡點了煉乳厚片和全糖鮮奶茶，站到候餐區等待。

「聽說了嗎？運休系的射箭隊助教，在全系面前被求婚了耶。」

「我運休系的室友說，他們以前好像是系對，男主角又高又帥，是最近很有名的連鎖健身中心老闆哩。」

「可是我聽系祕說，男主角愛得死去活來的前女友是我們企管系的系花學姊……」

……是怎樣？

開學第一天，大家就沒別的話題可以聊了？

「同學，借、過！」

蘇祐凡冰冷的語氣與目光，讓那三個也在等餐的女生紅海似的唰一聲自動分開，他抓了餐點，離開也被八卦攻陷的咖啡吧。

「小右……」他喝下一大口鮮奶茶後，阿左的聲音從身後飄來。

「幹麼？」奶味壓過茶味讓他不太滿意，不過糖分下肚後，他語氣少了點火藥味。

「下一堂我還有課……」阿左踩到結界似的，在商管學院門口定住不動。「你也是……」

嘖，他不想再待在到處都在傳同一個八卦的系館了，很煩。

「幫我點名。」

他揮揮手，離開位在S大山頂的系館，走上通往山腰射箭場的校園小徑。

走完一段急速下切的坡道，經過一排葉子掉盡但枝頭已結起小小花苞的木棉樹，便能望見位於下方沿著山壁而建的射箭場。

太好了，沒人，正好讓他耳根靜一靜。

蘇祐凡熟門熟路地打開射箭場圍欄上的門閂，走進上有鐵皮遮陽棚、下有平整水泥地的發射區，在發射線後的長凳坐下。望著射箭場的青青草皮，拿出煉乳厚片正要咬下時，聽到圍欄外傳來一陣熱切喘息。

「黑雪，不是吧？妳是個胖妞了欸。」他無奈地看向圍欄外因嘴旁白毛得名的黑色米克斯校狗，被牠水汪汪的眼神打敗，開門放牠進射箭場。

「妳過胖了，只能吃一口，聽到沒？」

他撕下一角厚片吐司丟給狗兒，趁黑雪跑去撿食，以迅雷不及掩耳的速度殲滅剩下的厚片。

「凹嗚。」黑雪很快又跑回他身邊討食。

「沒了。」他故意在狗狗面前將紙袋捏扁，「我跟老是心軟餵妳吃東西的助教姊姊不一樣，妳看看妳，肚子都快垂到地板了——」伸指戳戳黑雪肥美的肚肉。

「汪汪汪！」黑雪感到受辱地大聲抗議，賭氣似的走到離他兩公尺遠的地方背對著坐下。

「黑雪，妳不錯喔。」他笑著稱讚S大校犬界的公主。「遇到不喜歡的事就要反抗，哪有傻傻吞下去的道理，對吧？」

他看著黑雪負氣離開射箭場的背影，喝乾剩下的鮮奶茶。

「唉，如果她也像妳一樣這麼有個性就好了。」

好，來亂的妹走了，糖分也補充完畢，現在他可以冷靜下來思考了。

為什麼助教被求婚會讓他這麼煩躁？

明明不關他的事。

不，也不能說無關，畢竟他把助教定位成「家人」——他把射箭隊當成他的家，所有成員都是他的家人，營造出充滿歸屬感環境的助教，當然是這個家庭中不可或缺的存在。雖然她固執起來十頭牛也拉不動、又死腦筋，讓他總忍不住想「忠告」她一下，但那是他關心家人的方式——至少他自己是這麼認為。

說他是因為看到她被求婚而煩躁，其實不精確，求婚發生前，他就有點煩躁了——

他跟室友為了搶救助教的筆電跑去校外，店家終於救出助教心心念念的檔案，他打開，發現是她男友今天演講要用的投影片，檔案建立時間是昨天晚上十點。

那位傑出系友宋學長是怎樣的人他不清楚，但他很清楚助教是怎樣的人。

她一定是昨晚臨危受命熬夜趕出投影片，她就是濫好人。

最該保護她不被人占便宜的男人，竟然理所當然地占她便宜？

發現事實的瞬間，他一把無名火在胸中竄起。

再來，就是那個很陰險的求婚。

她的表情，與其說是開心或驚喜，更像是嚇傻了。

男人很懂她，知道她容易屈服於外界的眼光和壓力，故意選在這個場合求婚。

她傻傻地覺得自己只能答應，默默讓男友戴上戒指的畫面，讓他看了更生氣。

濫好人姊姊，妳確定要跟老是利用妳的弱點達成自己目標的男人過一輩子？準備當一輩子工具人吧。

他好想搖醒她，叫她清醒一點。

她明明很好，值得更好的對象。

但他有什麼資格阻止她？他只是毫無血緣關係、擅自將她當家人關心的學生罷了。

而且，忠言逆耳，一臺連店家都差點修不好的筆電也固執不換的她，聽進忠告的機率微乎其微。

啊，真煩，為什麼她這麼沒有看男人的眼光啊？

外套口袋中的手機突然響起，他抽出一看，扯起嘲弄的笑。

是大他九歲的大哥打來的。

算了，他還是先煩惱與自己有血緣關係的家人問題好了。

昨天老爸突然打電話來「關切」他的生涯規畫，害他煩到整夜失眠。

父親對他的運動員生涯不聞不問這麼多年，忽然父愛發作想幫兒子加油打氣？

別傻了。

老爸跟助教精於算計的男友一樣，一舉一動都有所圖。

「祐凡，你玩夠了吧？是時候開始思考未來了。」老爸在電話裡說。

說是關心他的未來，其實是看他年紀到了，想要他回家族事業幫忙，理由不說他都猜得出來。

「是你的未來、還是我的未來？」他嗆完就掛了電話，順便封鎖號碼，不給父親繼續說教的機會。

然後，現在就派唯一跟他說得上話的大哥出馬，真是老招。

他看在大哥面子上接起電話：「喂？」

「蘇祐凡，你現在在學校吧？」大哥開明中立，不會跟著父親一起數落他，是他還願意接大哥電話的原因。

「在啊。」他已經知道接下來大哥要說什麼了。

「爸說想跟你當面談談，一小時後在你們學校招待所的西餐廳，行嗎？」

父親每學期開學都要當面念他一頓才甘心，總是叫大哥當中間人打電話約他。

「我能不去嗎？」他扯起自嘲的笑。「不去的話，他會無視家訓，斷我教育費的。」

阿公傳下來的家訓是「子孫若有心向學，不可吝惜教育費」。

雖然他上大學後生活費一向是自己打工賺取，但S大的學雜費、練射箭所需的昂貴器材費加起來，並不是他負擔得起的數字——為了維持學業跟訓練，他不做無謂的意氣之爭，父親要他出席，他就出席；如果父親講到氣頭上又威脅要斷他教育費，他就會親自提醒父親，雖然阿公過世了，但家訓還在。

完成傳話任務的大哥爽快掛斷，蘇祐凡動身出發前，看著灰沉溼冷的天空煩躁地罵了一聲——「去他的鬼運勢。」他想回寢室用膠帶封住阿左那張烏鴉嘴。

他想，這次大概不只是被念一頓就能完事……

❄

男友帶她走進S大招待所的湖景西餐廳時，巫玟盈以為是久違的兩人約會，結果早就有人先到了——

是她爸媽。

她不安地拿起咖啡杯，第N次用啜飲咖啡的動作逃避尷尬的沉默。

「伯父、伯母，抱歉，我媽就快到了。」坐在她身旁的宋承浩主動開口。

「沒關係，親家母事業忙，我們知道。」笑容和藹的巫母和氣地打圓場。「我們從南部上來，怕遲到比較早出發，是我們早到了。」

今天的突襲式求婚，很有宋承浩一貫的風格——看似一時興起，實則精心計畫。他不僅先跟系上串通好，也在幾天前聯絡了她父母與他母親，請長輩們今天來S大相商結婚事宜。他們交往五年，雙方家長早就認可，二話不說答應赴約。

巫玟盈一直佩服男友做事周延，但身為最後一個知道自己要結婚的人，她心中有種說不出的……奇怪。

即使過了一個多小時，她仍不知該如何形容心中彷彿某處被堵住的違和感。

剛交往時，她曾幻想過被求婚那天的心情，以為會像終於抵達馬拉松終點般，有股甜蜜的成就感，她也許還會喜極而泣，覺得一路上的辛苦與努力都值得。

但是，現在她卻只有一種突然發現終點線前移，自己不知不覺完賽的茫然。

「親家公、親家母，真抱歉，讓你們全等我一個！」不久，宋承浩的母親一身合宜剪裁的套裝、提柏金包，優雅從容地登場。

巫玟盈連忙放下手上咖啡杯，跟著眾人起身迎接男友的母親。

「宋媽媽好。」她照著以往的習慣問候。

「哎呀，玟盈啊，你們都要結婚了，妳可得開始改口了。」宋母似乎心情不錯，笑著要大家別多禮快坐下。

「是……」她努力擠出微笑回應。

丈夫早逝，獨力撫養獨子宋承浩長大的宋母是飯店業女強人，個性強勢，但一向對巫玟盈頗為疼愛，每次出國出差，總會帶些伴手禮給她，將她當未過門的媳婦疼。

「親家公、親家母，麻煩你們從南部上來一趟。兩位覺得婚禮要訂在什麼時候好？我們先有個共識，就能找人看日子了。」宋母急性子，立刻切入正題。

溫婉的巫母轉頭看丈夫，長相剛正威嚴，退休前是國中體育老師、也是射箭圈內知名老牌教練的巫父，雙手往胸前一抱，看向對座的宋承浩：「承浩，你們有什麼規畫嗎？」

巫玟盈就知道傳統大男人思維的父親會跳過她，直接問承浩……

「我跟玟盈有共識要在我三十歲那年結婚，我想一年後的現在是個好時間。到時我新分店的展店都告一段落了，玟盈有足夠時間重新安排婚後的生活，婚禮的準備時間也比較充裕。」宋承浩不慌不忙地答道。

雖然她猜想婚期大約是明年某時，但忽然聽到明確的時間，心還是莫名緊了一下。

她知道男友很忙，但這些事……怎麼不先跟她討論呢？

還有，「重新安排婚後的生活」是什麼意思？

好多疑問想問男友，但雙方家長在場，她開不了口。

「好。你們年輕人決定了就好，我們沒有意見。」巫父點點頭，對一表人才、事業有成的未來女婿很是信任，不再追問。

父親兩句話就結束話題，讓巫玟盈苦無發話機會。

「明年的二月底、三月初是吧？好，我請人去看幾個好日子。」宋母搶過發言權，將代辦事項輸入手機後，伸手拍拍兒子肩膀。「承浩啊，你能娶到玟盈真是好福氣，廚藝一流不說，還願意辭去工作支持丈夫的事業，這年頭這樣賢慧的女孩可不多了！」

什、什麼？

她立刻轉頭看向男友。

「承浩……」他們沒有過這樣的協議啊！

「玟盈，妳之前不是說，婚後想到我的健身中心上班嗎？」宋承浩聲音平靜無波，與她的驚慌形成強烈對比。

「妳帶隊辛苦，常常連週末都不能休息，妳有體適能指導員跟瑜珈教練證照，來我這邊上班，責任少、排課時間自由，我們也能更常見面；再說，新分店也需要新老師，對我們雙方而言，是最理想的安排。」

男友這番話，是三年前當代課老師當到想辭職的她想聽的。

「可是……」她現在不是那樣想了。

巫玟盈此刻才驚覺，兩人有多久沒交流過內心想法的變化。

「怎麼了，有什麼難處？妳直說沒關係。」宋承浩溫言道。

「是不是任霆不讓妳辭職？別擔心，他是我學弟，爸爸打電話去說一下，他不敢不答應。」巫父誤會女兒的心思。

「不、不是啦！」要是真讓父親打電話給她頂頭上司，在重視輩分倫理的體育圈，就算開明的任總教練能頂住壓力不辭退她，也會害他很為難。

「是……」她努力想著得體的回答，卻想不到。

「是什麼？妳一個女孩子，每天沒日沒夜地帶隊，哪來時間經營家庭？況且，助理教練這工作沒保障，不是長久之計，婚後去承浩那裡工作是最理想的安排。」巫父以過來人的身分提供建議。

巫玟盈不是不明白父親強勢話語下的擔憂，從小看著父親花上大把時間帶隊，她與小兩歲的弟弟見到父親的時間很少；再者，助理教練是一年一簽的約聘職，雖然她表現良好年年續簽，但若哪天系上主政者換人、沒經費了，被辭退並非不可能，她知道自己總有一天必須離職，可是……

「玟盈啊，妳不想教課的話，幫忙承浩做行政管理也可以啊！」宋母插嘴。「夫妻能同心為事業打拚多好！」

創業是承浩的熱情，不是她的啊……

健身中心學員流動率大、業績壓力也大，個性內向慢熱的她，更喜歡校隊這種能與一群人培養長期關係、不需汲汲營營於數字的工作環境。即使教練這份工作耗時耗心，經營家庭確實不易，也不知道能做到什麼時候，她不想放棄自己努力構築出的小小世界、勉強加入一個她自知不適合的世界……

她並不是宋媽媽口中的賢慧女子，也沒有全心支持丈夫事業的偉大情操。

可是，在雙方家長面前，這番話她無論如何都說不出口。

「玟盈，我們兩家都要結親家了，有什麼顧慮，妳倒是說說看。」宋母攏起精心繪製的黛眉，巫玟盈感到一股無形壓力襲上心頭。

什麼都不說，她就要被迫辭職了……

但若她說實話，一直很疼她的宋媽媽會很失望的。

婚前就搞壞未來婆婆對自己的印象，這樣好嗎？

「我──」

就在她被宋母的目光逼得幾乎屈服時，身後被盆栽擋住的那桌傳來杯盤撞擊的銳利聲響，眾人一愣，也打斷了她的回應。

天啊，好險。

她剛剛根本不知道自己會說出什麼。

巫玟盈再次拿起咖啡杯，用一口咖啡的時間冷靜自己。

她究竟該怎麼回答？如果有人幫她起個話頭就好了……

「小盈啊，媽媽知道妳很認真負責，一定是工作上有什麼責任未盡吧？親家母是明理的人，妳不要怕，說說看。」當她放下咖啡杯時，看出她猶豫的母親為她找了臺階下。

「我……」巫玟盈知道這是她唯一的機會，腦袋全速運轉，終於擠出一個理由──「明年寒假，我要帶學生去參加世大運選拔。這次有沒當過國手的學生，要花更多時間個別強化訓練，我已經答應要帶他到選拔賽結束，在那之前，恐怕沒有太多時間準備婚禮。」

壓力真會激發人的潛力。平常不擅長說謊的她，居然編造了這麼以假亂真的謊話，還講得臉不紅氣不喘。

「我好像沒聽妳提過這件事。」宋承浩半信半疑地看向她。「我以為，你們隊上會去選國手的，就是那一、兩個固定的優秀選手。」

男友對她工作情況的掌握程度，讓巫玟盈瞬間背冒冷汗。

「上禮拜學生才來找我，我還來不及跟你說。」他們有三週沒見面了，她知道男友無法反駁。「大學生總是喜歡拖到最後一刻才來找老師。」

「這件事，對妳而言很重要嗎？」宋承浩凝視著她，像想估量她是否說謊。

「這……是我的工作。」她努力不讓自己屈服在男友的目光下。「既然答應學生在先，我不想把這個承諾丟給下一任助教履行。」

承浩，你能懂嗎？她不想突然拋下這些學生的心，是真的。

宋承浩沉默了一會，才嘆道：「沒先與妳確認，是我疏忽了，抱歉。」然後轉向雙方家長：「伯父、伯母、媽，別擔心，我們還是會往結婚的方向前進。婚事的準備與婚後的安排，等我跟玟盈討論出兩人都能接受的方案，再著手也不遲。」

巫玟盈鬆了口氣，慶幸男友是講理的人。

至少她獲得了一些緩衝時間，關於結婚的一切，兩人可以好好討論後再下決定。

既然當事人都這樣說了，雙方父母雖然遺憾今天不能談妥婚事細節，卻也不再追問，將話題繞到無關緊要的閒談上。

有驚無險地結束這場家人會面的巫玟盈，看著無名指上的鑽戒，新的煩惱立刻上門——

她要去哪裡找那個不存在的、沒當過國手、想選世大運的學生？

唉，她真是挖了個大坑給自己跳呢。

❄

原來助教也有說謊不打草稿的實力？他以前都小看她了啊。

巫宋兩家人離開後，坐在被大型盆栽隔開的隔壁桌，蘇祐凡舉起叉子，將最後一小塊黑森林蛋糕送入口。

他一走進餐廳，就看到助教像隻小白兔，緊張兮兮地跟自己的父母——他國中時在賽場見過快退休的巫教練；巫教練旁邊那位，看互動就知道是師母——大眼瞪小眼。

因為他老爸還要四十分鐘才會到，他也好奇才剛求婚完，那個男人馬上就叫長輩來是又想搞什麼事？就擅自坐到隱蔽性很好、背對助教跟宋承浩的隔壁桌。

見證這場會面，蘇祐凡更堅定了他對宋承浩的看法——

那個男人，果然不是什麼好咖。

場面明顯是宋承浩想利用長輩的壓力逼助教就範，還差點得逞。

助教一直找不到機會反應自己意見時，他在一旁也莫名跟著焦急。

宋承浩的女強人媽媽，很會給人壓迫感，助教這隻小白兔差點就要屈服了。

還有，原來助教的爸爸是個重男輕女的老古板，難怪助教總是不敢勇敢說出自己的意見，因為他根本不給她機會說。

爸爸不能自己選就算了，但他真的不懂，助教為什麼要選一個跟自己父親一樣高壓強勢的男朋友來管自己？在他看來，宋承浩跟助教的爸爸有著相似之處——一廂情願地強迫身邊人照自己的意思行動。而且宋承浩更聰明世故，跟助教她爸會立刻引人反感的高壓命令比起來，懂得以退為進、又會看場面說話，更善於操弄人心。

助教姊姊，妳看男人的眼光實在有待商榷。

就在蘇祐凡想著助教好像真的要被逼得離職，該怎麼阻止她做傻事時，他的手就自己動了起來——重重放下茶杯，製造噪音打斷她回話。

畢竟助教是隊上重要的存在，身為隊長，總是要替全體隊員發聲，是吧？

他這麼告訴自己。

不過，真正讓事情起死回生的並不是他的搗亂，而是助教媽媽的神救援。助教終於藉機鼓起勇氣，說出絕對是她人生中最成功的謊言。

不過他是隊長，隊上就那小貓兩三隻，他當然知道助教說的那個人不存在。

心中某處鬆了口氣的同時，蘇祐凡也立刻有點玩味地想——

助教要怎麼圓這個漫天大謊呢？

助教的爸爸是有名的退休教練，這事不可能瞞得過他，一定得來真的才行吧？

無論如何，至少他心中的溫馨校隊大家庭、助教與她的美味奶茶還會安然存在一陣子——雖然他不確定還有多久，這讓他有點擔心——少了營造出歸屬感的助教和她煮的奶茶，他不知道自己還有沒有動力繼續待在校隊。

蘇祐凡喝一口點來配蛋糕，卻因為被泡出太多單寧酸的澀味而不甚美味的伯爵奶茶，嫌棄地放下茶杯時，爸爸與大哥就出現了。

「祐凡，你頭髮怎麼還是搞成那鬼樣子！」身材高瘦、頭髮已半灰白的蘇父一入座，立刻開始挑他毛病。「你們教練都不管的嗎？」

每次開場白都是這句。蘇祐凡翻個白眼，回道：「我們教練很開明，不會干涉學生的時尚品味。而且我想怎麼使用自己賺的零用錢，是我的自由。」右手故意劃過耳上幾副他最近偏愛的設計師款耳飾，偏要激怒古板的父親。

「你就是太自由了！沒個定性！」蘇父果然被叛逆的二兒子氣得七竅生煙。「你整天把心思花在這些不三不四的事上，什麼時候才要盡你的本分？」

「爸，你別忘了，我現在的身分是學生運動員，我的本分是念書跟射箭。」他涼涼地回道。

「書念得馬馬虎虎、箭射得普普通通，我看不出你有心盡本分。」蘇父瞟了桌上的空蛋糕盤一眼，露出不以為然的神色。「還老是愛吃華而不實的外國點心，飲食這麼放縱，哪裡有專業運動員的樣子？」

「因為我吃蛋糕，所以我不像運動員？」父親針對性十足的指責讓他嗤之以鼻。「舉個更好的例子好嗎？」

「你要更好的例子？好啊。」蘇父立刻加強火力，「你自稱運動員，從國中練射箭到現在，怎麼這麼多年都沒選上國手？不是那塊料，就早點面對現實，給我回家幫忙！」

就像他是激怒他爸的天才，他爸也很會踩他的痛處。

沒錯，雖然他的運動天賦不錯，卻從沒有選上國手。連最認真練習的高中時代都以些微之差落選，大學前兩年放飛自我的他，當然離國手資格更遠了。

「你憑什麼說我不是那塊料？」被說不認真他可以認，但被說沒天賦他忍不了。「只要我還是現役選手，就有機會選上國手。」

蘇父不以為然地笑了。「這種話你說過幾次了？都是想偷懶的藉口而已。從你選了這個教練根本不好好管教的校隊開始，我就知道你吃不了苦、不可能成為傑出運動員！」

他之前沒好好練習是他自己的責任，每次都要牽拖教練是怎樣？

如果不是總教練的開明跟助教的耐心，他早就像多數人上大學後便迷失在花花世界，現在不知流落何方了。他無法接受父親從未認真看待他的運動員身分，甚至把校隊當成代為管教叛逆兒子的魔鬼訓練營——這種怪獸家長式的發言。

「我們的教練很好，輪不到你來批評。」

「很好你會變成這副鬼樣子？你高中至少還進過國訓中心當培訓選手，現在呢？這種退步不是教練無能是什麼？既然練不出成績，退隊算了！」

父親接二連三貶低他、怪罪教練等無理的言辭，讓蘇祐凡的忍耐終於衝破臨界點，「好，如果我大學畢業前沒選到國手，我隨便你！」

「蘇祐凡，你是認真的嗎？」一直在旁邊隔岸觀火的蘇大哥冷靜地介入火爆的場面。「你知道這麼說，代表的是什麼意思吧？」

蘇祐凡看向五官與自己極為相似的大哥，黑髮、合身西裝、戴副黑框眼鏡、沉穩內斂，像好青年版的自己，是父親期望他長成的模樣，但他偏不想如了自私老頭的意。

「我知道，如果我沒做到，之後就乖乖回公司實習，任你們奴役啊。」

他對自己還是有自信的。

如果好好練，他是有機會選上國手。之前只是被太多事分神，沒把這件事放在第一順位。

「既然你這麼說，我就給你最後一次機會。」蘇父恢復冷靜，眼中閃著勝券在握的光芒。「如果大學畢業前你沒選上國手，你想繼續念書可以，但家裡不會再出一毛錢讓你練箭。而且你要回公司實習兩年，不支薪。」

不愧是蘇董，算盤打得很精，這回還記得要技術性遵守「子孫教育費不能省」的家訓。

「相反的，如果我選上了，到我碩士畢業離開學校為止，你都不能再威脅斷我教育費。」他談起條件。

「兩年換兩年，很公平吧？」

蘇父沉吟半晌，點頭。「可以。」

「還有，」他加上最後也是最重要的但書，「畢業後我會自己去找工作，一天都不會回公司上班，你不能再插手我的未來。」

「你——」蘇父差點又動氣，被大哥勸住。

「怎樣？要賭就賭大一點，省得你每學期開學都要找我吵一次。」他挑釁地看著一直認為他「不務正業」的父親。

這種煩人的親情勒索，也該是斷開鎖鏈的時候了。

蘇父右手無意識地摸著左腕上的佛珠陷入思考，蘇祐凡則轉頭看向窗外的S大湖景，平復每次與父親對話時被挑起的叛逆怒火。

世大運選拔賽在明年寒假。明年此時，究竟是他還是父親勝利，答案就會揭曉。

「如果這樣能讓你認真面對自己的未來，好，我接受。」

聽到父親這麼說時，蘇祐凡一臉不馴地回過頭來。

「我希望你不要只是意氣用事，用這段時間好好思考自己想要的究竟是什麼。」蘇父語畢，起身離去。

我想要的……

在很久以前就被你親手毀了啊。

蘇祐凡看著父親離去的背影，嘲諷地笑了。

「蘇祐凡，你怎麼了？賭這麼大？」追隨父親腳步離去前，大哥湊近他關切道。

他也說不上來為什麼自己今天特別火爆，也許是校隊大家庭的危機和自己的家庭危機偏偏在同一天引爆了吧。

不過他跟父親的矛盾由來已久，總有一天要爆，就這樣豪賭一場，做個了斷也好。

「哥，沒事，我不是得到了到大學畢業為止耳根的清靜嗎？」他痞痞一笑。

「選國手不是開玩笑的，你沒問題嗎？」大哥很有兄弟愛，不忘關心他是不是牛皮吹大了。

「哥，不用擔心，」他笑得胸有成竹，「很快就會有人來拜託我選國手了。」

助教撒的謊給了他靈感，剛剛就順勢脫口而出。

也許能就此擺脫父親的掌控、還能順便幫上陷入危機的助教，不是一舉兩得嗎？

「真的假的？」大哥軒起與他如出一轍的劍眉，擺明不信。

「真的。」他自信地雙手一攤。

想到助教現在一定抱頭苦思要找誰幫這個忙，蘇祐凡忍不住露出調皮的笑。

助教，妳會讓我等多久呢？

第二話　命運相遇

兩個禮拜過去，巫玟盈依然不知該如何圓自己編出的漫天大謊。

她那時被逼急了才會亂編故事，一冷靜下來她就明白，要找到適當人選，在S大射箭隊這個大部分隊員上大學後重心就沒放在競技上、各自發展未來就業專長的環境，幾乎是不可能的任務。

可是話都說出口了，如果她不試著去找願意參賽的學生，別說退休後仍三不五時找後輩教練們喝茶的父親不久就會發現她在說謊，男友每個禮拜來學校兼課，她很快就瞞不過了。

若是被雙方家長跟男友發現自己說謊的話……先不說一定會失去未來婆婆對她的信任，男友曾因為前女友瞞著他堅持出國念書，深感被背叛而分手，因此從他們交往之始，他就強調過希望另外一半能絕對誠實，若發現她扯了這麼大的謊，也許會氣得跟她提分手。

交往多年，兩人雖已沒有激情，但有家人般的感情，她無意搞到分手，只是不想婚後被迫辭職而已。

所以只能硬著頭皮，找找看有沒有合適的人選了。

「等一下我點到名的，來隊辦跟我討論這學期的訓練計畫。」放箭聲此起彼落的晨練時間，巫玟盈開口宣布。

這是每學期大學部選手的慣例。以往選手們只是交這學期的課表給她，告訴她打算參加哪些比賽就完事了，除非有意參與國手選拔，才需要找她與任總教練討論強化訓練的計畫。

「小誼，從妳開始，等一下拔完箭來找我。」她先點了大一的隊員，然後走進射箭場後方的校隊辦公室等待。

大一的孩子通常心最不定，不過也是可能性最高的時候。雖然小誼上大學後把重心擺在課業上，但說不定有機會說動她來選選看……

巫玟盈到茶水區裝了點自製奶茶，拿到辦公桌前邊等邊喝，平息心中焦慮。

等一下該怎麼說才好呢……

「助教，我來了！」

她還沒想出厲害的說服之辭，許誼便蹦蹦跳跳地進了辦公室。

「小誼，幫我把門關上。」她連忙吩咐，這種尷尬的請求，她不想被別人聽見。

許誼雖然疑惑，但還是乖乖照做，接著走來她辦公桌前，將紙本課表在桌上攤開。

「小誼，妳這學期是不是超修了？」空堂好少，她深感不妙。

「對啊，我開始修創新與創業學程的學分了。」許誼點點頭。「我本來還想選宋學長的『運動創業與經營實務』，可是上次演講完沒多久就額滿了。助教，妳能不能幫我拿到宋學長的加簽啊？」

巫玟盈苦笑地對她說那門課不接受加簽，個性乾脆的許誼爽快放棄，順口追問：「助教，那妳跟宋學長什麼時候結婚？開始準備了嗎？婚後妳還會繼續當助教嗎？」

「婚期還沒決定，現在我還是會先專心在助教的工作上。如果有人想參加選拔，助教不會帶一半就換人的……」她努力想把話題拉到希望的方向去。

「那太好了，以後還可以看到助教。」許誼卻沒把重點畫在她希望的地方，抱歉地說這學期課多，只能出席晨練跟團練。

人都沒辦法來練習的話，那問也沒意義了……巫玟盈放棄本來認為最有希望的人選，將許誼的課表收到檔案夾中，並請她叫大二的小夏過來，決定換個人問。

夏斯廷一來，課表竟也是滿的，學程還加上社團，看來也沒有多餘時間，巫玟盈的心又下沉了一點。

大二的另一名隊員孫羽翎已是現任國手，只能往全員都沒國手經驗的大三詢問了。

看到大三的女隊員方敏儒交上的課表出現大量空堂，巫玟盈心情為之一振，沒想到她是為了去企業實習而空下時間。

明知方敏儒心已放在校外實習上，答應的可能性極低，她還是努力一試：「敏儒，妳有沒有興趣明年參加世大運選拔？」

方敏儒錯愕地眨了眨眼，「助教，我這學期也許連全大運都沒辦法參加了，哪有多的時間？妳要問的話，應該找阿左跟小右，他們感覺比較閒。」

果然……

那對哥倆好，一個體力不濟，擺明是練身體健康的；一個意見多多，講一句會頂十句回來，如果非得選一個朝夕相處，那麼——

「幫我叫阿左來。」站在教練立場，當然是聽話乖巧的選手比較省心。

「阿左，你練箭練了這麼多年，想不想選——」

「助教……」阿左幽幽地開口。「我想跟妳說一件很重要的事……」

「什麼事？」她正滿意地看著阿左不會太滿的課表。

「妳現在的男朋友，不是妳的正桃花，這婚結了對妳沒好處……」

他剛剛說什麼？

「阿左，這個笑話不好笑。」巫玟盈忍不住抬頭，正色回道。

「助教，我沒有在開玩笑……」阿左的神情很認真。

她想起阿左一向對命理頗有研究，不禁心頭一顫。

但當務之急是說服阿左，於是她再接再厲：「先別管我的桃花了，你有沒有興趣參加明年的世大運選拔——」

「助教，別擔心，妳的正桃花早就出現了，只是之前你們的因緣還沒到……」

「阿左，」她嘆口氣，「你不要老是顧左右而言他，你有聽到我剛剛的問題嗎？」忽然提起什麼正桃花，這是阿左逃避對話的方式吧？

「助教……我這輩子的比賽運已經在高三那年用完了……」阿左平靜地宣布，「強求不屬於自己的東西，到頭來只是一場空……」

「連你都——」巫玟盈陷入絕望。

她早該知道這行不通……學生們一個個不是要修課、參加社團、實習，就是根本佛系看待運動員生涯，她真的沒有選擇了嗎？

「助教，妳還有中中學長跟小右可以問……」

「中中不行，他說過不選了。」碩一的鍾致中剛從奧運培訓隊退下來，要專心投入運動科學領域的研究。

至於小右……

說實話，所有選手裡，她最怕單獨帶訓練的就是小右——他太有主見、嘴巴又壞，跟他對話，她沒有一次不居下風。如果要朝夕相處，她還不照三餐被嗆爆？

而且，也得他有意願才行。雖然小右是很有天賦的選手，不過以他並不積極的練習態度，她不敢對他抱任何期望。

「助教，要幫妳叫小右來嗎……」

為什麼她唯一的希望，偏偏是隊上最棘手的學生？

她頭痛地按摩太陽穴，沒注意到阿左悄悄退出隊辦。

唉，圓謊好難，她是不是乾脆放棄比較快？

巫玟盈抬頭環視自任職後被她逐步改造的校隊辦公室，重新打造讓每把弓、每個箭袋都能像展示般漂亮排好的器材區、一人一格的置物鐵櫃、一目瞭然的出席紀錄大白板、舒適的沙發休息區、增加選手用餐空間的吧檯區，再加上電鍋、微波爐、烤箱、卡式爐、冰箱等一應俱全，讓她隨時都能變出東西給選手吃，有空也能自己偷偷做些甜點的茶水區……

她不想失去自己一手打造的溫馨小世界，以及充斥其中的自由空氣。

但是，如果對男友坦承帶選拔一事是謊言，說不定會面臨分手。初戀且念舊的她，覺得沒必要走到那一步。

看來還是只能在小右身上一試了……

巫玟盈正努力思考要怎麼說服小右時，隊辦門被推開，走進的正是蘇祐凡。

「助教，該我了吧？」他笑得雙眼彎彎，異常陽光開朗。

巫玟盈總覺得他這個笑，太過燦爛了一些。

❄

蘇祐凡差點就要沉不住氣了，助教到底打算讓他等多久？

雖然他知道助教不會第一個找上他，但，最後一個？

這就有點傷人了。

再怎麼說，他的射箭成績也是目前隊上男隊員的第二把交椅——僅次於曾經選上奧運培訓隊的中中學長而已。

而且，就助教脫口而出的說詞，曾有國手資歷的中中學長資格不符，他，蘇祐凡，無疑是第一人選。

跳過第一人選，先把其他人都問過一輪，充分顯示助教對他有多沒信心，讓他很不甘心。

本來他想，等助教來問他要不要選時，他像平常那樣虧她幾句就會答應了。

不過現在，他要很壞心地多捉弄她一下，到最後才答應她。

誰叫她不願意面對，他是唯一能拯救她的騎士這項事實。

「助教，該我了吧？」

走進隊辦時，他故意咧嘴露出燦爛笑容，也沒錯過她略為畏縮的表情。

她一直都有點怕他，他知道。

雖然確切理由他不清楚，但鄉愿的她害怕面對赤裸裸的真相，而他總是直言不諱，或許是這個原因吧。

所以她才會被言辭溫柔、卻總試圖操控她的男友耍得團團轉。

憑什麼婚後想繼續工作，還得大費周章地找理由？這種不尊重另一半的對象值得嫁嗎？

既然接下來他們可能要相處一段時間，他一定要讓她理解這一點。

他走到她辦公桌前坐下，將課表在她面前攤開，仔細觀察她的表情，等她開口向自己求助。

「小右……」

她終於開口，他心情愉快地揚起嘴角。

「你有修承浩開的那門課啊？」

蘇祐凡的臉立刻垮下來。

拜託，助教妳重點畫在哪啊？

「喔，我忘了退選，等一下回去就退。」他拿起辦公桌上的筆，用力劃掉那門課。

「為什麼……」他激烈的舉動引起她關切。「承浩的課上得不好嗎？」

「我沒去上。聽說班上都是女生，上課像在辦粉絲見面會一樣。」他翻個白眼，看到她露出不意外的笑容。

助教大學時，八成也是宋承浩粉絲俱樂部裡的一員——突然冒出的想法，讓蘇祐凡心中莫名不是滋味。

「你是因為這樣才想退選的啊？」聽到原因不是課上得不好，她才放下心。

見她安心，他卻湧上不悅，嗆道：「是我對老師的評價不好。」

「為什麼？」她又關切起來。

「一個會把演講投影片丟給女朋友做的人，我懷疑他會有教學熱忱。」他哼道。

「我只是臨時幫忙而已，後來就沒有了啦……」她立刻辯駁。

「是喔。」他又哼一聲。「反正那門課在迷妹之間很搶手，我退了也沒差吧。」

他這門課是在開學前還不知道宋承浩是何方神聖時就選好的，開學那天接連對宋承浩留下的壞印象，讓他在腦中自動退選了這門課，省得上課時會一直覺得拳頭很癢。

見他語氣不佳，她不敢再追問下去，又低頭盯著他的課表。

「你這學期好像沒修很多課……」

「嗯哼。」這位姊姊終於願意進入正題了嗎？

「你有安排打工、社團，還是實習嗎？」

「只有打工，排班時間很彈性。」他在學校山下S大夜市的運動主題餐廳打工，因為某個誘因，他從大一做到現在都沒辭職，是他生活費的主要來源。

「那，這學期你想參加哪些比賽……」她照慣例問著，欲言又止。

「只要有比賽，我都可以參加。」他聳聳肩。「三月的青年盃、五月的全大運，或是區域性的小比賽。」

他人真好，明明說要刁難，還是親切地暗示她了。

「好，我知道了……」她打開大學部選手訓練計畫的檔案夾將他的課表放入，並在上面記上他欲參加的比賽名稱。「這樣就可以了。」

啊？什麼叫這樣就可以了？

「助教，妳沒別的問題要問我了嗎？」她連阿左都問了，卻不問他？

她臉上明顯流露出猶豫，「呃，我……」

他在她心裡的形象到底多壞？連問一下都不敢，他是會吃人嗎？

「助教——」就在他失去耐性，決定主動出擊時，隊辦的門被敲響。

是誰？他們隊上沒有會乖乖敲門的人。

下一秒，門被推開——

見她表情由猶豫不決轉變為驚喜，蘇祐凡循著她的視線，果然看見宋承浩與他身高相仿的身影。

靠，這傢伙沒事亂入他們晨練幹麼？

❄

看到男友身影出現在隊辦門口時，巫玟盈有些驚喜。

「承浩，你怎麼會來？」這是男友第一次主動拜訪她的工作環境。

「等一下要跟任主任開會，剛好路過，就來看看妳。」宋承浩淺淺一笑，走進隊辦，「抱歉，打擾妳工作了嗎？」

「不會啦，我跟學生剛討論完。」她從辦公桌起身，迎向走來的男友。「承浩，你要喝奶茶嗎？我每天都會煮給學生喝，還剩一些。」

宋承浩微笑搖了搖頭，「有水的話，給我水就好。」

她差點忘了，承浩很養生，不愛含糖飲食。

她連忙到飲水機裝了杯溫水，轉頭見男友已坐到沙發上等待，便加大步伐送過去。

宋承浩接過杯子淺嚐一口後，抬眼環視室內陳設。

校隊辦公室雖沒有承浩的健身中心新穎時髦，但她也將這裡打理得還不錯吧？

巫玟盈暗自希望難得親臨她工作環境的男友，能感受到她對這份工作投入的用心。

當她在男友身旁坐下，想開口問他感想時，他卻先開了口：「對了，妳說要特別加強訓練的學生，訓練得怎麼樣了？需要諮詢重訓計畫的話，我可以幫忙。」

巫玟盈瞬間嚇出冷汗。

根本還沒找到人的她要穿幫了嗎？

「我、我還沒找總教練討論訓練計畫，之後有需要再麻煩你……」她心虛地絞起雙手。

「開學兩週了還沒訂訓練計畫，一定是任主任身兼多職太忙了吧？」宋承浩伸手覆住她焦慮緊握的手，貼心為她找臺階下。

巫玟盈緊繃的神經鬆了下來。

但只有那麼一下下。

「對了，我跟任主任開完會後要去吃午餐，機會難得，想帶妳一起去。」宋承浩再次開口，「妳可以順便跟他討論訓練計畫的事，怎麼樣？」看似貼心的提議，直接將她逼進死胡同。

今天中午就要跟總教練討論訓練計畫？這飯吃下去，她會當場穿幫……

她不該說謊的。承浩那麼聰明，也許早就起疑了。

怎麼辦？除了坦白，似乎沒有別的辦法了。

但不喜歡被欺騙的承浩一定會生氣，如果因此分手……

「其實……」想到長年感情可能會毀在自己的一個謊言，念舊的巫玟盈心裡無限懊悔。「我……」

「報告老師，」卻有意外的人插了嘴，「其實助教中午跟我有約了。」

是小右。

巫玟盈驚訝地轉頭看向還站在她辦公桌前的銀髮大男孩。

他為什麼要這樣說？

宋承浩也轉過頭，將男孩從頭到腳審視一番。

「同學，請問你是？」宋承浩露出客套的笑容。

「老師，我是運休三的蘇祐凡，也是這屆射箭隊的隊長。」小右禮尚往來地回以一笑，巫玟盈驚訝於他少見的乖順有禮。

「這個名字我有印象。你有修我的課？」宋承浩的笑多了絲親切。

「哇，老師，你記憶力真好。」小右誇張地擺出崇拜表情，「不過我要退選了。」

果然……只要是小右不喜歡的人，就算是老師他也照嗆。

承浩不會生氣吧……

巫玟盈不安地轉頭觀察男友的反應。

「這樣啊，真可惜。」宋承浩只是淡笑。

見男友不與小右一般見識，她鬆了一口氣。

「蘇同學，你今天中午跟玟盈有約？」宋承浩問的是小右，看的卻是她。

她、她該配合小右的話，把這個謊說下去嗎？

明知不能遲疑，巫玟盈卻被男友語氣中隱約傳來的質疑給壓得說不出話來。

「對啊，我上次幫助教修電腦，她答應要請我吃飯。」小右立刻搶過話，朝她使個眼色。「就是演講那天約的啊，助教，妳還記得吧？」

就像突然有個救生圈丟到眼前，她本能伸手抓住——「嗯，對，是約今天沒錯……」

天啊，要不是小右反應夠快，她剛剛就會被拆穿了。

巫玟盈不由自主放下心來。

「蘇同學，謝謝你幫玟盈修電腦。」宋承浩擺出男友架勢向小右道謝。「不過今天可以把她讓給我嗎？你們系主任的時間不好約，我想帶她一起去。下次由我請客答謝你，好嗎？」

才放心不到一秒，男友便又出招，巫玟盈再次反應不及。

怎麼辦？跟承浩與總教練的約比起來，她與小右突然冒出的約定，根本不具非在今天履行不可的急迫性，她若堅持下去反而更可疑，除非小右不顧面子死纏爛打……

「既然宋老師這麼堅持，揀日不如撞日，中午我也一起去讓宋老師請客吧。」小右像聽到她心聲似的，伸手將幾乎被絕望溺斃的她救了起來。

宋承浩立刻回應：「蘇同學，我們有事要找系主任討論，你可能不太方便在場。」

巫玟盈的心再度沉下水面。

她在奢望什麼？承浩總能找到無懈可擊的理由，小右怎麼說得過他？

「不會不方便啊，」小右卻痞痞一笑，「因為我也算是當事人吧？」

「你也算是當事人？」宋承浩沒料到他會這樣回答，便給的口才瞬間失靈。

「是啊。」小右看向她，笑道：「因為那個想選國手的學生，就是我啊。助教要找總教練討論訓練計畫的話，選手本人應該有資格在場吧？」

咦？她都還沒問他，他是怎麼知道的？

他又為什麼要出手幫她？

看著小右一臉淘氣的笑容，巫玟盈鬆了口氣的同時，卻也察覺事情的走向開始脫離了自己的控制。

她真的要跟最掌控不住的學生一起走上圓謊之路了嗎？

❄

宋承浩那傢伙一定沒料到他真的敢跟來。

當天中午，在S大招待所西餐廳毫不客氣點了最貴餐點的蘇祐凡得意地想著。

「所以，小右，你剛剛說想參加明年寒假的世大運選拔？」

點餐結束後，坐在他右手邊、髮絲黑中參白，戴副銀邊方框眼鏡、眼神睿智的任霆笑著向他確認。

「對啊，總教練。」點餐前，他便搶先報告了這件事。「我想在大學畢業前認真選一次看看。也算給我自己，還有一直出錢讓我練箭的家人一個交代。」

除去與父親的賭局，這是他的真心話。花了大把青春在訓練上，每個運動員心中都有退役前至少當一次國手的夢想，他也不例外。

他知道開明的總教練跟充滿偏見的父親不一樣，不會因為他過去表現不夠好，或是他打扮得不像大家印象中的運動員就對他有成見，他並不害怕來找總教練吃飯——宋承浩那傢伙對射箭隊的狀況一無所知，以為抬出總教練的名字他就會嚇得打退堂鼓，正好相反。

蘇祐凡得意地瞄一眼坐在他斜對面、一語不發喝著黑咖啡的宋承浩。

「我還在想，我們S大射箭隊的隊長什麼時候才要站到頒獎臺上，讓大家看看時尚跟實力絕對可以並存。」任總教練笑呵呵地回應，臉上是衷心信任選手的表情。「既然你下定決心了，我一定會幫你排一個很『充實』的訓練計畫，請玟盈助教好好監督你。」

「總教練，你儘管排，我高中時也不是沒被操過，沒在怕的啊。」他也笑了，很享受師徒間輕鬆互信的氣氛。

總教練向巫玟盈要了他這學期的課表後，跟他說訓練計畫會在下週出爐，要他做好心理準備。

隨後，四人的餐點上了，蘇祐凡拿起餐巾擋住牛排滋滋噴濺的油氣時，聽到任總教練和藹地開口：「對了，玟盈、承浩，你們的婚事計畫得怎麼樣了？如果婚後玟盈的工作打算做變動，直說沒關係。」

雖然接下來這事沒他插嘴的餘地，但蘇祐凡耳朵立刻豎了起來。

他今天硬是跟來，也是擔心宋承浩又想在長輩面前逼助教答應什麼事。

看著助教不知所措地轉頭看向男友，不知該由誰發言的躊躇神情，他知道自己的猜測沒錯。

從那場公開求婚開始直到現在，蘇祐凡已經看出宋承浩固有的行事作風——藉著外界施加的壓力，間接逼助教接受他的理想人生計畫。

婚後的規畫，他們根本還沒有共識。

看宋承浩反覆使用人情壓力戰術，蘇祐凡覺得他一定不是第一次用這招讓助教就範，只是恐怕是第一次遇到她的反抗。

所以，那傢伙加重攻擊力道，早上跑來想拆穿她、中午硬是帶根本沒答應要來的助教來見總教練，試圖把事情導回他想要的方向。

這男人真是自私到讓他打從心底厭惡。

助教是你的女友，但不是女僕。既然她不想，就不該被強迫。

雖然蘇祐凡知道自己能幫上的忙，只有讓她的謊不要被拆穿。若助教最後還是屈服於男友的意見辭職，他一個局外人也無力回天。

即使只是充個人場，給她壯膽也好，他想在現場提供一點心理上的支援。

牛排不再滋滋作響，蘇祐凡放下餐巾，耐著性子觀察狀況。

「這只是我個人的想法，」宋承浩代表兩人主動開口。「我希望玟盈婚後如果想繼續工作，工時能別像現在這麼長。我知道她帶隊非常用心，但既然組成家庭，希望她能有餘力分時間給家庭生活。」

「那是當然。」任總教練對宋承浩情理之內的要求表示理解。

蘇祐凡必須承認宋承浩的厲害之處，什麼事情他都能講得冠冕堂皇，試圖站在道德的制高點，善用常識般的人情倫理來達成他的目的。

面對開明的任總教練，那傢伙就不直說希望助教辭職，而是拐著彎抱怨工時太長。

很會。

「當然，婚後是否繼續助教的工作，由她來決定。」宋承浩擺出民主的樣子。「等她決定了，我們再找一天跟任主任報告。」

說得好聽。那你今天幹麼還強行安排這場飯局？不就是不想做那個開口要女友辭職的壞人，卻從旁施壓，把決定的壓力都丟到助教身上？

蘇祐凡看著焦慮不安的巫玟盈，想起今早宋承浩走後，兩人的對話——

「小右，你剛剛……為什麼要幫我？」她不解地望向他。

「因為妳看起來快被拆穿了。」他笑，跟她說了那天聽到她在男友跟長輩面前撒謊的事。「而且，本來我也有打算要選。」

他提了一下跟父親的賭局，沒說得太詳細。

「這麼巧啊……」她不可思議的眼神，看得他有些侷促。

「再說，如果妳被拆穿，我們就要換助教了。」他臨時追加理由，「身為隊長，阻止這種事發生是我的責任啊。」耍帥地露出笑容。

「小右……」

見她流露驚訝又有點感動的神情，他想此刻她應該比較能聽進忠告，便道：「助教，妳不是不想辭職嗎？那等一下吃飯時就勇敢說出妳的想法啊。妳要記得，妳不是一個人，我們這些隊員跟總教練一定是站在妳這邊的。」

此時，她不安的眼神與他相遇，蘇祐凡朝她使個眼色，無聲地為她打氣。

助教，加油。不管誰希望妳怎麼做，妳都有替自己人生作主的權利。

見巫玟盈一時間還是躊躇不決，任總教練體貼地製造臺階給雙方下：「玟盈是我的得力助手，如果她願意留下，我跟選手都會很高興，但如果她有更想去的地方，我們也一定會祝福她。不管她的決定是什麼，隊上的人都支持她。」

聽到這番話的那瞬間，巫玟盈抬眼看向他，連連眨著眼，像不可置信又感動萬分。

他回給她一個「聽到沒？我就說妳不是一個人」的眼神。

「謝謝總教練……」巫玟盈眼波在任總教練與他之間流轉，感動得眼眶泛淚。「我……很珍惜這份工作，目前沒有離開的打算，也不想讓選手因為突然換助教，影響訓練的成效。」

感謝老天，助教終於勇敢在男友面前說出她的心聲。

那麼，聽到這番話的宋承浩會怎麼反應？

宋承浩只是又喝了口黑咖啡，主動將話題轉向等明年他的健身中心展店到一段落，也許能提供實習名額給系上學弟妹的話題。

哼，已讀不回？

沒關係，至少現在，在總教練的見證下，助教的謊言轉變為陪他一起加強訓練的真實了。

蘇祐凡心情愉快地切起面前的牛排，沒注意到宋承浩乘隙投來評估的眼神。

❄

巫玟盈必須承認，她沒料到小右會是那個救她脫離危機的人。

即使一個禮拜過去，昨晚正式收到任總教練幫小右設計的加強訓練計畫，今天就是執行的第一天了，她依舊忐忑不安。

她真的要跟自己最掌控不住的學生一起開始加強訓練了嗎？

早上五點四十，巫玟盈將機車停在離射箭場不遠的教職員工停車棚，走到射箭場旁的校隊辦公室前，拿出鑰匙開了門，又一天成為第一個進入隊辦的人。

她幾乎每天都這麼早到，在學生還沒集合前自己先跑一圈環校，是她在繁忙帶隊生活中維持體力與毅力的方式。

將不必要的隨身物品放進個人置物櫃，換上跑鞋、戴上運動耳機、做完簡單的伸展操後，巫玟盈便鎖上隊辦，在灰濛濛的天色中跑上與學生一樣的環校晨跑路線。

沿著校園小徑跑過幾棟系館與圖書館，途經校門口後，便到了S大地標——伊人湖。

踏著湖畔的石磚，早春晨風拂過泛著一層薄霧的湖面吹來，清新溼涼的氣息，喚醒了巫玟盈的回憶——

上週那場飯局結束後，她陪男友一起從湖畔的招待所散步到近校門處的停車場取車。

「玟盈，」並肩走在湖畔的石板小徑上，宋承浩突然停步。「可以回答我一個問題嗎？」

她也停下，轉頭看著男友，怕他問出刁鑽的問題，但還是點了頭。「嗯。」

「那個姓蘇的男學生，」他微一停頓，讓她心驚膽跳，「是不是在追妳？」

「啊？」意料之外的問題讓她傻了，接著搖頭如波浪鼓，「沒這回事，我帶他三年了，他之前常為了陪女朋友遲到早退被我罰錢呢。他講話就是那個調調，我也常被他嗆到生氣，但他本性不壞。」

「是嗎？」宋承浩不置可否地執起她帶著訂婚戒的左手，「要讓妳帶這麼有侵略性的男孩子訓練那麼長時間，我有點不放心。」

「承、承浩……」男友許久沒做出的親暱舉動與難得流露占有慾的發言讓她不知所措。「不會有這種事的。」

「妳能保證，我擔心的事絕對不會發生嗎？」宋承浩看進她的眼。

雖然覺得男友的擔憂很荒謬，為了使他安心，她還是慎重地承諾：「我保證。」

「那麼，選拔賽結束後，我們就結婚，可以嗎？」

「可、可是，」男友突然決定婚期，嚇壞了她。「準備婚禮很花時間的……」

「妳知道準備婚禮最難的是什麼嗎？」他突然問。

她沒經驗，只好搖搖頭。

「最難的是敲定飯店檔期。」宋承浩繼續說：「我們的婚禮當然得在我媽飯店辦。但就算有這層關係，好日子的檔期從一年前開始就陸續有客人來訂，一旦被訂走，她也無能為力，所以她上次才急著想趕快敲定日子。我們先給她一個大概的時間，細節就讓她跟飯店的婚禮祕書幫忙處理；至於其他結婚相關的事，婚祕也可以代為規畫，他們很專業，妳給需求就能幫妳辦到好，我們需要做的，只有在該出現時出現就好。我接下來半年也很忙，但我覺得這並不是做不到。」

比她更忙的男友都這麼說了，巫玟盈再也找不到有力理由反對。

她知道宋媽媽飯店的婚禮團隊很專業，但是……

是她太要求了嗎？她總認為，結婚不只是滿足這些形式，應該是一種更慎重的承諾……

「妳還有什麼疑慮嗎？」

但承浩也很盛大地跟她求婚了，不能說他不慎重……雖然那並不是她要的。

其實，核心的問題，還是兩人對未來的共識吧。

「承浩……」她問出自求婚以來，心中梗了好久，終於有勇氣問的問題。「那我婚後，還可以在學校工作嗎？」

「我媽不會太高興。」宋承浩坦白道。「但如果妳真的堅持，也不在意她難免會有微詞，只要妳沒有因為工作忽略了家庭，我就不會再阻止妳。」

「真、真的？」男友突然的讓步，讓她驚訝萬分。

「能讓一向隨和的妳堅持不退讓的事，我想對妳應該很重要。」宋承浩撫摩她戴著戒指的手。「我只希望，讓妳不惜反抗我的真的是這份工作，不是其他原因。」

男友不甚信任的說法讓她的心微微下沉。

「當然不是，我真的很喜歡這份工作。」為免氣氛陷入僵局，她還是趕忙表態。

「好。那等妳明年寒假帶完選手，我們就舉行婚禮，可以嗎？」

在回應前，她聽到心裡有個微弱的聲音說：到那個時候，妳真的就能甘心進入婚姻了嗎？如果妳心裡還有疑慮，這樣答應好嗎？

但她無視那道聲音，在男友的注視下，扯出一抹微笑，用力點頭。「好。」

「別辜負我的信任，玟盈。」男友輕柔說出的這句話，卻讓巫玟盈心頭有些沉重。

不過，她總算得到男友的正式同意，帶小右訓練到明年寒假選拔賽結束，不用擔心男友會再來拆臺。

至少她到明年寒假為止都能維持生活現狀，婚後也不必被迫辭職，仍能保有一方自由空間。

巫玟盈深吸一口清新的空氣，另一段回憶突然跳入腦海——

她第一次遇見小右，是在她正式上任助教、他大一開學的前一天，也在這個湖畔。

「學姊，妳知道學校裡有其他賣吃的地方嗎？」

當時，她剛跟任總教練討論完工作事宜，從圖書館一樓咖啡廳離開時，外帶了一盒蛋糕，正要拿到湖畔的座位區享用，在石板小徑上被他攔住。

那時，高中畢業不久的他頭髮比現在短一些，黑髮間有銀藍色的挑染，左右耳垂上也各有一個耳釘。

他一開口就認定她是學姊讓她莞爾。

「除了湖畔的招待所中西餐廳之外，所有的餐廳跟超商都在第二區。」她往山上的方向指。「週末晚上八點後，所有餐廳都關了，超商的食物也會賣完，要等到晚上十點才會再進貨，要吃飯要把握時間喔。」看他是新生，她好心提醒。

「不會吧？我才剛從第二區下來欸。」他苦著臉，瞥見她手上的蛋糕盒，眼睛忽然亮了。「那妳這個在哪裡買的？」語氣中掩不住的興奮，讓巫玟盈立刻認出他是同類——

面前外貌叛逆的男孩，居然跟她一樣喜歡吃甜點。

男孩無意間流露出的反差萌，讓巫玟盈突然覺得有點可愛。

「這是從圖書館一樓咖啡廳買的，不過那裡只有輕食跟甜點，沒賣正餐。」

「學姊，妳有沒有推薦那裡的什麼甜點？」他興致勃勃地追問。

「嗯，抹茶草莓卷吧……」男孩雙眼放光的樣子讓她有點不忍。「不過，咖啡廳只開到六點，剛剛關門了。」

「什麼？」他一臉了無生趣的模樣，「唉，還是只能回學餐吃『噴』嗎？」眼神不由自主飄向她手上的蛋糕盒。

身為校友，巫玟盈很能理解他悲憤的心情。

「不然……這個請你吃，我剛剛買到的最後一個抹茶草莓卷。」她將蛋糕盒遞給他。她本來想趁不喜歡她吃甜點的男友來接她共進晚餐前，在湖畔偷偷享用，但學弟看起來好沮喪，讓她動了惻隱之心。「不過還是要記得吃正餐喔。」

「謝謝學姊！」他毫不推辭地收下，眼中笑意燦然。「學姊，妳很可愛，是我的菜。告訴我妳的社群帳號，我們當個朋友吧？」對她勾起一個流裡流氣的撩妹笑容。

她對也喜歡吃甜點的男孩的好感，因為這種輕佻舉止瞬間煙消雲散。

「不、不用了。」她連忙後退兩步，「我男朋友要來接我了，再見。」

她就這麼逃了，想說大概永遠不會再見。

豈料，隔天的晨練就與他冤家路窄。

「大家好，我是今天新上任的助理教練巫玟盈——」在隊員中看見他時，她愣了一下，才若無其事地說：「請大家多多指教。」

「助教好。」他和其他隊員一起應道，絲毫未變的神色，巫玟盈猜他大概沒認出她。畢竟她昨天為了要與男友見面，特意穿起小洋裝、化了妝、還用電捲棒將長直髮燙成男友喜歡的捲髮，和今天一身運動服、臉上只擦了防晒隔離霜、簡單綁個馬尾的樸素完全不同。

對小右輕佻的第一印象，隨著他大一大二精彩的戀愛史而根深蒂固，再加上他總是遲到早退以及愛頂嘴的行為，在她眼中，小右成了棘手的問題學生。

不過與小右認識越久，她越明白小右雖然看起來吊兒郎當、嘴巴壞，其實本性並不壞，既有正義感又熱心，隊友需要幫忙時，總會故作不經意地伸出援手；輕浮壞印象也在他接任隊長後，不再為了女友遲到早退，而逐漸鬆動了。

雖然她還是擔心自己應付不了小右，但若非小右跳進來摻和，她很確定，光靠自己絕不可能爭取到婚後能不辭職的理想結果。

她告訴自己，是時候拋開對他的最後一絲成見，好好協助他完成目標。

跑過湖畔，巫玟盈淨空思緒，專注在呼吸上，將男友與小右都暫時拋在腦後。

一鼓作氣地往上跑，經過位於山頂的附中校門時，聽見了六點的鐘響，天色逐漸轉亮，她踏著晨光，跑往切回射箭場所在的下坡路。

踏上已能望見射箭場的木棉道時，巫玟盈注意到一個穿著運動服的身影，正往隊辦的方向前進。

雖然一時間不太相信自己的眼睛，但是，那頭搶眼的銀髮，遠遠都不可能認錯。

是從來沒早於集合時間三分鐘前到的小右。

她沒有要他這麼早到啊？

巫玟盈滿懷疑惑地跑下最後的坡道，抵達隊辦時，小右已早一步開了門，背靠門框等著她。

「助教，早。」他皺起眉看她。「妳一直都這麼早出去跑步嗎？」

「早……」她用了幾個深呼吸才止住跑完步的喘息。「我有空就會跑，不然平常太忙了沒時間運動。」

「我早該發現的。」他喃喃自語完，轉頭看著她：「從明天開始，我跟妳一起跑吧。」

什麼？為什麼？

她一定不小心說出了自己的疑問。因為他馬上從口袋抽出強化訓練菜單，「總教練給我排的沒人性菜單上有『心肺能力強化：跑步』這一項，跟可愛的妹一起跑比較開心啊。」又出現當年在湖畔那個輕佻的笑。

「你在說什麼？」他腦袋接錯什麼線？為何忽然又對她開啟撩妹模式了？

巫玟盈這才發現，她還是不夠了解小右。

與小右的訓練計畫，似乎注定要超脫她掌控了。

❄

翌晨五點四十，蘇祐凡邊打著呵欠邊快步前行，往射箭隊隊辦而去。

昨天他在晨練半小時前的六點就到隊辦，是想讓對他似乎不太有信心的助教大吃一驚。

沒想到，大吃一驚的是他。

雖然他知道助教每天都是最早到的人，但他昨天才知道她居然天沒亮就在跑環校。

拜託，她到底對自己的人身安全有沒有自覺啊！大學是外人可以輕易進入的開放空間，以前也有女學生在校園裡遇到騷擾事件，她不怕，他都替她覺得怕。

因此，雖然在太陽都還沒升起的寒冷清晨爬出被窩真是天殺的痛苦，但他今早還是排除萬難出現在這裡。

「助教，早。」他與她幾乎同時抵達隊辦門口。

「小右……你真的來了。」她刮目相看的表情，讓蘇祐凡覺得早起的痛苦都值得了。

「我蘇祐凡說到做到啊。」才帥氣地說完，就忍不住打了個大呵欠，當場破功。

「你不用這麼早來的。」

她好像在忍笑，可惡。

「總教練給你排的加強訓練，你找時間做完再跟我回報就可以了。」

他知道。可是想到她一個人在昏暗又死角多的校園裡跑步，他就算想賴床也會賴得很不安穩。他知道這樣跑了很久的她一定不會聽勸放棄，只好捨命陪君子了。

「跟妹子一起跑比較有動力啊。」但他不想跟她解釋，用輕佻的語氣敷衍帶過。

「你……」她不出所料地放棄與他對話。

他們開門放好東西、簡單地熱身後，便一起跑上那條固定的晨跑路線。

距離明年寒假的世大運選拔賽大約還有十個月，任總教練按著以前當國家代表隊教練的訓練法，幫他將訓練菜單分成三階段——體能準備與補強期、適應及活用期、實戰活用期。

這學期基本上是體能準備與補強期——意思是，他多了很多額外的跑步、重訓、核心與引弓訓練，畢竟體能是體育競技的基礎，他早有心理準備。

練體能雖然只能靠自己，但如果有她在旁邊，感覺還不壞。

蘇祐凡配合著她較小的步伐，讓兩人能並排跑在一起。

雖然這條路線他們分別都跑過很多次，但與對方一起跑，卻是第一次。

他們經過圖書館門口時，蘇祐凡轉頭看向還一片漆黑的咖啡廳。

「小右，你在看什麼？」她忍不住問。

「沒事。」他笑著搖搖頭，轉上通往伊人湖前的最後一段人行道。

她一直以為他沒認出她來，那個好心給他抹茶草莓卷的學姊。

怎麼可能沒認出來？她以為他怎麼知道她是學姊的？

他在湖畔偶遇之前就認得她了，單方面的。

跑上湖畔的石板小徑時，蘇祐凡想起兩人真正的初次相遇。

射箭選手從高中開始，比賽距離都是奧運標準的七十公尺，當比賽不分組時，就有機會與不同齡的選手同場競技。當他升高一的暑假，曾在一場不分組的比賽遇過當時升大四的她——

「學弟，嘿嘿，最後一罐奶茶是我的啦。」

中午休息時間跑去販賣機前排隊的他，眼睜睜看著外校學長將販賣機裡最後一罐含糖飲料買走。

那場比賽中午的便當分量特別少，場地又偏遠，附近連一間超商都沒有，一堆選手吃完飯就跑去販賣機買含糖飲料填補空虛的肚子。

他因為負責回收全隊吃完的便當，去得慢了，排在隊伍的最後，親眼見證最後一種含糖飲料亮起「售完」的紅燈。

「幹！什麼鬼地方！」學長一走，他心情惡劣地踢了一腳只剩下無糖茶跟瓶裝水的販賣機。升高一的他正在發育期，非常確定自己下午比到一半就會餓了，餓著肚子比賽可不是什麼愉快的事。

阿左那傢伙早上還說他今天會有命運的相遇。

見鬼，都快餓死了，最好是會有什麼命運的相遇。

就在他轉身準備離開時，一道溫柔的女聲響起：「學弟……你不介意的話，我這裡有一罐，你拿去喝吧。」一罐瓶身泛著細小水珠的奶茶遞了過來。「我其實不該喝熱量這麼高的東西，剛剛看大家在排隊便忍不住跟著買了。」

他盯著那罐救命的奶茶，不可置信地伸手接過。

「阿祐，還在那裡幹麼？快回來集合做操了！」隊長的喊聲遠遠從休息區傳來，下午的賽事快開始了。

「好！」他趕忙轉頭應道，想跟好心學姊道謝時，她已轉身離去。

但穿著淺藍運動服上衣、綁著馬尾的嬌小背影，還有衣服上別著的選手編號，他倒是記下了。

等他比完第一場淘汰賽下場後，他立刻去翻比賽的秩序冊，靠著選手編號找出了好心學姊的學校和名字。

S大，巫玟盈。

他很快在S大所在的休息遮陽棚下，循著背上別的號碼布認出她的身影。

她笑起來大眼睛會彎成新月形，有張說是高中生他也信的娃娃臉，甜美可愛，跟聲音一樣，散發出令人想親近的溫柔氣質。

她並不是全場最亮眼的女孩，但自從注意起她，他目光總不由自主地被她吸引。

蘇祐凡一直想找機會跟她道謝，但不是她正要上場比賽，就是快輪到他上場，再不然就是有人來找他，或是有人跟她聊得正起勁，因此遲遲沒能實現。

那天是比賽最後一天，他收完弓，抬頭想再找她，卻發現S大全隊已經離開。

沒關係，至少他知道了她的名字和長相。下次不分組的比賽，還有機會再見到她。

結果，她不曾再出現。他輾轉打聽，才知道她不像大部分選手會射到碩士畢業，因為一些私人因素，大四就淡出賽場，沒打算再當選手了。

對好心學姊那份淡淡的好感就停在那裡，沒有增長，卻也沒有消失，偶而會忽然想起，但又消逝在日常的忙碌中。

三年後，他決定放棄體大、選擇S大繼續選手生涯，倒不是為了追隨她這種老梗的痴情，畢竟她早就畢業了。唯一與她相關的理由，是在好奇打聽她的訊息時，認識了一些S大的學長姊，對S大自由的隊風心生嚮往。

然而，大一開學前一天，在學校湖畔遇見她時，他居然還是一眼就認出她——雖然畫上淡妝，弄了個對她而言有些成熟的捲髮造型，但那張娃娃臉一點也沒變。

這次，她身邊沒有其他礙事的人，沒有什麼能再阻止他跟她搭話。

本來只是想完成高中時期未完成的心願，卻發現她是愛吃甜食的同類，還大方地把珍貴的甜食給了飢腸轆轆的他。

曾經對她的模糊嚮往，瞬間化為想更深入認識的強烈心情——於是他不小心衝過頭，悲劇了。

看著她落荒而逃、坐上男友車子的畫面，讓他在心裡直罵自己蠢。

六年的差距很遠，他怎麼會妄想她還沒死會？他才剛拿到機車駕照，而她不僅有了男友，男友還是有車階級。

連初戀都不知算不算得上的淺淺思念，悲傷地畫上句點——他以為。

隔天一早，他加入S大射箭隊的第一次晨練，當他看到她居然以助教身分站在隊員面前點名時，他傻了。

他居然跟第一次主動搭訕卻失敗的女生，成了必須常常見面的師生，老天真是殘忍。

主動出擊失敗的尷尬與得知她死會仍揮之不去的沮喪，讓他決定裝死到底，幸好她也沒有揭穿的意思。

他決定向外發展，與跟他同齡的女生交往，以為談了戀愛就能忘記那份淡淡卻不曾消逝的心情；他投入很多時間經營感情，卻老是無法維持超過一學期就宣告分手。

他不是在為自己大學前兩年的荒唐找藉口，但除了剛脫離高中壓抑校隊生活的反作用力之外，她可望而不可即的存在，也是讓他無法全心投入校隊練習的原因之一。

各方面都放飛自我過了頭的他，自然成為她眼中棘手的學生。

其實，如果她徹底討厭他，也許他就能成功拋開對她的莫名在意。可她雖然怕他，卻還是做了各種努力希望他浪子回頭，也將隊上塑造成一個讓他總是想回去的家。

原本他對她只是淡淡的好感，隨著認識她越深，陷落為更難以自拔的感情。

最終，他放棄無謂的逃避，乖乖回歸隊上，努力不再做會讓她擔心的事，並用「家人」的定位為自己拉好一條界線，心安理得地在不踰矩的範圍內關心她。

他曾以為，如果她過得很幸福，自己可以用家人的心情祝福她。

可是，看到她被求婚，他無意識地出手干預，他才發現自己從來沒有那麼偉大的情操。之前的「家人」定位，不過是他為了掩飾心中的感情，自欺欺人的說法罷了。

他轉頭看她因跑步而浮上紅潮的臉頰，心裡那股一直關得很好的騷亂，終於掙脫嚴密看守。去他的家人，他不想再對自己說謊了。

「助教。」在即將回到射箭場的木棉道上，他們慢下步伐時，他主動喊了她。

「什麼事？」她回看他，用他很喜歡的那雙溫柔如水的大眼。

「我喜歡妳……」他故意將句子斷在曖昧處，等她不知所措地紅了臉，才接續道：「煮的奶茶。」

六年的差距很遠，遠到他曾以為永遠都克服不了這段年齡差。

可是現在，千載難逢的機會出現了。

他下意識瞬間伸手抓住機會。

「你、你幹麼忽然說這個？」她一臉鬆了口氣的樣子。

「想說我好像從來沒對妳說過啊。」他笑，決定以不會嚇到她的方式再說一次。「其實我從一開始就非常喜歡。」

「好啦，等一下回去我就要煮了。」她不出所料地沒聽懂。

「助教。」他又喚。

「又有什麼事？」她好氣又好笑地看他。

「昨天忘了跟妳說，」他笑著朝她伸出左手。「加強訓練，請多指教。」

「好好好，請多指教。」她不懂他在笑什麼，但還是伸出左手與他交握。

他握緊她戴著訂婚戒的左手。

他差點連自己都騙過了——與父親的賭注和她的幸福在他心中的比重。

與父親的賭注雖然重要，但他更不希望她嫁給那個並不尊重她的傢伙。

輸給父親，他至多失去兩年自由，輸給宋承浩的算計，她失去的是一生幸福。

他必須阻止這件事發生——讓她不要結這場荒謬的婚。

當然，如果兩者都能贏更好。

如果她也能對他心動，那就是最佳結局。

從此刻開始，他會盡全力往最佳結局前進。

就這樣，他們懷著完全相異的心思，開始了加強訓練。

第三話　甜蜜賭注

「助教，小右的加強訓練狀況如何？他有乖乖照做菜單嗎？」鍾致中趁下午的空堂時間回隊辦拿東西，順口問了坐在辦公桌前的巫玟盈。

「中中，說了你一定不相信，還真的有。」

巫玟盈承認，小右的脫胎換骨令她非常吃驚——除了每天早起跟她一起跑步，回到隊辦稍事休息，又跟著隊友再跑一次同樣路線。晨練結束後，只要他有空堂，就會來隊辦做總教練開的加強體能菜單，或跑去重訓和自主訓練，至今兩週，沒一天落下進度。

以前只要不遲到早退、老實出席練習，就令她覺得欣慰的小右，現在忽然像吃了奮發向上的仙丹，積極得彷彿換了一個人。

「可喜可賀。」中中關上置物櫃的門。「我們S大射箭隊『聲名遠播』的潮男隊長終於覺醒了。」

「總教練也講過類似的話。」巫玟盈被中中精準的形容逗得直笑——不管是時尚品味過人的部分，還是彷彿沉睡多年的部分。

「中中，明天我要帶國中部的選手去青年盃，我不在的時候，如果小右加強訓練遇到問題，麻煩你指導他一下喔。」

每年開春的第一場全國賽青年盃，即將於明日午後在東臺灣開賽。巫玟盈身兼S大與S大附中的助理教練，全國賽時須帶隊參加國中組、高中組、大專組的賽程，每組賽程都是四天，她得在比賽地連待十二天才會再回到學校。

鍾致中也曾經歷過和小右一樣的加強訓練，巫玟盈決定請託他。

鍾致中笑著答應後，他的手機響了。他查看手機時流露出溫柔神情，向巫玟盈說他該走了。

巫玟盈會意地微笑目送中中離開，而後走到維修器材的工作臺前，清點明天要帶去比賽的東西——將維修器材需要的工具、備用的弦線、補強線、箭座、吸震器、瞄準器等等，全部放進工具箱。

射箭器材極為精密，大大小小的「傢伙」很多，她拿著清單一一檢視，遇到缺的東西，就趕快找出來補上。為防比賽時突然遇到器材故障無法及時維修，每次出發前都得做好萬全準備。

她收到一半時，結束賽前最後一次練習的國中部選手拿著弓箭器材魚貫走進隊辦，一一從角落拿出外型像細長金屬殼行李箱的弓箱，將弓拆解放入，以便長途攜帶。

「大家要記得檢查自己備用的弓臂、弦線、羽片、箭尾都要帶到喔！」巫玟盈揚聲提醒正埋頭收弓的國中部選手，「如果羽片是舊的、破的，記得今晚要把箭帶回家換新的羽片。」

雖然這些都是很基本的事情，有時選手還是會粗心忘記，巫玟盈總是不厭其煩地提醒。

大家邊收邊聊天，沒人回應她。

「學弟妹，助教在講，你們有在聽嗎？」此時，小右走進鬧哄哄的隊辦。

「有啦，小右學長，我們不是第一次去比賽啊。」一個比較皮的國中部男選手嘻嘻哈哈地回道，「助教說的我們早就知道了啦。」

「助教人太好，你們就不把她當一回事是不是？」小右沉下臉，語氣突轉嚴厲。「人家跟你們說話的時候，回應一聲是基本禮貌！」

小右的這一面也是巫玟盈從沒見過的——以前的他，就算提醒學弟妹也是笑笑的，今天卻板起臉，嚇得第一次見到他發怒的學弟妹你看我、我看你，不知所措。

「小右，沒關係啦，我只是提醒而已，他們知道就好……」害怕衝突的她，趕快跳出來緩和氣氛。

「你們真的知道了嗎？」小右挑眉看向學弟妹。「不會晚上又急著找助教幫忙？」

幾個比較機靈的學弟妹搶著回話，學長我們知道了、絕對不會、助教對不起等等。

「好。你們最好說話算話，不然比完賽回來，皮就給我繃緊一點啊。」他雙手環胸，扯起一個令人背脊發涼的笑。

外型叛逆的小右耍起流氓來氣勢十足，很能制住青春期的孩子呢……

看到國中部選手乖乖不敢回嘴的樣子，巫玟盈默默覺得有點崇拜他。

學弟妹加速收完弓，趕著離開這個學長突然變身怪獸的現場時，巫玟盈在他們背後喊道：「明天早上六點，隊辦門口集合喔！別遲到了！」大家這次都不忘乖乖應聲再走。

隊辦瞬間只剩下她跟小右。

她也是第一次見到他生氣，一時尷尬得不知該如何跟他搭話。

「助教，妳在怕什麼？我又不是在生妳的氣。」小右看穿她心思，以吐槽打破尷尬。

「我、我知道啦。你是來做核心跟引弓訓練的吧？快去吧，我也還要再收一下。」

「好，需要幫忙的話，跟我說一聲。」小右正色說完，就去拿了啞鈴以及自己的弓，開始在室內空曠處輪流做增強肌力的核心與引弓練習。

兩人就這樣在同一個空間裡各做各的事，直到暮色降臨。

她差不多收完工具箱時，小右向她回報今天的訓練菜單做完了。

「對了，」她跑到印表機處，拿了一段時間以前就印好的表格遞給他。「我想了一下，我不在的時候，你每天做完菜單，就在表格上貼貼紙記錄，我回來再驗收。」還從辦公桌抽屜找出她寫手帳裝飾用的貼紙給他。

小右用嫌棄的表情看著她附上的少女風粉色貼紙，「助教，妳以為我是小女生？我拒絕在格子裡貼玫瑰花跟愛心。」

「我臨時想到，來不及去買別的貼紙嘛……」真是的，嘴壞這點倒是沒變。「不然你用筆打勾也可以，重點是每天記錄達成的目標。」

「好啦。」他接過她特製的表格。「等妳回來，我一定把格子填好填滿——」

「助教，太好了妳還在！」小右發下的豪語，被忽然推門而入的高中部學弟打斷。

「柏翔，怎麼了？」她仰頭看著身高近兩米，總是冒冒失失的柏翔。

「助教，我們明天要段考，差點忘記妳明天就不在了。」柏翔將大手合十。「我、阿偉還有芝芝比賽前都需要一條新弦，助教可不可以今天離開前幫我們做好？拜託拜託，謝謝助教！」

「不可以。」回話的是小右。「助教不是你們的二十四小時便利商店。她明天一大早要開車載學弟妹出發，你們現在才說，她今天要在這裡忙到幾點？」

啊，他又跳出來幫她說話了。

「可、可是，小右學長，這次是世青賽初選，比賽沒有備用弦，萬一弦射斷就完了……」人高馬大的柏翔也被小右板起臉的樣子嚇到。

「助教不是說最晚昨天要跟她說嗎？」小右繼續教訓著高他一個頭的學弟，「你們想選拔，就可以把助教當女僕使喚？」

「不、不是，我們絕對沒有那個意思，只是不小心忘記……」

「小右，沒關係啦，三條弦，我一個半小時就搞定了。」眼看即將陷入僵局，她連忙跳出來緩頰。「現在才六點，我七點半左右就可以做完。」

他為她說話她很感激，但協助選手是她的職責，她還是覺得自己該幫忙。

「助教，妳就是這樣才會一天到晚被凹——」小右還忿忿不平，但被她制止了。她答應柏翔後，趕他早點回家念書，便立刻開始製作備用的弦線。

她將柏翔弓上的弦線拿來量完長度，熟練地在製弦器拉出弦線的主體。準備開始在弦線中央及上下弦耳纏上增加弦線強度的補強線時，一捲裝妥在捲線器上以方便使用的補強線出現在她眼前。

她抬頭，才發現小右還在隊辦。

「謝謝……」她愣愣地接過補強線後，低頭繼續動作。「小右，你不去吃晚飯嗎？」剛剛練了很多體能的他，現在應該很餓才是啊。

而且，以前他「忠告」完之後，不會留下來。

他今天到底怎麼了？

「助教，我們來打個賭。賭注就用今天的晚餐，怎麼樣？」

他留下來，是為了找她打賭？但她沒有什麼好跟他賭的呀。

「打什麼賭？」她隨意應道，從捲線器拉出一段補強線，在弦線上打個結固定好，開始心細手巧地將補強線一圈圈緊緊纏繞在弦線上。

「在妳做完這三條弦之前，一定還有人要找妳救命。」

她手停了一下，但沒抬頭，很快又恢復動作。「那你輸了呢？」幹麼這麼篤定地唱衰她？好過分。

「晚餐當然算我的，」他頓了一下，「還有，等我們去比賽的時候，我請妳吃那邊最近網路好評很多的法式甜點。」

「法式甜點？」一聽到關鍵字，她忍不住抬頭。

「不過前提是妳要贏。」小右笑得很壞心。「怎樣，賭不賭？」

「好！」她想也不想就咬餌了。

❄

用罐罐可以吸引到貓咪，用甜點可以吸引到助教，這簡單的真理，蘇祐凡早就了然於心。

「謝謝助教，被請客的晚餐最好吃了。」

晚上七點半，坐在隊辦沙發上打開他跑去學餐替兩人買來的便當時，蘇祐凡笑得好得意。

人在工作臺前剛製作完最後一條弦的巫玟盈，默默打開自己的便當，悶頭吃起來。

結果，不必等到一個半小時過去，他們賭注成立半小時後，就接到好幾通求救電話——有國中部選手忘了把箭帶回家更換新的箭羽、有高中部選手忘了請助教幫忙校準弓的中線等等。

這些事情，每次比賽前都會發生，蘇祐凡不認為這次會例外。

以前，他僅是口頭「忠告」她一下，不曾插手干預，怕自己一插手就會想管到底，破壞他設下與她之間的安全界線。

現在，他將內心的界線移得離她更近一些，允許自己介入，留下陪她面對。

「好啦，助教，不要生悶氣了。」吃完便當，他替兩人沖洗好便當盒回收，走回她面前。「我跟妳打賭，只是想讓妳發現妳有多容易被別人占便宜，包括妳的學生。讓人知道妳的底線在哪裡，才不會一直被得寸進尺。」

「我有提醒大家，器材有問題，最晚昨天前要跟我說啊……」她拿起國中部選手需要更換箭羽的箭，負氣似的將舊的箭羽一片片從箭桿上撕下來。

「可是每次都有人趁妳出發前一天壓線維修成功。所以很多人就覺得，壓線也沒關係，反正助教還是會幫忙，就不會把妳說的期限放在心上。」他接過箭羽被全部剝光的箭桿，幫忙把上面原本用來黏住箭羽的雙面膠條全部撕乾淨。「結果演變成每次妳出發前，都要在隊辦加班到很晚。妳不要傻了好不好？

多做又沒加班費。」

他主動出手幫忙，使她驚訝得停下手上的動作。

「這些我自己做就好了……你可以先回去休息啦。」

「拜託，妳一個人是想做到幾點？」他沒好氣地瞪一眼固執又嘴硬的助教。「妳明天不是要開長途車載學弟妹去東部？妳在校外租房子，騎車單程也要二十分鐘，明天又一大早集合，需要早點弄完回去休息的是妳吧？」

因為隊員人數眾多、器材也多，為求方便，他們每次去比賽或集訓都會跟學校借廂型車。最早出發的那組選手坐車去，後出發的選手坐客運或火車；到了比賽地的移動就全靠那臺車，如此能省下大筆交通費，也方便管理選手行蹤。

換言之，明天一早就要開長途車的她，今晚需要非常充足的睡眠。

「不會啦，這些我一個人做得完的。」她將最後一支箭的箭羽剝下，「真的不行，我睡隊辦就好，反正我明天要帶的行李已經先帶來了。」

……她的意思是，她早有心理準備可能會在隊辦過夜？

替她去找出備用箭羽的蘇祐凡，手凍結在半空。

「助教，妳再說一次？」他轉身，瞇眼凝視她忙碌的背影。

他早該發現的。

她事事盡心的性格，每次賽前都趕工到那麼晚，為什麼隔天清早總能準時帶選手出發？

一瞬間，他真的非常生氣——氣她不顧人身安危的鞠躬盡瘁，更氣自己沒早點介入阻止。

「我說，真的不行，我睡隊辦就好了啊。」她沒發現他臉色不豫，邊忙邊用理所當然的語氣複述。

「喔？我都不知道隊辦可以睡人呢。」他走回她所在的工作臺前，將那包新的箭羽放在檯面上。「怎麼辦到的？願聞其詳。」

如果她有仔細聽他異常文雅的用詞，應該會察覺他怒氣值已經快到臨界點，可惜她沒有。

她頭沒抬，拿出那包新箭羽裡面附的專用雙面膠條，沿著箭桿上的標記貼上。「我置物櫃裡面有小枕頭跟睡袋，我這麼矮，到休息區的長沙發上睡就可以了。我到哪裡都很好睡，睡哪都不是問題。」

這女人，到底知不知道問題在哪裡啊？

「巫玟盈小姐，」他氣得直呼她全名，「妳不覺得，這不是好不好睡的問題嗎？」

她終於被他氣憤的語氣引得抬頭，看到他的閻王臉，遲疑了下。「不然……是什麼問題？」

怎麼一點危機意識都沒有？蘇祐凡覺得自己快崩潰了。

「問題是，妳一個女生睡在隊辦這種荒涼的校園死角很危險！」他忍不住揚聲，嚇得她縮起肩。

射箭場與校隊辦公室周邊是田徑場等運動空間，基本上在校園最偏僻的角落，半夜若遇到危險，就算叫破喉嚨也不會有人聽到。

「我、我會鎖門啦，隊辦的門窗有加裝防盜鎖，很安全的，不用擔心。」她安撫暴龍似的討好一笑。

蘇祐凡真的好想學芭樂劇的男主角，抓住她的肩膀咆哮加猛搖一陣，但想到她吃軟不吃硬的牛脾氣，他努力忍住了。

「助教，我問妳，」為了不再嚇到她，他努力恢復輕柔語氣，「從以前到現在，有多少人手上有隊辦鑰匙？」

「那些人都是射箭隊的隊員啊……」對上他仍然淩厲的眼神，她越說越小聲。

「那這些人裡面，有多少人掉過鑰匙重打，妳記得嗎？」見她低下頭不作聲，他替她回答：「光是我當隊長的前半年，就有兩個國中部學弟、一個高中部學妹、還有阿左，總共四個人掉過。妳敢說，絕對沒有被有心人士侵入的可能嗎？我們可是器材總額最貴的校隊呢。」

「我睡這麼多次了也都沒事啊……」她小聲咕噥著。「你回去休息啦……」

他自以為已經夠了解她了，但顯然不夠——原來她不僅固執，還是個大膽到少根筋的女人，難怪天沒亮就敢一個人去晨跑。

如果他是她男朋友，每天光擔心就飽了。

對了，說到男朋友……

「不然，妳要我去找宋承浩報告這件事嗎？」他祭出威脅，「如果他聽到妳每次比賽前都會加班加到在隊辦過夜……嗯，妳覺得他會不會跑去找總教練抱怨？捲土重來逼妳辭職？」

他當然不會這樣做，但刻意打在她最在意的點上，希望她別再固執。

「小右，拜託不要！」她立刻抬頭緊張兮兮地懇求。

「那好，我們趕快把這些事做完，然後妳給我回家休息！」

於是，在他的加入幫忙下，他們在晚上十點完成了所有來掛急診的器材維修作業。之後，他陪她走到停車棚，看著她乖乖騎車離開，才動身回宿舍。

接下來，要一個禮拜見不到她了啊。

蘇祐凡暗自祈禱她獨自帶隊在外的一個禮拜能平安順利。

❄

國中組的賽程順利結束，高中組的賽程，轉眼已是倒數第二天，今早比完了團體對抗賽，等下午的混雙對抗賽也結束，只剩明天壓軸的個人對抗賽。因為競賽成績關乎升學，每次巫玟盈帶隊壓力最大也最累的國、高中組賽事就快結束了。

中午休息時間，巫玟盈在S大的休息區吃完便當，喝著附贈的養樂多時，手機通知跳了出來。她拿起放在一旁的手機，點開通知，看到小右拍了那張已快填滿的表格傳給她。

天啊，他今天居然中午就提早完成了訓練菜單。

「是我們的型男隊長嗎？我給他開的菜單，他做得怎麼樣了？」因系務繁忙無法全程參與比賽，這次選擇坐鎮高中組賽事的任總教練在一旁笑問。

「他做得很好……」事實上，是太好了，好到她難以置信。「已經連續三週全勤了。」

「看來，小右終於找到值得他努力的目標了。」任總教練欣慰一笑。

「目標？」總教練這麼一說，讓巫玟盈想起小右跟她說的與父親的賭注。那算是值得努力的目標嗎？

他只說跟父親賭自己能選上國手，卻沒說賭了什麼、為什麼要賭。

不過她想，能令他改變至此的事，對他而言一定是很重要的事吧，畢竟最近的他真的變得不一樣了。她出發前一天晚上，他一直嘴壞地嫌她濫好人，可是幫忙的手從沒停過。要不是有他幫忙，她無疑要像以往一樣在隊辦過夜。他不僅盯著她離開學校，隔天早上，他還先到隊辦，親眼見她準時現身，才放心去跑步。

以往的他雖然也會各種「忠告」她，但不曾像那晚一樣留下來幫忙。

這帶給她的感受很不同——從一個總愛嫌棄她的人，變成一個嘴壞心善的好人——好感度突然暴增許多。

現在的小右，時常顯露出她不曾見過的面貌……

究竟是她以前都誤會他，還是他真的變了？

發現比賽再過三十五分鐘就要開始，巫玟盈收起無關念頭，起身提醒下午上場的選手們先檢查器材。

下午代表S大附中出賽高中組混雙賽的柏翔與芝芝準備好器材，各自拉起空弓熱身練手感。

就在此時，嗶嗶剝剝的聲響由柏翔的弓發出，緊接著是很大的「砰」一聲——

「柏翔的弓臂裂開了！」芝芝在一旁驚叫，指著在拉弓時突然彈性疲乏、沿著接面裂開來的弓臂。

「沒關係，」她趕快安撫選手，「柏翔，快換上你備用的弓臂。」

柏翔立刻打開自己的弓箱尋找備用弓臂，不到幾秒，他回過頭來，臉色發白。「助教，我忘記帶備用弓臂了……」

偏偏在這種時候！

S大體系所有選手練的都是奧運射箭賽目前唯一允許的弓種，反曲弓。反曲弓的主體由弓身、上下弓臂與弦線組合而成，少了其中任何一部分，弓就完全無法使用。

柏翔身高一九五，是場上少見的長人選手，弓臂的尺寸比一般選手長，恐怕找不到人借器材。就算借得到，也來不及調整，怎麼辦……

巫玟盈一時間也慌了。

「玟盈，妳先去把出賽名單換成阿偉。」任總教練在危機時刻適時出聲，「換人最晚不能超過開賽三十分鐘前，剩三分鐘，快去！」

幸好任總教練及時提醒，巫玟盈趕快跑去紀錄組要求更換出賽名單，在最後一分鐘換上男生的第二號選手替補，不然混雙賽就要不戰而敗了。

等她回到S大的休息區，便看到柏翔頹喪地坐在角落，眼眶紅了。

「助教……我明天的個人對抗賽要怎麼辦？」人高馬大的男孩駝著背，陷入絕望。「弓不能射，我要怎麼比賽？也不能選代表隊了……」

一年只有三次全國賽，春、夏、秋各一次。對於有心想選國手或獲得培訓資格的選手，每次全國賽都非常重要，比賽成績常作為各種選拔的參考成績。以柏翔目前的狀況，如果錯過明天的個人對抗賽，今年世青賽代表的選拔，他就要在第一輪宣告出局了。

如果柏翔能正常出賽，應該能為自己留下一席選拔資格……

巫玟盈心生不忍。

「柏翔，你的備用弓臂確定放在隊辦吧？」她想到一個方法，但沒有把握會成功。

柏翔有氣無力的點點頭，「我想應該還在器材櫃裡……」

「那我問問看有沒有大學部的學長願意今晚提早趕來，順便幫你帶那組備用弓臂。」

柏翔立刻坐直身體，彷彿重燃希望，「拜、拜託助教了！」

今天是週五，大專組的賽程後天週日下午才開始。這次大專男子組參賽的有中中、阿左、小右三人，從S大出發的三人，原訂後天早上到。

巫玟盈在腦中回想三人今天的課表——

以前發生這種突發狀況，她都找可靠又有責任感的中中救火。但中中下午有課，而且最近似乎交了女友。

阿左也有課。

下午沒課的只有小右，而且他今天的訓練菜單已經做完了……

唉，不過他鐵定會把柏翔臭罵一頓，說不定連幫忙求援的她也會挨罵。

「柏翔，如果學長願意幫忙，你一定要好好謝謝學長喔。」就算被罵得狗血淋頭。

「當、當然！」

看著學生把全副希望放在她身上的眼神，巫玟盈硬著頭皮，找出小右的電話打過去——

❄

「學、學長，謝謝你幫我送弓臂來！」翌日傍晚，熙來攘往的火車站前，高大的柏翔九十度鞠躬致謝。「要不是學長幫我帶弓臂來，我也不能順利拿到世青賽初選資格，真的非常謝謝學長！」

「哼，小鬼，記住，下不為例。」蘇祐凡看著一臉感激的學弟，仍故意擺著臉色。

「小右，這次真是辛苦你了。」任總教練走過來拍拍他的肩，然後來回看著他與一旁的巫玟盈。「小右，玟盈的安全就交給你保護了。我先帶高中部的選手回學校，你們好好休息，後續的比賽繼續加油。」

目送任總教練跟高中部學弟妹進了火車站閘門後，蘇祐凡聽到身旁的她說：「小、小右，你不要生氣了，我請你吃飯啦。」

其實他沒在生氣。

昨天下午接到她的求救電話時，雖然第一時間覺得是學弟自作自受想拒絕，但她主動跟他求援是第一次，最後還是心軟答應。電話掛了，立刻上網查還有沒有車票，最後在剛過午夜十二點時趕到這裡。

到了之後，他一直在學弟妹面前板著臉，希望學弟妹們都能理解到對自己負責的重要性，不要總以為別人的善意是理所當然。

「助教，禮拜五晚上的火車票有多難搶妳知道嗎？還得分段訂票，我拖著行李跟弓箱在車廂間換來換去，還有一段只買到站票，只好抱著那些東西在兩節車廂中間站了好久。」他故意強調路途的艱辛，微皺起臉看著她。

他承認他願意幫忙，也有私心——以往出外比賽，不是團體行動，就是自然而然地男女分開逛，很難找到與她獨處的機會。

但前一組人馬剛走、後一組人馬還沒到的今晚，便是難得獨占她的良機。

而他有個只想跟她一起去的地方。

「對不起啦。」她自知理虧地服軟，「你晚餐想吃什麼？」

「不只晚餐，」他得寸進尺地笑瞇了眼，「我還要加飯後甜點。」

看到他的笑容，她才發現他其實沒生氣，鬆口氣道：「好啦，你想吃什麼我都請！」

他們開車去熱鬧的市中心覓食，吃過有名的包子權當晚餐後，蘇祐凡要她先將車子開回他們下榻的民宿，然後帶她走去不遠處的法式甜點店。

「這就是你說的那間很有名的法式甜點嗎？」

看她一進門就目不斜視直直往甜點櫃走去的樣子，他立刻笑著跟上。

「對啊，就在你們這幾天住的民宿巷口，妳居然沒發現？誇張耶。」他取笑。

「選手比賽時我壓力也很大啊，還要負責開車，哪有心情注意……」她說著說著又被精緻的甜點吸去注意力。

在外地帶隊整整一星期，每天光照顧選手們大大小小的需求就夠累了，還遇到器材意外，跟他不過是坐幾個小時不安穩的火車比起來，蘇祐凡知道她才是真的辛苦了。

他知道，帶她來這裡，她一定會開心。

而他決定成為那個能使她開心的人。

「很好奇荔枝馬卡龍是什麼味道，也好想吃吃看可麗露跟招牌的熱帶香氣金字塔，可是覆盆莓千層看起來也好棒啊……」她左看右看，像小孩子難以決定要選哪個玩具似的自言自語。

「那就都點啊。」他好心幫她突破盲點。

「不行啦，一次吃這麼多熱量會破表啦……」她連忙搖頭拒絕惡魔的提議。

「剛好妳想吃的我都有興趣，不然我跟妳分，吃到一半交換，我們就可以吃到所有想吃的甜點，怎麼樣？」

聽到天才般的解決辦法，她興奮地接受他的提議，點了那些甜點到內用區享用。

「天啊，荔枝馬卡龍好好吃！」她瞇起眼，流露幸福表情，「沒想到能吃到這麼道地的馬卡龍。」

「真的？我吃吃看。」他期待地拿走剩下的半個荔枝馬卡龍，放進嘴裡品嚐。

她的評語完全正確。淡粉色的荔枝馬卡龍，外皮酥脆、內裡柔軟帶點杏仁香氣，夾餡的蛋白霜荔枝味很足又不膩口，從舌尖衝進腦中的甜蜜滋味與水果香氣都令人回味再三。

「靠，太好吃了吧，比很多臺北的店等級還高耶。」他以更直接的方式表達贊同。

「我也這麼覺得！」她找到同好似的笑著，雙眼晶亮。

「這個熱帶香氣金字塔也很好吃，上面尖的地方是百香果慕斯、下面基座是百香果起司蛋糕跟塔皮，味道跟口感調和得很好，妳吃吃看。」他把吃了一半的金字塔推到她面前。

他們一邊分享第一手的食後心得、一邊跟對方交換著甜點吃。

此刻的她，暫時卸下助教的面具，他也不是校隊隊長，只是兩個熱愛甜點的同好。

所有年紀與階級的差距都不存在。

她就只是那個，他放在心上很久，笑起來很可愛、愛吃甜點的娃娃臉女生。

蘇祐凡第一次覺得與她的距離如此靠近。

這段被甜點創造出的夢幻時光，如果能一直持續下去多好。

蘇祐凡不自覺地盯著正吃著覆盆莓千層的她出了神。

她脣角沾上千層酥皮了，真像小孩子……

她抬頭，撞進他專注的凝視，微微紅了臉。

「小右……你幹麼盯著我看？」

他仍如被施了魔法般恍惚出神，照著最誠實的意志伸手，想替她拭去脣角的酥皮屑——

她驚慌失措地迅速靠向椅背，躲開他的手。

「妳嘴角有酥皮的渣渣，」蘇祐凡硬是止住了伸到半途的手，改指向她脣角，「姊姊，都幾歲了，還吃成這樣。」

老天，他在幹麼？

現在還不是能這麼做的時候，他不想嚇跑她啊。

「有、有嗎？」她動作僵硬地拿起餐巾紙抹拭脣角，喝了口水果茶後，轉移話題似的問起：「對了，上禮拜你自己練那些菜單都還好嗎？有沒有什麼問題？」

她把助教的面具戴上，他們又是助教跟學生了。

原來他只要走錯一步，他們的距離就會輕易地再度拉開。

蘇祐凡掩去心底的懊惱，若無其事地笑道：「很好啊，我不是每天都傳進度給妳看嗎？」

「那、那就好。」她仍然坐立難安，「那個，我去裝個水。」逃命似的離了座。

果然嚇到她了。他就這樣毀了天時地利人和才獲得的寶貴一夜。

蘇祐凡看著她跑去倒了水，又去櫃檯旁展示甜點師證書與甜點刊物的書架看了看，然後走到可以望見後方甜點作坊的玻璃窗前，用嚮往的眼神望著。

他沒跟著去，只是在座位上喝著奶茶，給自己和她一點消除尷尬的時間。

一旦自己心裡的界線改變了，要與她保持適當距離，似乎變得更困難。

尤其是在剛剛經歷心靈上大幅靠近的夢幻時刻後。

但他必須沉住氣，否則只會把她推得比原本更遠。

做好心理建設後，他主動起身，走向仍痴痴望著作坊的她。

「助教，店快打烊了，我們回民宿吧。」他用一聲「助教」，主動退回安全界線。

「什麼？」她像是被從夢境中喚醒。「喔、好。」

兩人出了店門，拐上通往民宿的小巷。

他們並肩走著，一時間，沒人開口。

其實民宿就在巷底，很快就到了，就算不說話也無妨，但蘇祐凡總想說點什麼，讓這一夜不要以尷尬結尾。

「助教，」他還沒想好就開口了，「那個……甜點很好吃，謝啦。」

「呃，不客氣。謝謝你推薦那家店。」她還有點不自然。

「那個……」不行，他必須打破僵局，「助教，妳有沒有覺得，最近中中學長變得怪怪的？他常突然露出很噁的傻笑。」

他聽到她突然笑出聲，「中中好像……交女朋友了喔。」

「靠，真的？」他被預料外的訊息嚇了一跳。「什麼時候的事？」

隊上以前一心訓練的模範學長死會這個爆炸性消息，終於沖淡兩人不久前的尷尬，開始討論起中中到底何時死會的話題，蘇祐凡不禁在心裡感謝學長。

好了，接下來只要回各自的房間睡一覺，明天起來，就會完全恢復原狀了吧。

他們回到民宿時，櫃檯已沒人值班，檯面上放著寫了未入住客人名字的信封，裡頭裝著房間鑰匙。

S大這次比賽的三組人馬都住這間民宿，但房間數隨著組別的人數變動。蘇祐凡昨晚跟高中部學弟們擠一間睡，她則跟學妹們一間；今早他們隨大家一起退房，將行李寄在民宿，跟老闆說今晚除了原本訂的一間房外，要再加一間單人房，老闆一口答應，說等房間整理好，會幫他們將行李先搬進去。

櫃檯上，卻只有一個信封寫著她名字，信封中也只有一把鑰匙。

「老闆是不是搞錯了……」她緊張地往鎖上的櫃檯張望，希望找到另一份鑰匙。

「巫小姐？」老闆娘正巧從一樓自住的房間走出，「行李已經拿到你們房間了。」

「老闆娘，這裡只有一把鑰匙，請問另一間房的鑰匙在哪裡？」她問。

「另一間？」老闆娘困惑地皺眉，「你們不是只訂一間房間嗎？今晚也沒有多的空房了。」

不會吧？說好的各自回房睡一覺就不尷尬了呢？

看著她眼神中再次浮現的慌亂與尷尬，蘇祐凡有種今晚會很漫長的不祥預感。

❄

怎麼會發生這種事！

早上老闆明明一口答應兩間單人房，怎麼傳到老闆娘耳裡，就變成一間兩張單人床的房間了？

「巫小姐，這中間有誤會的話我很抱歉，但妳今晚就是訂一間房，現在所有客人都Check-in了，我實在沒辦法多變一間房給你們。」老闆娘打開房務系統給她看，今晚確實已經滿房。

巫玟盈氣自己準備不夠周全——出發前訂房時，她預計今晚只有她一人，只訂了一間房；昨天她緊急拜託小右來救火，想到今晚多了他，早上出發前跟老闆口頭確認再加一間房後，便帶隊去比賽了——如果她記得打電話回來跟老闆再次確認，也許現在就不會發生這樣的窘況。

「真的沒有其他辦法嗎……」她垂頭喪氣地低喃。

剛剛在法式甜點店，小右伸手過來時的眼神，讓她到現在心情都還沒完全平復……

她原本想，睡一覺，應該就能忘卻胸口那種奇異的騷動，可是現在……

「抱歉，我實在是愛莫能助。我這裡有市內同業的電話，你們自己去問還有沒有空房，不過最近又是你們那個比賽，明天還有路跑活動，時間不早了，空房恐怕不好找。」老闆娘關上櫃檯電腦，「明天開始就會有兩間房了，今晚看你們要不要將就一下，反正床有兩張。」

這……她有男朋友，跟異性同房過夜，就算是學生，也不妥當啊……

但小右二話不說地幫了她大忙，又是明天要上場的選手，趕他出去住說不過去……

「老闆娘，麻煩妳給我們其他同業的電話吧。」她猶豫不決時，小右開了口。

老闆娘將一本介紹附近民宿的觀光宣傳小冊給了他們，再次致歉後，便離開了。

「助教，我來打看看電話。真的不行，我跟妳借浴室洗澡，去車上睡也可以。」他絲毫不計較的態度，讓她更感愧疚。

巫玟盈，妳是助教，怎麼可以讓選手睡車上？

「不、不可以！」她搶過他手上的民宿小冊。「電話我來打。不早了，你先進房間休息。」

他拿她沒轍地瞥了她一眼，問道：「那我先去沖澡。妳要到房間裡坐嗎？」

「不、不用了。」她下意識逃避和他共處一室的機會。「我在這裡打電話就好。」她指了指櫃檯前的迎賓沙發。

「好吧。」他沒吐槽她的過度反應，由著她堅持，只道：「不管有沒有問到空房，妳待在這不要亂跑，我很快就回來。」便先拿了鑰匙上樓去。

她照著冊子上的電話一一打過去，如老闆娘所說，因為正好撞上兩場大型活動，附近價位合理的住宿一房難求。

乾脆她去睡車上算了……廂型車空間很大，她是一五五的小矮人，說不定椅背不用放倒也能當床睡，像她睡隊辦沙發那樣。

她走向停車場，想測試她的想法是否可行。

嗯，雖然還是得放倒椅背空間才夠寬敞，不過椅子的材質倒是挺好躺的，去房內借個枕頭跟棉被應該就行了吧……

「巫玟盈小姐，請問妳在做什麼？」廂型車側邊半掩的拉門突然被拉到全開。

剛沖完澡的蘇祐凡，溼髮全塞在耳後，露出拆下大半耳飾的素淨雙耳，逆著停車場的照明俯視躺在座椅上的她。

小右每次喊她全名的時候，好像都是在生氣……

她心虛地坐起身，「我就……測試一下啊。你看，我的身高睡車上滿剛好的。」

「這是剛不剛好的問題嗎？」她看不清他在逆光下的表情，但他的聲音像即將爆發的火山，醞釀著滾滾怒氣。「而且，我剛剛有叫妳不要亂跑等我回來吧？」

「我……」好吧，她理虧。她剛剛一心只想解決問題，忘了他的話。

「下來啦。這裡很冷，也不是適合討論事情的地方。」他讓開一步，而她在他無聲的壓迫下，乖乖下車。

「妳的行李也還在房間，先去房間一趟吧。」

巫玟盈只能鎖上車，默默跟著他進民宿。

原來小右沉默時這麼可怕……她開始懷念那個話多嘴壞的小右了。

到了房門口，小右拿出鑰匙開門，做了個「請」的手勢示意她先進房。

巫玟盈忐忑地踏入房間，映入眼簾的是兩張被海灘風白色野餐桌椅隔開的單人床，他們的行李整齊排在兩床之間的海藍色地毯上。

是小右刻意排的嗎？

她聽到房門「砰」地一聲關上。

「我先說，妳絕對不准給我睡車上。」他語氣嚴肅地開口，「如果房間弄成這樣妳還是不能接受，那就我去睡。總教練叫我好好照顧妳，妳不要害我回去沒辦法跟他交代。」

「你是選手，身為助教，我怎麼能讓你睡車上……」她反射性地回答。

小右突然朝她移近一步，她不自覺後退，背抵上房門旁的牆面。

「妳是女生，身為男人，我怎麼能讓妳睡車上？」他模仿著她的話，睞眼俯視她。「妳覺得，一想到妳睡在那麼危險的地方，我能睡得安穩嗎？這樣妳把房間讓給我有意義嗎？」

「可是……」她知道他說得沒錯，但經歷了甜點店那段彷彿交心的親密共食時光，似乎有什麼東西在他們之間滋長，使她本能地感到……危險。

她一向謹慎保守，遇到危險，只想保持距離、以策安全。

「可是，妳不信任我？」小右突然換上一副輕佻的笑容。「妳怕我會對妳這個二十七歲的姊姊怎麼樣，害妳名節不保？拜託，我胃口才沒這麼好咧。」
看他戴上輕浮面具，她第一次毫不反感，反覺釋然。
「拜、拜託，我對你這種小弟弟也沒有興趣好嗎？」她不甘示弱地努力回嗆。
「是嗎，這位大姊姊？」他朝她拋個不正經的眼神。「要不要看看我最近練出來的腹肌再決定？」說著雙手揪住T恤下擺，準備掀起——
「哈……哈啾！」賣力扮演浪蕩小鮮肉的蘇祐凡同學，突然華麗地打了個噴嚏。
今晚縈繞在兩人之間那份成年男女的曖昧，都被小朋友似的噴嚏給打散到外太空去。
「噗……」巫玟盈心中的緊張瞬間一掃而空，被克制不住的笑意取代。
是她想太多了，他本質上就是個小孩啊。
剛剛她奇怪的心跳頻率，一定只是個誤會。
她進浴室拿了乾毛巾跟吹風機出來，推他坐到一旁的床頭。
「小弟弟你幾歲啦？洗完頭之後要吹乾你不知道嗎？」將吹風機插上床頭的插座，遞給他。
「熱風會破壞髮質，我都不吹的。」他孩子氣地扭頭，拒絕接過吹風機。
「你剛剛在外面有吹到冷風，不吹明天會頭痛。要比賽的人，好好照顧自己不行嗎？」她拿他沒轍，乾脆直接動手幫他。
「嘶——」他突然痛呼一聲，她才發現吹整時左手撥弄他髮絲，訂婚戒卻不小心勾到他仍戴著的耳扣，耳扣噴飛出去，不知掉到哪了。

「對不起，我找一下……」她彎下身看耳扣是否飛到床底，卻一無所獲。

「助教，不用找了，掉了就掉了。」他毫不在意。

「可是耳扣看起來不便宜……」她愧疚地看著他另一耳上與之成對的耳扣。

「我說不用就不用……哈啾！」

她想他大概真的受寒了，默默繼續幫他將頭髮吹乾。

他的銀髮漸漸變得溫暖滑順時，他的低音從高頻的吹風機聲中傳來：「助教。」

「嗯？」

「今天只是不得已，我們都不希望這種事發生。明天開始，我們就當作沒這回事。」

「嗯。」好像只能如此。只是想到必須隱瞞男友的事又多了一件，她心裡有些愧疚。

「我真的不會對妳做什麼，相信我好不好？」

「……嗯。」冷靜下來一想，剛剛她是反應過度了。

「妳不要半夜又跑去車上睡喔。」

「好啦。」

「還有，拜託妳不要打呼。」

她打他頭一下，「我才不會！」

於是，在她不願他犧牲、他也不願她危險的互不讓步下，他們只好同房過了一夜。

這漫長的一夜，心跳一度失速，但巫玟盈告訴自己，只是錯覺。

「小右……你也太睏了吧……」

❄

「小右，你該不會又熬夜打電動吧？」

隔日下午，大專公開組賽事開幕。首日沒有賽程，只有公開練習與在場邊同時進行的弓具檢查。公開練習中的蘇祐凡，趁著走去靶前拔箭時拚命打呵欠，被今天才抵達的阿左跟中中學長輪番關切。

「誰熬夜——」他差點出口反駁，想到昨晚那個不方便說的原因，臨時改了口。「對啦，就不小心晚睡了一點。」

昨晚無疑是他二十一年的人生中最煎熬的一晚。

為了阻止她真的犯傻睡車上，他軟硬兼施，終於成功以開玩笑解除她的緊張，讓她放下心防，願意與他共處一室。

但她之後做的每一件事，都讓他心跳失序。

她自然而然地幫他吹頭髮，指尖的觸感一直滯留在他頭皮。

她渾身散發著香味出浴，香氣不斷飄來刺激著他的理智。

她穿的寬鬆睡衣使她更顯嬌小，披散的長髮更為她添了幾分慵懶性感。

她無意識地挑逗他所有感官，卻一沾床就睡得不省人事。

他卻像沒談過戀愛的少年，傻傻地聽著她淺淺的呼吸聲、嗅著她不時飄來的香氣，無眠了一整夜。

即使是現在，想到昨夜她毫無防備的面貌，他胸口都還會騷動。

不行，今天開始他必須切換到比賽模式，否則這四天的賽程會被他搞砸。

「小右，你昨天跟助教兩個人還好嗎？你沒有明明想關心人家，卻又不小心嗆爆她吧？」到靶前站定拔箭時，一旁拔完箭的中中學長哪壺不開提哪壺地關心。

「託學長的福，好得不得了。」他將自己的箭全部拔下，揚起八卦的笑，提起學長交女友的話題試圖轉移焦點。

中中學長卻微笑不語，對新戀情保密到家。

「小右，你的正緣應該也到了……」也拔完箭的阿左安慰他似的加入話題。

「阿左，我沒問好嗎？」總是不請自來的運勢預言讓他大翻白眼。

話題一直繞不出去，他要怎麼專心比賽？

一起往回走時，蘇祐凡往S大休息區的方向望去，無意識地尋找她的身影。

她正被這次暫時回歸母隊出賽的大二王牌兼隊花孫羽翎纏著聊近況。從助教還在念S大時她們就認識了，感情相當親密。

「學妹還是這麼漂亮啊……能量好強……」阿左意義不明地讚歎。

如果學妹是吸引眾人目光的耀眼太陽，那助教就是容易被忽略的溫柔月亮。

當大家都注目太陽的時候，他的視線卻只被月亮吸引。

其實兩年前，當孫羽翎升上大一時，包括他在內的三位在場男隊員，曾一起追過亮眼的隊花學妹。當時他覺得月亮不屬於他，於是跟大家一起追逐太陽。

這樣就沒有人會發現，真正使他心動的是月亮。

蘇祐凡不知道中中學長跟阿左當時是抱持什麼心態去追學妹，但他其實對學妹沒興趣。因為不曾真正動心，現在看到學妹，他完全不會尷尬，心跳也不會失速。

可是今天，他只要不小心跟助教對視，心跳就立刻變得不正常。

唉，對他有影響力的，始終都是月亮啊。

他不能讓隊友們發現這份心意，至少當助教還有對象時不行，更不能讓他們發現昨晚他和助教同房的事。

想好好比賽、想隱藏自己的心意、想保密昨晚的事，全擠在一起，讓他有點應付不了。

「大專男子組，S大的鍾致中、蘇祐凡、莊鳴佐選手，請來裁判臺接受弓具檢查。」

他們剛回到休息區，賽會的廣播就響起。蘇祐凡和兩位隊友便拿起弓箭器材去裁判臺。

檢查完畢後，中中學長跟阿左去了廁所，孫羽翎則被廣播點名，拿著弓箭離開，S大的休息區瞬間只剩下他跟巫玟盈。

剛剛上場練習耗去他不少體力，他在她身後那排椅子一坐下，睡魔便襲來，乾脆在整排空著的摺椅橫躺下來，拿隊服外套蓋住頭，打算補眠。

「小右……」她愧疚的聲音傳來。「你昨天沒睡好嗎？是不是我……」

「沒事，是我晚上爬起來打電動的關係。」

他趕快阻止她在大庭廣眾下透露他們昨晚同室而眠的訊息。休息區是一長排的開放式遮陽棚，八卦流傳得跟風一樣快，太危險了。

「小右……」她欲言又止地再度開口。「那個……」

「有什麼事，助教？」他無奈地坐起身看她。他實在太累，此刻想睡的感覺已經大於與她四目相接時的悸動。

「你、你耳朵靠過來一下。」她為難地朝他招招手，示意他靠近。

他依言靠近後，聽到她輕聲說：「我有請老闆打掃時幫忙注意看看有沒有你的耳扣，可是老闆說沒有，對不起，我一定賠給你……」

蘇祐凡還以為她要說什麼，原來就這件小事。

「助教，我都說過不用了，妳就別窮操心了好嗎？」

丟掉一個耳扣，換得與她距離拉近的一夜，他已經覺得很值得。

至少在現階段，這對他已經是意義重大的一步。

別貪心，從這裡開始再慢慢拉近與她的距離吧。

第四話　祕密心願

三月底的青年盃結束後，對巫玟盈而言，迎面而來的就是下學期最為忙碌的四月——四月中有中學部選手們最重視的全中運賽事、四月底到五月初又有大學部選手全員參賽的全大運，她整個四月都會被這兩大賽事的準備與帶隊出賽給填滿。

總在四月舉辦的全中運，因為競賽成績攸關中學部選手的升學，每年都是讓她壓力最大的賽事。一從青年盃回來，她便馬不停蹄地開始為中學部的選手調整狀況與器材。

但今年她稍微感覺輕鬆一些，因為上次青年盃發生的大大小小器材意外，小右說到做到，回到學校好好地削了所有器材出狀況的學弟妹一頓，並在與總教練討論後，訂出新隊規——依照麻煩助教的情節輕重，祭出掃隊辦或射箭場拔草等罰則，並挑了上次出最大包的柏翔率先執法殺雞儆猴，拔了射箭場上所有雜草；中學部的選手發現學長是來真的，個個皮都繃緊了，不敢等到最後一刻才來找她救命，她帶隊去全中運的前一天，第一次能準時下班回家。

從青年盃回來兩個禮拜後，她再度帶隊去南部比全中運六天，等她回到S大，已是四月中下旬的事了。

「小右學長……隊辦已經被大家掃得很乾淨，沒有地方可以掃了啦。」中學部隊員從全中運回來後的第一個團練時間，隊辦內，國中部學弟抱怨的聲音傳來。

「很乾淨是不是?那你把架子上的獎盃都擦一遍,那裡很多灰塵跟蜘蛛網在等你。」小右在一旁監督受罰的學弟妹打掃,並看狀況分派新工作。

「為什麼要擦那些陳年的獎盃?浪費時間……」學弟邊拿著抹布走向釘在牆上的獎盃架邊嘟囔。

「還抱怨?上次青年盃為什麼要浪費助教時間幫你換羽片?那不是你自己的責任嗎?讓你們欠到全中運回來才補罰已經很好嘍,想連掃一個月是不是?」小右拿出流氓學長架勢,立刻沒人敢再頂嘴。

「大家辛苦了,等掃完就可以來吃蛋糕了。」巫玟盈扮白臉安撫被罰的孩子們,心裡除了驚歎還是驚歎。

以前遲到被罰錢罰得負債累累的小右,現在居然成了她的鐵血小助理,管起中學部的孩子,比起訓人總大聲不了的她,不知有效幾倍。

她不知道他為什麼突然決定要介入幫忙,但有他扮黑臉,真的使她工作輕鬆不少,她也就由著他去,自己則適時扮白臉緩和氣氛。

會選這天執行罰則來個隊辦大掃除,是因為適逢射箭隊每月一度的慶生會。她希望被罰完的孩子們能馬上有個開心的活動,忘記打掃的不甘跟辛苦。

蛋糕外送的電話打來,巫玟盈和離她最近的隊員交代一聲後,自己走出去取貨。

從青年盃到全中運,還有兩週後的全大運,一整個月巫玟盈都處在極端忙碌的狀態中,還沒時間好好整理她與小右之間微小但確實的關係變化。

但她知道有些東西變了。

比如，每天和她一起晨跑、來隊辦自主訓練的小右，成了她帶隊出去比賽的時間之外，最常見到的人，她開始習慣他的存在，不像以前那樣怕他。

「助教，等一下，不要一個人偷跑啊。」她走到半路時，聽到小右在後方喚她。

她回頭，見他滿面笑容地朝她跑來。

或是，她以前都沒發現，不笑時感覺有點凶的小右，笑起來淘氣又可愛。

「我哪有偷跑？」他孩子氣的指控讓她哭笑不得。「我只是去拿蛋糕而已。」

「怎麼可以？我要當第一個聞到蛋糕香味的人。」他三步併成兩步追上她。「這個月是什麼口味？」

又或是，自從他們一起共享法式甜點後，小右在她面前開始大方展現對甜食的熱愛。

「芋泥布丁鮮奶油蛋糕。」她也不再掩飾，將他當成可以討論甜食的同伴。

「是我喜歡的口味，Lucky！」他心情很好地與她並肩走到外送車旁，她付帳後，小右理所當然地捧起足夠所有隊員吃的十四吋大蛋糕，邊往回走邊將鼻尖湊到盒外嗅著甜甜香氣。

還有，他總會不經意出現在她身邊，以她不感到負擔的方式幫她忙。

「我聞到芋頭味了，好香！」

前一刻還對學弟妹擺出凶惡表情的他，現在笑得雙眼彎彎，像個等吃糖的大孩子，反差萌讓巫玟盈忍不住微笑。

小右是四月壽星，在四月生日的隊員裡，就屬他最愛吃甜食，所以她訂了他喜歡的口味，想藉此感謝他近來的諸多幫忙。

說到幫忙……

巫玟盈視線飄到他耳上的耳飾。

自從那一夜弄掉了他的耳扣，她心裡總覺得過意不去。耳扣雖不如鑽戒昂貴，但設計跟質感都屬上乘，絕非平價首飾店的飾品。

他堅持不收她的賠償，但她還是認為該以某種形式補償他，只是近來實在太忙，無暇計畫。

「助教，妳幹麼一直看我？妳也想聞聞看？」他很快發現了她的視線。

「才、才不是。」她連忙移開視線，轉移話題：「你看，總教練趕來了耶。」

她指向從山上那條木棉道緩緩走向射箭場的熟悉身影。雖然系務繁忙，任總教練沒忘了自己是射箭隊的大家長，都會盡量出席隊上的慶生會。

他們將蛋糕拿回隊辦時，打掃差不多告一段落，小右再次變身鐵血學長驗收完畢後，任總教練也到了隊辦門口。巫玟盈將還在射箭場練習的隊員們全部召集過來，大家為壽星們唱完生日快樂歌，任總教練簡單說了祝福跟勉勵的話後，她便開始動手替大家切蛋糕。

大概是今天打掃跟練習的人都餓了，她一邊切，有許多隊員就迫不及待地拿了。

在搶食大混戰中切完蛋糕的巫玟盈，自己拿了一片蛋糕到隊辦外，準備享用前，沒看到小右的身影，便問了在一旁站著吃蛋糕的中中：「小右呢？」

「總教練剛剛說要幫他看一下動作，他們在射箭場。」中中兩三口將蛋糕完食，走進隊辦丟完垃圾又出來，語氣鎮定地向她說：「助教，妳有幫總教練還有小右留蛋糕嗎？裡面整個被清盤了。」

糟糕，剛剛狀況太混亂，她忘了。

巫玟盈苦惱地看著自己手上僅剩的一塊蛋糕。

她很想讓小右吃到這塊他喜歡的蛋糕口味，他剛剛看起來那麼期待……

但是，總教練沒有蛋糕的話，誰都不服，只服總教練的小右一定會讓的。

同為甜點控，她可以想像等一下小右心情會受到多大打擊。

她得想想該怎麼補償他才行……

❄

蘇祐凡剛請總教練看完射箭動作，就被助教拉到一邊，吞吞吐吐地告訴他蛋糕只剩一片，他承認當下只覺得頭昏。

不過，他畢竟是二十有一的「大人」了，總教練是他尊敬的長輩，這種情況下，當然是他讓給總教練。

雖然心在淌血，他讓助教將最後一塊蛋糕拿去給百忙中抽空來一趟的總教練，他和她成為唯二沒吃到蛋糕的人。

「對不起啦……」等大家都離開後，她一臉愧疚地向他致歉。「我切的片數剛好，忘記叫大家一人只能拿一份。」

「唉，我的芋泥布丁鮮奶油蛋糕……」學弟妹不在場，他放下學長形象哀嘆。

「對不起嘛，明天我一定補給你。」

「怎麼補？妳不要傻傻自掏腰包跑去買喔。」他事先聲明，而她立刻露出被看穿的表情。

「那……」她想了想，下定決心似的：「不用買的就可以？」

「不用買的妳要怎麼補？放心啦，我沒有幼稚到為了一片蛋糕生氣。」他提出自認最佳的方案：「不然下個月的慶生蛋糕，妳切兩塊給我就好了啊。」

「但你是四月壽星，沒讓你吃到蛋糕我很過意不去……」

「妳也是四月壽星，一樣沒吃到蛋糕不是嗎？」雖然她很低調，總是讓學生當主角，但他可沒忘。「我都說沒關係了，妳就不要瞎忙了。」他總覺得她要做傻事。

「你放心，我有辦法啦……」她卻異常堅持，「明天下午你自己來練習時，我補給你。」

雖然不知道她究竟要用什麼方式補償，但她信誓旦旦打包票說她絕對不會跑去買，他趕著回宿舍為明天某科期中考抱佛腳，便沒再追問。

隔天下午他考完期中考提早下課，走在從系館回宿舍的路上，遠遠看到隊辦為了防盜總是關上的氣窗罕見地大開，好奇心驅使下，他決定繞去隊辦一探究竟。

離隊辦尚有段距離，他就聞到令他醉心的烘焙香氣。

隊辦為什麼會飄出烘焙的香味？

他拿出鑰匙打開門——

「匡噹」一聲金屬落地聲，伴隨著熟悉的驚叫：「小、小右！你今天怎麼這麼早來……」

「助教，妳——」他也被面前的景象嚇到失語。

平常她幫大家維修器材的木製工作臺上，放的不是射箭器材、螺絲起子跟尖嘴鉗等工具，而是放著一個已脫模的海綿蛋糕胚、沾著鮮奶油的手持式電動攪拌器、鮮奶油抹刀等一應俱全的烘焙器具。

一個不鏽鋼攪拌盆滾到他腳邊，灑出的鮮奶油在磨石地板留下大片痕跡。

他本來想問「妳在幹麼」，但看到這些器具和抵賴不了的香味，也心知肚明。

巫玟盈小姐竟然偷偷在隊辦做烘焙。

看器具的齊全度，這一定不是第一次。

理解完狀況的蘇祐凡忍不住大笑出聲：「哈哈哈，妳很猛欸，居然在隊辦做蛋糕！」

「你、你先幫我把門鎖上好不好？」她慌張得無地自容。

他從善如流幫她反鎖了門，撿起腳邊的攪拌盆放上流理臺，再拿了一捲廚房紙巾，打算幫忙清理灑在地板上讓他好心疼的鮮奶油。

「那個，我來清就好了……」她不好意思的聲音傳來。

「妳蛋糕還沒做完不是嗎？」他蹲下身開始擦地，提醒自己別將地板上的鮮奶油往嘴裡送。「我來清、妳把剩下的做完，這樣比較有效率。」看她的進度，應該只剩下再打發一批鮮奶油、將分層的蛋糕體與內餡組合、抹上鮮奶油就完成了。

她說她不會用買的，原來是要自己做。

這不是更費工嗎？就知道她要做傻事。

蘇祐凡擦著地板卻忍不住笑意。

可能因為以前自己刻意跟她保持安全距離，同隊快三年，他第一次知道，平常循規蹈矩的她，也有小小瘋狂的一面。

他覺得，很可愛。

「小右，你在笑什麼？」巫玟盈接受他的提議，從自己的置物櫃裡拿出一個新的攪拌盆，邊重打鮮奶油邊困窘地問道。

「有多少人曾經撞見妳在隊辦偷做蛋糕？」

其實他想問的是，他是不是第一個發現她這一面的人。

他很希望自己是。

「我平常很小心的……都趁你們有課的時候，幾乎沒被撞見過。」她關上電動攪拌器。

「幾乎？」他不太樂意地挑眉。

她挖起一團鮮奶油放上蛋糕底座，熟練地擺動著抹刀抹平。「你知道的啊……總教練總是神出鬼沒，他撞見過一次，吃了一塊蛋糕之後又走了。」

「只有總教練知道？」她現在還敢繼續，那就是總教練默許的意思。

好吧，是總教練的話，那算了。

「嗯……還有……」她從冰箱中拿出芋泥和布丁，在底座的鮮奶油覆上厚厚的芋泥餡，第二層蛋糕用鮮奶油打底後，再鋪滿切碎的布丁餡。

「還有誰?」他又不樂意了。到底有多少人比他知道更多她的祕密?

「羽翎選上奧運培訓隊之前,不是練得很勤嗎?也被她撞見過一次。」她將上層蛋糕體覆上已鋪好芋泥和布丁餡的夾層,開始做蛋糕外層的鮮奶油抹面。

學妹的話……算了,女生沒關係。

清理完地板上的鮮奶油,他將用過的紙巾丟棄,洗手時狀似不經意地追問:「還有別人嗎?」

巫玟盈正聚精會神地輕輕晃動拿著抹刀的右手手腕,左手一邊小心翼翼地轉動蛋糕轉盤。

她嘴角含笑的專注神情,有種他從未見過的美麗,讓他無法移開視線。

「小右,你剛剛有跟我說話嗎?」直到將蛋糕表面抹得平整漂亮,準備繼續抹上外側時,她抬頭問他。

算了,那個問題根本不重要。

他搖搖頭,拉了張椅子到工作臺前坐下。「沒事,妳繼續吧。」

重要的是,她終於放下對他的心防,在他面前放心展現她的小祕密。

這讓他覺得自己離她更近了一步。

她聞言,開始將鮮奶油由上往下均勻抹上,很快便替蛋糕完整穿上一層白色外衣。

蘇祐凡一直知道她喜歡吃甜食。

但他直到現在才知道,她不僅愛吃,也愛自己動手做,架勢看來挺專業的。

她也藏得太好了吧?

最重要的是,她看起來好開心,眼睛裡裝滿亮晶晶的星星。

他近距離看著她變魔術似的開始做起表面擠花裝飾。

光是看著她做甜點，他就被她散發出的那份純粹喜悅感染，心頭甚至浮上一種暖暖的幸福感受。

「好了，你看。」裝飾完成的她，獻寶似的捧起蛋糕轉盤朝他展示，微彎的大眼中，跳動著興奮又自信的光芒。

蘇祐凡忽然感到呼吸不太順暢。

她知不知道，眼睛裡有光點在跳舞的她，可愛到犯規？

「可以吃了，給你切吧。」她將蛋糕刀和盤子遞給他。

這是特地為他做的……這種事他打從出生以來根本沒體驗過。

他本想慢慢拉近跟她的距離，但他陷落的速度比預期快太多了。

此刻，她的一舉一動，對他而言都成了無上的誘惑。

看著她遞東西過來的雙手，蘇祐凡不敢動作，怕自己一伸手，就會衝動握住她纖細的手腕，拉她入懷。

還不行。在心意上先起跑的他，必須等她追上來才行。

「怎麼了？看起來不好吃嗎？」她不明白他為何遲遲沒反應。「雖然比不上外面賣的，但我盡力了啦……」

「妳做得那麼辛苦，給妳切啊。」他用笑掩飾自己一瞬間的失控。「妳也是四月壽星。」

「自己剛做好的，我切不下手……還是你來吧。」

看他不接過，她將蛋糕刀放到他前方的檯面上，讓他默默鬆一口氣。

他深呼吸，讓芋泥蛋糕的香氣拉回他的心思，用手機幫蛋糕拍照留念後，拿起刀為兩人各切了一塊。

「吃的時候，不要抱太大期望喔，畢竟我不是專業的……」在他下叉前，她又恢復成平常遲疑又沒自信的樣子。

他挖起一大口蛋糕仔細品嚐。

「……怎麼樣？」她緊張地看著一時沒有任何表示的他。

「很好吃啊！」好吃得令他驚訝，難以想像是隊辦這些陽春器材做出的味道。「每個食材的味道都很剛好，芋泥餡也夠香濃滑順。」他迅速將蛋糕清盤，又切了一塊。

「真、真的？」她彷彿路邊攤老闆忽然得到米其林星星般不可置信。

「我幹麼騙妳？」他笑，腦海中突然閃過一個點子。「對了，妳不是說想補償我耳扣的損失嗎？就用妳的手工甜點好了。以後妳做什麼，都幫我留一份。」

她傻眼，「你是認真的嗎？就算我做很多個甜點，也比不上耳扣的價值吧……」

「拜託，耳扣又不能吃，當然是吃不完的甜點更有價值。」

特別是她的手作甜點，他怎能放過這種大好機會。

「我不是每天都有空做甜點，這個月只做這一次而已，下次要等全大運回來了喔。」她試圖勸退。「還是讓我用別的方式……」

「不要。如果妳想補償，我只接受妳做的甜點。」他任性拒絕，卻突然想起自己不該像宋承浩，不問她意見就擅自要她接受唯一選項，於是補上：「妳真的不願意的話，也可以拒絕讓我抽甜點稅啊。」

雖然，他真的好希望她能接受。

他與她四目相對，看著她的表情由困惑猶豫到下定決心。

「好啦。」

他在心裡歡呼一聲，「謝謝助教！」

昨天失去一片蛋糕，卻得到了從今往後她所有的手作甜點。

他等不及趕快比完全大運回學校了。

不過在這之前，他有一件想為她做的事。

❄

「祝妳生日快樂……」

即將出發去南部參加全大運的前一天，正好是巫玟盈二十七歲生日。今天雖非團練時間，但為了全大運，大學部隊員全員到齊做最後一次練習；練習結束後，將器材拿回隊辦收拾到一半，所有人突然停下動作，一齊唱起了生日快樂歌。

巫玟盈在工作臺前剛收好要帶去比賽的工具箱，便看到剛剛放了器材就跑得不見人影的小右，在隊員們的合唱聲中捧著蛋糕走進隊辦，讓她驚訝得一時不知該作何反應。

當歌聲結束，她只能呆呆地說出唯一想到的話：「……我兩個禮拜前不是跟大家一起慶祝過了嗎？」

這是她當上助教後的第三次生日。因為四月總是被全中運、全大運兩大賽事夾擊，生日在四月底的她，不想打擾快出發去全大運的選手們，之前兩年都是默默跟其他四月壽星一起過。

「上次妳明明也是壽星卻沒吃到蛋糕，我們怎麼能讓助教受委屈？而且今天是妳生日，過生日吃蛋糕，天經地義。」捧著她喜歡的草莓鮮奶油蛋糕來到她面前的小右笑道。

蛋糕上蠟燭火光搖曳，數字貼心地被換成永遠的十八歲。「助教，許願吧。」

許什麼願呢……她看向在場的隊員。

「我希望，這次全大運，大家都有好成績。」她很輕易地說出第一個願望。

這個願望讓在場的大學部選手笑著點頭。

「我希望，柏翔的世青賽複選有好消息。」第二個願望也很快出爐。

今天來加練的高中部學弟柏翔乖乖回道：「謝謝助教，我會加油。」

第三個願望，羽翎今年夏天就要去奧運了，幫她許吧……

「助教，不要只是幫別人許願，第三個願望記得要幫自己許啊。」小右看著她提醒道。

他怎麼知道？

自從小右撞見她在隊辦烘焙，她總覺得在他面前自己根本沒有祕密了。

連她不知該幫自己許什麼願，第三個願望時常是為身旁人許這件事都被看穿……

「我、我知道啦。」而且，不知從何時開始，他看向她的眼神中有種令她心跳微微加速，她既想看清又怕看清的東西。

她連忙低下頭，將心思放到許願上。

她希望……她足以稱為願望的事是什麼呢？

總是依從身旁的權威者像是父親或男友意見的她，一旦深入思考自己真正的意願，即使有些想法浮現，她還是感到不確定。

她的願望是對的嗎？是可以的嗎？

「助教，妳再不許好願，蠟燭都快從十八歲變八歲了。」小右半開玩笑的聲音傳來。

其實，從以前覺得小右很棘手的時候，她就一直偷偷羨慕著小右很有主見的性格。能像他好惡分明，知道自己要什麼、不要什麼，人生是不是會少很多迷惘？

不然……試著想像如果自己是小右的話，會怎麼許願好了。

她在心中默默說出一個自認瘋狂的願望。

「我許好了。」她吹滅蛋糕上的蠟燭，抬頭撞見小右用似笑非笑的溫柔表情望著她。

把小右跟溫柔兩個字放在一起，好像有點奇怪。

但她感受到了，他狀似不經意的溫柔。

明天就要出發去全大運，沒有人會注意到她今天生日，也沒有人會注意到她蛋糕最喜歡的口味是經典的草莓鮮奶油。

如果有誰，那只會是小右。

認識三年，她終於明白，這個外貌叛逆、嘴巴又壞的男孩，心思其實很細膩。

「謝謝大家。」她這句話，是看著小右說的。

而他微勾的唇，上揚成一個連眼角都微微彎起的微笑。

天啊，他這樣笑，真好看。

巫玟盈突然呼吸一窒，撇開眼，手忙腳亂地將塑膠蛋糕刀從封膜中拿出。

巫玟盈，妳在胡思亂想什麼？人家明明沒在撩妹，妳不要自己覺得被撩了好嗎？

在場的大學部隊員加上柏翔跟她，總共八人，她將蛋糕切成八塊，大家和平地分食完畢，沒發生上次慶生會的悲劇。

吃完蛋糕後，柏翔先行離去，大學部隊員繼續收弓，小右幫她把空蛋糕盒拿去附近的子母車回收。

隊員們收完弓後陸續離開隊辦，最後只剩下她跟較晚開始收弓的小右。

「助教，妳還沒有要走嗎？」他很快也完成收拾，轉頭問道。「大學部的沒人會那麼瞎在最後一刻才要修器材，今天沒有什麼事可以讓妳留下來加班了吧？」

人家態度那麼坦然，巫玟盈，妳從剛剛開始到底在不好意思什麼啊……

「今天不會加班啦……」她做好心理建設後，才敢再次直視他。「不過我要等人，你先走吧。」

當她終於看向他，卻發現他表情暗了下來。剛剛明明連眼睛都在笑，怎麼突然心情就變差了？

「助教，生日快樂，明天見。」小右說完後便悶悶不樂地離開隊辦。

她四月很忙，宋承浩也是，兩人整個月都沒見面。今天是她生日，她知道大學部的選手一向讓她省心，今天一定能準時下班，便問男友要不要一起吃飯。

承浩答應她，跟新分店的員工們拍完宣傳影片後，就來學校接她去吃飯。

雖然有些在意小右突然的情緒低落，但男友隨時可能會出現，巫玟盈從置物櫃拿出包包，到沙發上坐著等待，不時分心確認手機，在意的念頭便漸漸淡去。

巫玟盈本以為男友這學期來學校兼課，兩人應該會更常見面，但結果並非如此。她從三月底的青年盃開始忙碌，而宋承浩忙著健身中心新分店的開幕宣傳事宜，每次來學校兼完課就匆匆離開，他們最後一次在學校見到面，是總教練與小右也在場的那次飯局。

她跟男友都有彼此住處的鑰匙，男友有空時會來找她，她也會抽空去幫事業繁忙的他打掃整理。不過，這學期男友還沒來過她家，她自從三月底開始為比賽忙碌後，也只去過男友家一次，那次他臨時去外地出差，兩人並沒有碰上面。

自從兩人各自為工作忙碌，見不到面是常有的事。因為都忙，他們很少出外約會，大多是去對方住處碰面，巫玟盈早習慣了如遠距離戀愛般的交往模式。

她邊滑手機，邊留意是否有男友傳來的訊息，就這樣過了四十分鐘。

承浩好慢啊……

她看向牆上的大時鐘，時針指向七點，想著再等下去就晚了，便傳訊息問男友是否出發了。

她等著訊息，又過了半小時。

雖然她邀約時沒提今天是她生日，但承浩應該記得吧？

她想起自己與承浩共度的第一個生日，是她大四，二十二歲時的生日。

當時她還是個非常崇拜承浩的小粉絲，就算沒有鮮花和禮物，他只是撥空陪她去校外的簡餐店吃飯，她就覺得自己是全世界最幸運的女孩了。

交往後她第二個生日，承浩入伍當兵，沒能一起過，但有從軍營打電話給她。

交往後她第三個生日，承浩已退伍開始創業，忙得只能讓她去他的住處一起簡單過，但總歸有見上一面。

交往後她第四個生日，承浩的事業蒸蒸日上，她則是開始助教工作的第一年，不熟悉的隊務跟相繼而來的大賽讓她忙得焦頭爛額，連她自己都忙忘了，承浩傳簡訊祝賀她時已是隔天，她要出發去全大運的日子，於是就這麼算了。

交往後她第五個生日，是她助教工作開始上軌道的第二年，不過這年的全大運四月底就開賽，她的生日在外地帶隊比賽中度過，兩人沒見面，承浩一樣是簡訊祝賀。

今年是他們交往後，她第六次過生日。

仔細想想，自從她當上助教後，他們就沒一起慶祝過她的生日。

好像也是從她當上助教開始，兩人的關係變得越來越淡。

承浩對她的態度其實一直沒有太大改變，總是溫溫淡淡的。

她知道，變的其實是自己——曾非常崇拜男友、將戀愛放在第一位的她，當上助教後，生活有了更有意義的重心，不再那麼積極地為兩人的感情加糖加溫，任憑各自的忙碌與錯過，漸漸將關係沖淡。

男友一個多月前的積極求婚，雖然嚇到了她，卻也讓她覺得男友是有心跟她繼續走下去。今天終於得空，她想再次努力維繫一下感情，沒想到又恢復成平淡如水的原狀。

為什麼她同意明年結婚後，承浩就像用完了所有積極，再也沒主動聯絡呢？

巫玟盈不自覺嘆氣，翻過拿著手機的左手，呆望著無名指上的鑽戒在白色日光燈下反射出的冷色調光芒。

她明年真的會結婚嗎？除了手上的戒指，日子跟飯店都交給宋媽媽全權處理，其他的細節還沒開始準備，她忙得幾乎忘記這件事的存在，根本沒有真實感……

此時，手機震動起來。

她立刻按下接聽鍵：「喂，承浩？」

「玟盈，抱歉，攝影器材出了問題，宣傳影片拍攝的時間延長了。」宋承浩略帶歉意但依舊沉穩的聲音響起。「我不想害妳等到太晚，我們約改天好嗎？」

「玟盈，我是舒舒，」新分店的女店長、男友昔日的校隊球經學妹呂舒舒接過電話。「我幫承浩學長作證，是真的。要不是這支影片一定要趕在開幕期間完成，學長現在應該去找妳才對的！」

男友的健身中心，有三位創業開始就在的元老級員工——兩男一女，分別是男友以前籃球校隊的隊友跟經理——男性們都有伴，而身為唯一女性的舒舒也一直有男友。巫玟盈剛與男友交往時就認識他們，雖然不像男友與他們熟絡，但這些年不時也會在男友住處遇見討論著最新企畫的他們，也算得上認識了。

「沒關係，這也是沒辦法的事。」她掩去語氣中的失落。「希望可以趕快修好。」

「玟盈，謝謝妳善解人意，我下次請妳吃飯賠罪！」

善解人意……別人總是用這個詞形容她，好像乖寶寶貼紙似的，貼了她滿身。

她開始厭倦這個詞了。

心裡突然冒出某種不明情緒。

這種情況，自從承浩開始創業，她也不是第一次遇到了，不是嗎？

只是今天剛好是她生日而已。

「真的很抱歉。」宋承浩拿回手機，溫聲道：「生日快樂，玟盈。」

至少承浩還記得給她一聲生日祝福……

「謝謝你，承浩。」她用力將情緒壓下。「你們拍片加油。」

「妳帶隊去全大運也加油。等妳回來，我有空再帶妳出去吃飯。」宋承浩溫言承諾完，便因為呂舒舒的急喚匆匆結束了通話。

巫玟盈怔怔地放下手機，在沙發上抱膝縮成一團。

為什麼胸口突然好沉好沉……

以前男友失約，她也不曾覺得這麼難受。

也許……是落差太大了吧。

剛剛小右捧著蛋糕驚喜現身時，她一瞬間真的覺得今天是屬於她的特別日子。

她忘了，自己跟男友一向不是那樣過的。

她也忘了，即使王子跟她求婚，她仍是平凡的灰姑娘。

陌生的情緒如一頭怪獸在心湖中時隱時現，她辨認不出那頭怪獸的真面目，只覺得像被拉進水底，胸口鬱結，肺中空氣都被壓縮。

隊辦門口出現一道身影，但陷溺在陌生情緒中的巫玟盈完全沒察覺。

「妳怎麼還在這裡？」

小右驚訝的聲音，將她的心思拉回現實。

❄

回宿舍洗完澡、收好行李後，蘇祐凡本來要跟阿左一起去學生餐廳買晚餐。

但他總有點在意她今晚的去向。

她晚上是跟宋承浩有約吧，他猜，畢竟是她生日。

他開始加強訓練後的這一個半月，宋承浩沒再來隊辦找過她。依她平日的行程，以及聽修課的同學說宋承浩分店陸續開幕的繁忙行程，他極度懷疑，他們根本沒有時間見面。

求完婚後就把女友放置Play的宋承浩，今天真的會出現嗎？

她會不會一個人孤伶伶地在隊辦空等？

這些不受控的想法一直霸占他腦海，為了讓自己別再亂想，他決定去隊辦看一眼。

他跟阿左去學餐的途中找了藉口脫隊，來到射箭場入口時，看到隊辦的燈還亮著。

他不確定裡面只有她，還是宋承浩那傢伙也在，於是輕聲接近，在門外等了一陣，卻什麼聲響都沒聽到，便狐疑地進了門。

她抱膝縮成一團，眼神空洞的脆弱樣，讓他既心疼又生氣。

如果他沒來，她就要孤單地過完生日嗎？

「妳怎麼還在這裡？」他開口，同時走向她。

「小右……」她瞪大了眼，雙唇微動，卻又說不出話，像不知該如何跟他解釋現狀。

「我們去吃飯吧，助教。」怕她傷心，他不追問，直接邀約。「剛好我也還沒吃。」

「欸？可是……」她對他突來的邀請感到困惑。

「可是什麼？不要跟我說八點了妳還沒打算吃飯。我們十二小時後就要出發了，負責開車的助教姊姊。」他不由分說地將她放在身旁的包包背上肩，關上隊辦的燈，走到門外等她。

被他強勢催促，她只好站起身，靜靜走出隊辦。

她伸手想拿回她的包包，但他不讓。

她終於開了口：「我回家自己煮飯吃就好了……」

她的聲音，有氣無力。

「不行。學餐關了，妳就這樣一走了之，會害我餓肚子。」他惡霸似的拒絕，將隊辦鎖上門。

她露出像小動物受傷的眼神，他不想放她一個人繼續胡思亂想。

今天明明是屬於她的日子，應該開開心心地過才對。

「我們去S大夜市吃飯。」他獨斷地宣布。「我知道有一家店的飯後甜點很好吃。」

她雖然沒應聲，但灰暗的眼神微微亮了一個色階。蘇祐凡很慶幸這招還是有用的。

他陪她走向教職員工機車棚，將包包還給她，她掏出鑰匙，打開坐墊拿出慣用的全罩安全帽時，蘇祐凡眼明手快地搶了置物箱裡另一頂半罩安全帽。

「小右……」她困惑地抬頭質疑他不合理的搶劫行為。「你不去騎自己的車嗎？」

「學生機車棚很遠，分開出發，妳要等我很久。」他替她闔上坐墊，搶先一步坐上機車。「不如一起去，我載妳。」

其實他是怕住在S大夜市附近的她會半路偷跑回家。

畢竟她還是無精打采的，也沒開口答應要去。

「可是等一下你要怎麼回學校……」

「放心，不用妳載，我會找朋友載我回來。」他扣上安全帽，發動機車，反客為主地朝她燦笑：「助教，上車吧。」

她似乎天人交戰了一陣，最後還是敵不過他的無賴，默默跨上後座，雙手緊抓扶手，上身後傾，盡力與他保持安全距離。

嘖，他身上是有病菌嗎？離那麼遠。

雖然不太滿意，他還是催動油門，將機車穩穩騎上環校的機車專用道路。

四月末的夜已沒有春夜的涼意，蘇祐凡感受著後座載了人微沉的重量，胸口的溫度像拂過肌膚的夜風那般，微微溫熱。

後座的女生是她。

是他曾以為永遠不可能的她。

雖然他仍是騎著機車的窮學生，此刻騎的還是她的車，但沒關係。

她願意上車，讓他載著心情低落的她往某處去，他感覺自己終於贏得她的全心信任。

他不是沒希望的，對吧？

離開S大，騎上曲折的下山山路，蘇祐凡一改獨自騎乘時的飆速習慣，騎得又慢又穩，想偷偷延長這段兩人相識以來，物理距離最近的時光。

❄

二十多分鐘的車程，在一間美式運動餐廳前結束。

兩人站在店門外時，巫玟盈突然又想退縮：「小右，美式餐廳對我來說分量太多了，我還是回家——」

此時，一臺違規騎上人行道的機車從後方呼嘯而過，蘇祐凡立刻伸手將她拉近自己。

「都來了，不先進去看看嗎？」他還握著她手腕，怕她逃跑，也有點捨不得放。「他們的布朗尼，是我在學校附近吃過最好吃的，真心不騙。」

怕甜點的誘因不夠，他強勢拉她進店，門關上，才若無其事放開她。

說他霸道也好，今晚他就是不想讓她縮回自己的洞裡。

「哎唷，神射手祐哥今天怎麼有空來？不是要去比賽了嗎？」櫃檯帶位的工讀生一發現是他，熱情招呼。「這個可愛姊姊是你新的馬——」

「幹，阿誠，不亂說話你會死嗎？這我們隊上的助教。」他緊張打斷，看一眼身後的她，她尷尬得像想奪門而出。

「助教，這裡是我打工的餐廳。」他立刻向她解釋。「因為員工彼此都很熟，講話常不用大腦，不要理他們就好。」

她尷尬地點了點頭。

他想趕快帶她入座，連忙向帶位的工讀生吩咐希望的座位，以及要廚房留一份布朗尼給他。

此時將近晚上八點半，店內已過了用餐尖峰時段，他們很快就被帶到他指定的雙人卡座，在單人黑色皮沙發面對面入座。

蘇祐凡見她仍有些侷促，便開口幫她介紹菜單：「食量小的女生通常會點沙拉或是半份的漢堡、三明治。主餐搭甜點有優惠價，比單點甜點划算，我建議先決定主餐。」

她怎麼都不說話……是不習慣運動餐廳的氣氛？還是又想逃走？

他將菜單翻到甜點那頁，試圖誘惑她：「我們店的甜點水準都很高，除了招牌的布朗尼，重乳酪起司蛋糕、蘋果派、肉桂捲也都很受歡迎。我就是為了可以免費吃到賣剩的甜點，才一直在這裡打工的。」

她聞言突然淺淺笑了，讓他鬆了好大一口氣。

他們各自決定好主餐後，蘇祐凡要她挑一款布朗尼以外的甜點等會交換著吃，她看來看去，卻下不了決定。

「給你選好了，我都可以……」她比剛剛在隊辦時多了些精神，但眼神仍是無力地往下墜。

「助教，看我一下。」

他等她抬眼，直視她，一字一句道：「今天是屬於妳的日子，妳不需要遷就任何人，也不要委屈自己，想要什麼就勇敢說出來。即使是平常的日子也——」

他的話忽然戳中她的淚腺，眼淚毫無預警地大顆大顆落下。

「欸，妳怎麼了？不要哭啦，當我沒說行不行……」蘇祐凡手忙腳亂地遞了桌上的餐巾紙給她。

他真的好怕看她哭。因為她一哭，他的心就會跟著溺水，很不好受。

「宋承浩欺負妳了嗎？」他將第一個想到的可能性問出口。

她卻只是搖頭，落下更多淚，不肯透露一絲訊息。

她哭得排山倒海，蘇祐凡只能束手無策地跟服務生要來更多餐巾紙給她，並先為兩人點了已決定的主餐跟布朗尼。

等她哭勢稍歇，他遞給她一杯水，她接過緩緩喝著，才終於平靜下來。

「對不起，剛剛一時情緒上來……」她沙啞地開口。

「哭完爽快多了吧？」怕又害她哭，他不再追問緣由，只是戲謔道：「不過等一下妳要幫我跟店裡的人澄清，並不是我跟妳提分手，妳才爆哭的。」

「什、什麼分手，我們又不是……」她立刻當真。

「我說了我們不是那種關係，但同事們已經認定是我欺負妳了。」他順著她的話說。「所以，幫我個忙，從現在開始，露出笑容跟我吃飯行嗎？」

她一臉愧疚地點點頭。

主餐很快上了，他邊吃著漢堡，邊扯著他在這裡打工的趣事逗她，直到看她吃完了自己點的沙拉。

「好啦，接下來就是重頭戲嘍！」他回頭跟相熟的同事示意，店內的燈光暗下，輕快的英文版生日快樂歌響起，一根燃燒中的仙女棒浮在半空中，朝著他們的座位而來。

仙女棒在他們桌面上降落時，燈光亮起，插在招牌的布朗尼上。

「巫玟盈小姐，生日快樂。」他刻意直呼她的名。「請品嚐本店的招牌甜點。」

他幫她拿去燒盡的仙女棒，見她眼眶又泛淚，大為緊張：「妳怎麼了？」

巫玟盈搖搖頭，拭去眼角淚光，拿起叉子挖了一口布朗尼送入口細細品嚐。

然後，像魔法一樣，笑意從她眼梢唇角如漣漪般泛開。

「真的很好吃。」她大眼中映著他身影，柔柔笑著。「謝謝你，小右。」

真是的，怎麼又哭又笑？

「我就說吧。」他放心了，拿起叉子偷一口她的布朗尼。「沒有什麼事是一塊好吃的蛋糕不能解決的，如果有，就吃兩塊。」

她被他這番話逗得笑出聲，兩人真的又加點了一塊蛋糕來吃。

全大運出發前日，她二十七歲生日這一天，蘇祐凡陪她過了兩次生日。

他在心裡悄悄許了大膽的願望——希望未來她每個生日，陪她一起過的人，都是他。

第五話　禁忌情感

雖然出發前晚情緒有些起伏，巫玟盈還是順利完成了全大運的帶隊任務，本學期的大賽至此告一段落。

今年的全大運，除了到國外參賽的孫羽翎缺席外，大學部隊員全員到齊。全大運不像全中運，選手們沒有藉此升學的壓力，也不像全國賽或選拔賽，選手們會為了國手或培訓資格爭得你死我活，純粹是大專選手一年一度君子之爭的舞臺，選手們也都成年，不需她煩心，一行人在南部開心地度過了猶如隊遊般的四天賽程。

隊上實力最佳的男隊員中中、這學期發憤練習的小右都有不錯成績，分別得到個人賽第四與第八名，男子團體賽也拿到第三名的佳績，戰果堪稱豐碩。

從全大運再度回到S大，已是氣溫開始爬升的五月。

五月中旬過後，因為大學部的期末考接近，而中學部除了柏翔六月初要參加世青代表複選，其餘選手本學期的比賽都結束了，下次的賽事是在暑假，會來自主練習的選手越來越少，她和持續來加練的小右獨處機會便越來越多。

她生日那晚，小右將她從陌生的負面情緒救出，讓她不至於將低落心情帶到全大運影響帶隊表現，她真的很感謝他。

既然之前答應了小右以後她的手作甜點都有他一份，巫玟盈回到學校後，便努力抽空做甜點「還債」，趁小右單獨來訓練時給他。

不管她端出什麼，他都會開開心心地吃掉，並加上具體的評語，不時虧一下她用料太有誠意，開店一定會虧本。

她沒想到，看來最不可能與她有共通之處的這個男孩，卻是最能欣賞與分享她祕密興趣的人。

她烘焙的興趣是大學時參加烘焙社培養起來的。熱愛烘焙的她，幾乎每天泡在社辦練習，還一度動了轉行當甜點師的念頭，積極地蒐集許多相關資訊。鼓起勇氣與父母討論時，卻遭到父親的強力反對，說做烘焙太辛苦，要她照著原本為她安排好的路，去學校當老師。

在她感到沮喪的時間點，遇到宋承浩的追求，沉浸在戀愛中的她，一度遠離了烘焙。直到回S大當助教，遇到開明的上司，才又趁著帶隊空檔重拾烘焙興趣。

但因為男友不吃甜食，她做的分量也不夠分給所有隊員，她總是在隊辦偷偷獨享。

現在有了也熱愛甜食的小右加入共享，說實話，樂趣加倍了。

有時候，他也會帶他們餐廳賣剩的甜點、朋友打工發不完的試吃巧克力，或是親戚的高級手工喜餅來，說是量太多要她幫忙吃。

看他似乎沒因此破費，她也大方接受他的回禮。

當共享甜點成了兩人的新默契，巫玟盈開始期待起每天小右加練後，兩人一起在隊辦度過的甜點時光。

有趣的是，自從小右發現了她在隊辦烘焙的祕密，她反而有更多時間可以做烘焙——趁小右獨自在射箭場練習的時候，她若沒事，就在隊辦做烘焙。小右幫她把風，一看到有人接近，便打手機跟她示警，至今萬無一失。

「妳餅乾是不是快烤好了？我聞到香味了。」

天氣越來越熱，轉眼已是六月初，大學部的期末考週。

只有小右一人來加練的午後，將今日甜點紅豆抹茶奶酥餅乾放進烤箱後，到射箭場幫小右錄影射箭動作的巫玟盈，忽然被她心急的稅官提醒。

「還沒啦，我手機有在計時。」幫忙操作攝影機錄影中的巫玟盈好氣又好笑，「你貪吃的樣子都錄進去了，還剩一箭，專心射完它啦。」

小右肩一聳，舉弓又射出一箭，動作流暢自信。

「剛剛那箭動作很漂亮，」按下停止錄影鍵後，她衷心稱讚。「應該是你今天最好的一箭。」

「我看一下。」

他湊到她身旁看回放，近到她能聞到他身上清爽的男用運動淡香，一抹如同置身森林的木質香氣漸漸浮現，被他的氣息擁抱的同時，她也疑心兩人是否真的碰觸到了彼此。

但其實，他沒有任何一吋是碰到她的。

是錯覺嗎？從她生日那晚開始，小右私下與她在一起時，兩人的距離似乎變近了。

但他都接近得那麼坦然，好像她才心術不正似的。

她不是討厭，只是……

會忍不住意識到他的存在。

看錄影時兩人間靜靜流淌的某種電流讓她難耐，她試圖截斷那種刺刺麻麻的感覺：「那個，你現在放箭節奏很穩定了耶，不會像以前，一下快一下慢。」

她聽到他在她耳畔笑了，那笑聲像帶了電，一路竄進全身，讓她不自覺挺直了背。

「拜託，妳以為這三個月總教練的魔鬼訓練菜單我是練心酸的嗎？」他離開她身畔，讓她胸口的緊繃得到舒緩，「而且，本少爺只有不想做，沒有做不到——」揚起臭屁笑容時，他手機響起。

「喂？」他接起電話。「三姊又想找我幫忙？行啊，等我這禮拜考完期末考。不過這次別想再用幾副耳環打發我……」

巫玟盈看著去拔箭的他，銀髮在豔陽下反射出星點的搶眼背影，不自覺泛出微笑。

在她循規蹈矩的世界裡，玩世不恭的他，曾是她難以理解的存在。

她以前總覺得他愛打混、成績又差，那股莫名的自信到底哪來的，現在她終於懂了。

他聰明、反應快，她選手時代得苦練好久的技術，他只要被指導一、兩次就能掌握。以前他成績不振，純粹是上大學後疏於訓練，導致無法有穩定表現。

不僅射箭如此，念書也是。最近期末考將至，他會帶書來隊辦，練體能練累了就拿起來念幾頁，有時要她幫忙考他。明明書本乾淨得像沒翻過幾次，但只要他念過了，她就考不倒他，抓重點能力一流。

「小右，你這麼會念書，你父母怎麼願意讓你當運動員啊……」有一次，她忍不住問。

「他們管不動我啊。」他露出嘲弄的笑。「與其一直擔心我在外面交到壞朋友，我爸只好退而求其次，接受我加入校隊，這樣大家都輕鬆。」

聽來後頭似乎有些故事。但他述說時不自覺露出的防衛表情，讓她不敢再追問。

她的手機鬧鈴響起，餅乾出爐的時間到了，她向正從靶前走回來的他比個要先回去的手勢。

回到隊辦後，她打開烤箱，奶油混著紅豆與抹茶的甜甜香氣立刻飄散而出，她等餅乾稍微冷卻變硬後，用夾子將烤盤上的餅乾移到鐵網上。

「烤好了嗎？可以吃了嗎？」小右迫不及待地跑進隊辦，伸手就要拿放涼中的餅乾。

「還很燙，你等一下啦。」她拍開他想偷拿的手。「練完的話，你把場地器材收一收，先進來念書啊。」

小右摸摸鼻子走了，把該收的都收拾好後，拿了教科書，坐到她辦公桌前百無聊賴地翻起來。

剛剛烘焙時，為了不讓室內都是香味，她開了吊扇跟氣窗通風，導致現在隊辦氣溫跟外面一樣熱，見小右隨手抓了她桌上的資料夾開始搧風，她打開冷氣，拿了把高腳凳，開始將高處的氣窗一一關上。

「欸，我幫妳關啦，妳每次這樣都好像在表演特技。」小右發現後，走過來想代勞。

「不用啦，我關很多次了，你快去念書。」

他皺了下鼻子，但還是乖乖聽話回座。

那個除了總教練以外誰也不服的小右，現在居然這麼聽她的話，巫玟盈也覺得很不可思議。

其實，當兩人距離沒有近到她會胡思亂想的時候，她還滿喜歡與他共處一室的氣氛。

他是知道她小祕密的人，也是讓她盡情爆哭卻不追問原因的人——在他面前，她好像不管做什麼都會被接受，暫時脫下助教或乖乖牌的面具喘口氣也不要緊。

這讓她覺得好輕鬆。

她生日那晚，他說，她不需要遷就任何人，也不要委屈自己，想要什麼就勇敢說出來。

這番使她突然爆淚的話，一直在她心中迴響。

從來沒有人跟她這樣說過。

小時候，父親擅自替她決定了當運動員的路；交了男友後，她也被動接受著男友的安排，以男友想要的方式交往著。

可是，她也有自己的好惡，卻從沒有機會練習做選擇，以至於沒有為自己做主的自信，常將人生主導權拱手讓給他人，還以為這樣是常態。

男孩卻看穿了一切，一針見血地指出她的盲點。

當他的話刺穿她心口，她不由自主落了淚，知道自己永遠不會忘記那一刻，和那個願意跟她說真話的男孩。

雖然她仍然沒有太多自信，但她會試著記住他的提醒。

她能給他最好的回報，就是好好協助他達成目標，還有在這段帶他訓練的期間，抽空多做些甜點給他吃。

她踮起腳關上最後也最難搆著的一扇氣窗，回頭便發現他正注視著她。

一分神，她踏下高腳凳的腳踩偏了，整個人便跟著椅子一起向下傾倒——

「喂，小心！」

❄

一切都發生在一瞬間。

當她準備關上那扇因為被櫃子擋住部分、很難開關的氣窗時，他在後面全程盯著，怕她從重心不太穩的高腳凳上跌下來，所以早有準備，及時接住失足跌下的她。

不過，從天而降的軟玉溫香是有代價的，承受衝力的他，下背部撞上辦公桌桌緣，發出一聲悶哼：「唔……」

「小右……對不起，你還好嗎？」懷中的她歉疚道。

「不太好……很痛。」他用了幾個深呼吸才克服下背部傳來的劇痛，「妳沒事嗎？」

「我沒事……」

聽到她平安，他鬆了口氣，但雙手反而將她環得更緊。

「小、小右？」她不知所措。

他努力克制自己不要主動碰她，但如果是她過來，那就另當別論了。

他不自覺地抱得很緊，緊到分不清胸口的狂亂心跳是自己的還是她的。

「你放開我，讓我看一下嚴不嚴重……」她開始躁動著想掙脫。

「不要動，這樣害我更痛。」他不肯放手，一點罪惡感也沒有地誆哄她：「擁抱可以止痛，妳借我抱一下就好了。」

「現在不是開玩笑的時候，你是選手，萬一受傷要趕快處理……」

可惜，二十七歲的她畢竟沒這麼好騙。

在不甘願地放開她前，他將雙臂倏地收緊，用所有感官記住——她抱起來的感覺、她的溫度、她的香味——她在他懷中的短暫美好。

他一鬆手，她便面紅耳赤地跳開去找急救箱，翻動置物櫃的聲響慌亂。

蘇祐凡調整著自己紊亂的呼吸，勾起滿意的笑。

很好，他不是唯一失控的人。

她終於意識到他也是個男人了嗎？她還打算無視兩人之間的張力多久？

「那個……撞到的地方，讓我看一下。」她帶著急救箱返回，耳朵仍有些紅，低頭不敢與他對視。

他掀起T恤一角，聽到她釋然地呼出一口氣。

「還滿意妳看到的嗎？」他也自覺不嚴重，便有了逗她的心情。

「撞到的地方沒有流血，但看起來有點紅，等一下有可能變成瘀青，我去拿冰塊來冰敷……」她神情仍是愧疚，去冰箱蒐集了冰塊裝入冰袋回來，又從急救箱拿出彈性繃帶，要他坐上沙發讓她包紮。

他從善如流坐定，她用彈性繃帶將冰袋隔著衣物固定在他下背部。

她的雙手在他腰間繞來繞去，離他好近，近到他可以聞到她洗髮精的花香味。

如果她不要一副自責得快哭的樣子，他會覺得近距離接觸的福利滿不錯的，可是她眼眶若隱若現的淚讓他在意，所有的曖昧氣氛都沒了。

「又不是妳撞到，」他無奈地看著她泫然欲泣的表情。「愛哭鬼。」

「對不起……」她完成冰敷的暫時包紮，揚起溼潤的眼看他，力持鎮定道：「如果痛的感覺一直沒消失，可能就是肌肉有撕裂傷，一定要馬上告訴我，我帶你去醫院檢查……」

「沒那麼嚴重啦，妳不要嚇自己。」她誇張地紅了眼眶，是身為助教的責任感，還是她也開始在意他？他希望是後者。「這位姊姊，我知道妳太有責任感，什麼事都習慣自己解決。不過下次拜託妳不要固執，敞開心胸接受一下別人的幫助好嗎？妳這樣有時候讓人滿挫折的。」

「……好。」她低下頭，看來深切反省中。

「我從以前就想跟妳說，妳不用什麼事都搶著做，覺得別人才會喜歡妳。現在妳面前就有不是因為那樣才喜歡妳的人，對自己有自信一點行嗎？」他忍不住在忠告中偷渡告白。

她聞言又抬眼看他，長睫快速搧動，像突然接收到太大資訊量，過載的大腦需要費時解讀。

「我、我十分鐘後再幫你拿下冰袋。」她突然手忙腳亂地收起急救箱，一收完便逃離他身邊，全程不敢再與他對視。

蘇祐凡卻再次笑了。

不錯的進步。

雖然慢了半拍，她不像之前那樣有聽沒懂，終於開始解讀出他隱藏的訊息。

她會想逃避，表示她也意識到兩人之間有某種東西存在。

再努力一下，也許就能逼她正視。

不過，今天到此收手吧，一天之內進攻太多次，他怕把她嚇跑。

「助教，我們可以吃餅乾了嗎？我餓了。」他換上平常的孩子氣面貌，老實不客氣地利用她害他撞到的罪惡感打破僵局。

「呃，好……」她聞言，跑去拿盤子裝餅乾，又到冰箱倒了杯奶茶，替他送到沙發前的茶几上。

「助教，我受傷了，餵我吃。」他故意逗她。

「……你、你剛剛沒有撞到手吧。」她雖然不自在，卻沒上鉤，只是拿起一塊餅乾遞到他眼前。「手舉不起來跟我說，我馬上帶你去看急診。」

不錯嘛，還會鼓起勇氣反制他。

他笑著將那塊香氣四溢的奶酥餅乾接過送進嘴裡，奶油的香、紅豆的甜與抹茶恰到好處的微苦構成的平衡滋味在口中散開時，他愣了一下，笑得更開：「妳改良了我上次帶來的手工喜餅的味道？加了抹茶味道更有層次了。妳大學念的其實是餅乾系吧？」

她不爭氣地被他逗笑，「我也念過太多系了吧？上次是奶酪系、上上次是蛋糕系……」

「只吃過一次的東西妳不但能複製，還順便改良，妳根本是被助教工作耽誤的烘焙小天才啊。」剛出爐的奶酥餅乾太美味，他忍不住伸手又拿一塊送進嘴裡。

「你太誇張了……這只是基本的油糖拌合軟性小西餅，把經典的奶油加上紅豆沙跟適量抹茶粉而已。」

「烘焙我可能是外行，但吃甜點我絕對是專家，妳這是可以拿出去賣的等級。」他讚歎地看著完全沒因烘烤走樣的擠花花紋，「下學期的校慶園遊會，我們不要擺射箭體驗攤位，乾脆賣妳的手工餅乾好了，我覺得會賺錢。」

「就說你太誇張了啊……」

兩人間的尷尬感漸漸消失，開始吃餅乾、喝奶茶的午茶時間。

蘇祐凡有時會希望時間能流逝得慢一點，比如這段和她共享甜點的甜蜜時光。

她的手機鬧鈴卻在此時煞風景地響起。

「那個，拆冰敷的時間到了。」她才尷尬地說完，手機便有來電。

「我自己拆就好，妳快接吧。」雖然失去再次近距離接觸的機會讓他有些扼腕，他還是放她走了。

今天進展不錯，他不該貪心，慢慢來吧。

「喂？」

她走到窗邊收訊較佳的位置接電話，他則伸手到自己後腰拆下固定繃帶的搭釦。

「婚禮……祕書？」她驚訝的聲音傳來。「這週六？」

蘇祐凡拆繃帶的手也頓住了。

她不是被求婚而已嗎？

整個學期都對她不聞不問的宋承浩，現在突然決定要開始準備婚禮了？

就算他想慢慢來，時間卻不站在他這邊。

❄

「巫小姐，我們幸福婚紗包套的內容有：棚內加大臺北地區外景、新娘一套白紗、兩套晚禮服、新郎一套西裝、新娘三套妝髮、三十組精修入本相片、二十四吋放大相框一件、謝卡兩百張……原價五萬八千八，今天下訂現折五千喔！」

「巫小姐，請參考我們的簡約奢華方案，四萬五搞定婚紗照、宴客禮服，還有婚攝！」

「巫小姐，這是我們的小資婚紗方案：棚內日光實景攝影棚、電子檔一百張、精修電子檔十張、其他規格都跟同業一樣，兩萬有找，妳在這條街上找不到比我們更划算的了……」

在臺北知名婚紗街晃了一圈的巫玟盈，像被榨乾所有精力似的走出第三家諮詢的婚紗店。

天啊……她快累死了……

這一切要從她幾天前接到的那通電話說起。

那通電話是宋承浩打的，說是時候開始準備婚禮了，宋母為兩人約了跟飯店婚禮祕書討論的時間。

但今早男友臨時說健身中心有事走不開，已經跟婚祕確認過男方該做的事，剩下的事需要女方做決定，便麻煩她自己赴約。

巫玟盈忐忑地獨自去了宋母經營的飯店，婚祕立刻告訴她要趕快決定婚紗公司，否則可能會約不到檔期，甚至來不及在婚禮前拍好婚紗照，讓原本以為距離婚期還有半年以上，時間應該很充裕的巫玟盈，立刻感受到巨大壓力。

在婚祕的恐嚇與自己整個學期都沒為婚事做功課的罪惡感下，她翻了翻婚祕提供的資料，挑了幾家風格順眼的婚紗店，下午便到臺北知名的婚紗街詢價，想趁這個週末先確定婚紗公司。

出發前，她再次聯絡男友，問他要不要一起來，但承浩說挑婚紗一事全權交給她。她雖有些失落，但也體諒男友忙，於是決定單槍匹馬跑一趟。

巫玟盈本來覺得挑婚紗公司應該跟挑衣服一樣簡單，挑自己喜歡的就好。沒想到婚紗店是個一踏進去就很難抽身的地方，門市業務為了業績，個個使出渾身解數，帶她參觀攝影棚、試穿婚紗一輪回來，再跟已經昏頭的她解釋複雜的包套內容，不斷在她想離開時提出新的優惠，她光是能全身而退，都已覺得自己意志堅強。

她踏進第一家婚紗店是下午一點，踏出第三家婚紗店已是下午五點。

怎麼辦，今天要無功而返了嗎？

可是她餓了……不先吃點東西，她沒有能量對抗那些厲害的婚紗門市業務。

在婚紗街的騎樓像個遊魂走著的她，突然被擺著手工喜餅的櫥窗給吸引住。

是小右之前帶給她吃過的高級手工喜餅……她上次烤的紅豆抹茶奶酥餅乾就是改良自這家。

看到好吃的甜食，她感覺肚子更餓了。

「小姐，看喜餅嗎？裡面可以試吃喔。」女店員發現她駐足，立刻走出來招呼。

「啊，不用，我今天沒辦法下訂……」剛剛在婚紗店的慘痛經驗，讓她怕得立馬婉拒。試吃很誘人，但就今早婚祕的懶人包說明，訂喜餅一般是等提親後，雙方家長談妥訂餅的細節，且賓客名單大致確定了才是下訂時機。

提親的日子暫定在七月底，目前第一要務是婚紗，她實在不宜把時間浪費在此。

「只是試吃而已，小姐不想留資料也沒關係。剛剛看婚紗一定很累了吧？吃點甜的才有精力再戰啊。」

女店員看穿了她對櫥窗內手工喜餅的渴望還有精疲力竭的樣子，終於成功說動她進店坐下，為她送上一盤最新的手工西點喜餅、一片傳統漢餅、一杯冰鎮烏龍茶。

嗑了幾塊香濃的奶酥餅乾後，巫玟盈覺得自己血糖終於恢復到正常值，才有心思觀察喜餅店的內部。

這是一家老牌連鎖喜餅的旗艦店，早年以中式糕點發跡，近年開始發展西式糕點，推出中西合璧的喜餅禮盒。就算不是特別喜歡吃甜食的人，應該都聽過這家店的名號。

而對巫玟盈而言，這家的招牌傳統漢餅，是啟蒙她對甜食興趣的美好滋味。她拿起面前切片的漢餅送入口中，熟悉的中式酥油皮、紅豆沙、肉絲等食材交織而成的豐富滋味在口腔中散開，她滿足地嘆一口氣。

好吃的甜食，真的可以治癒人心吶。

這些試吃的喜餅吃完，她又有精力再戰一家婚紗店了。

女店員機伶地趁她快吃完時，遞上好幾份喜餅型錄與合作婚宴廠商的摺頁DM。

巫玟盈隨意翻著店員送上的DM，先翻過她最感興趣的喜餅型錄後，便讓婚紗攝影工作室的DM奪去目光。

DM上是一對男帥女美、幸福洋溢的新人。拍得唯美浪漫的婚紗照，她今天早就看到麻木了，真正吸引她目光的是，新郎看著新娘的溫柔眷戀神情。

這一定不是模特兒，是真正的情侶。那種真情流露的表情是演不出來的。

看了一下午的婚紗照，這是她第一次被打動。

「這是跟我們有合作的婚紗攝影工作室，就在隔壁巷子裡。」店員適時為她介紹。「DM上的新人，是我們餅店的小老闆跟工作室的禮服設計師。小老闆娘設計的婚紗很有質感，攝影風格活潑多變，如果小姐有興趣，可以去那邊看看，憑這張DM簽約有優惠喔。」

優惠並不是打動巫玟盈的原因，但眼神一直不由自主被那張婚紗照吸引的她，決定去那間原本不在她名單上的婚紗攝影工作室一探究竟。

❄

婚紗攝影工作室就在喜餅旗艦店隔壁的小巷裡。商業氣息濃厚的婚紗街，拐進巷子，卻是普通的公寓民宅，工作室將民宅改造為店面，九重葛爬在一樓落地窗的木質邊框，裡面可以看見圍著咖啡桌討論的客人與接待人員，門口有塊寫了工作室名稱「Rain or shine」的復古鐵銹鏤空招牌。

若非工作室名字與DM一致，巫玟盈一度懷疑自己找錯店家，跑到哪間文青咖啡廳了。

推門而入，接待人員立刻帶她到一張空著的咖啡桌坐下，確認她要喝的飲料後，跟她說歡迎到書架區拿有興趣的書或相本隨意看，便留她一個人四處探索。

巫玟盈幾乎立刻喜歡上這家迥異於一般婚紗店，客人與店員感覺都很放鬆的工作室。

店內一面牆做了典雅的嵌入式木質書架，巫玟盈走近發現書架上的書分成三類：婚紗、攝影、珠寶設計。她注意到書架旁用木框裱起的文字說明，才知道這間工作室是三姊妹中做禮服設計的大姊與攝影師二姊合開的，三妹是位珠寶設計師，也透過工作室接新人客製化婚戒的Case。

店內牆上一張婚紗照也沒掛出來，但書架上能找到三姊妹的作品集。她到標示著「婚紗攝影作品」的架上選了剛剛在DM上看到那對新人的婚紗相本，拿回座位慢慢瀏覽。

禮服設計師跟喜餅店小老闆的婚紗，以婚紗和喜餅當作主軸，充滿了現代與傳統的對比卻意外地協調。明豔活潑的新娘、沉穩帥氣的新郎，透過照片都能感受到兩人間濃濃的情意與幸福。

她很喜歡新郎看著新娘情意濃烈的眼神，不知為何，那道眼神帶給她一種熟悉的心動感。

承浩曾用這樣的眼神看過她嗎？

遺憾的是，提問剛浮現時，她就知道答案並非如此。

男友對她的感情一直很溫淡，而她，一開始像粉絲與偶像交往般，一頭熱地栽下去的同時，也有種搞不懂對方到底喜歡自己哪裡的不踏實感。為了消除這種不踏實感，她主動去做她能做到的事——煮飯、打掃房間等，並盡力配合男友的一切要求。等她更深入認識男友真實的面貌，她對他的感情也逐漸褪成和對方一樣的溫度——溫淡的、家人般的感情。

不論哪個時期，兩人從未出現過相片中炙烈到足以燎原的熱情。

那麼，誰用那種令她心動的眼神看過她？

她打斷腦中呼之欲出的答案，闔上相本。

巫玟盈，妳已經答應要結婚了。妳現在該做的，不是自問這些無意義的問題，而是按部就班把婚禮準備好。

接待人員送上裝在玻璃杯中的果汁，在她對面坐下。「小姐很有眼光喔，一來就挑我們工作室最經典的作品來看。吸引妳的是禮服還是攝影風格？看小姐對哪部分感興趣，可以帶您去參觀我們的手工禮服或攝影棚。」

其實吸引她的是新郎新娘間那股自然流露的情意。但光稱讚新人好像沒把人家自豪的禮服和攝影風格放在眼裡，於是她答：「我覺得照片拍得很棒，我是看到DM上的照片才來的。」

「這樣啊。」接待人員會心一笑。「我們樓上的攝影棚現在剛好在攝影，小姐有沒有興趣參觀？」

「這樣不會打擾到拍照的新人嗎？」她今天在其他婚紗店都只能看空的攝影棚，訝異於能參觀實際拍攝。

「不會的，現在是在拍新一季手工禮服的宣傳照，不是真的新人。」

巫玟盈一整天看婚紗已經看到無感，想著既然人都來了，若有機會看到拍攝現場也不錯，便抱著好奇心答應參觀。

她在接待人員的引導下走過放滿手工禮服的二樓，到了攝影棚所在的三樓。

才站在樓梯口，她便聽到攝影快門「嗶」、「嗶」的響聲，穿著率性丹寧布馬甲婚紗的高䠷女模，在布置成美式酒吧吧檯的場景前，一手搭在背對鏡頭、同樣穿著丹寧布西服的高䠷銀髮男模肩上，擺出自信不馴的表情拍攝中。

那個男模的背影好眼熟……

但……不可能吧……

「很好，現在新郎轉過來，右手環過新娘鎖骨前。」掌鏡的短髮女攝影師要求道。

「二姊，不要一直叫我新郎好不好？妳職業病很嚴重。」男模熟悉的聲線一出，巫玟盈心臟便在胸腔裡重重撞了一下。「還有，不是說走個性風？為什麼還要摟摟抱抱？」

「拿錢就給我辦事，不要囉哩囉唆的，轉過來。」

高䠷銀髮男模轉過身，心不甘情不願地站到女模身後，將握成拳的右手環過女模脖子，另一手插在口袋，身體離得很遠。

「蘇祐凡，你是在綁架人質啊。想像這是你最愛的女人，營造出占有慾的感覺行嗎？」

真的是小右！

怎麼會……

「我明明答應拍的是三姊的耳環型錄，早知道要拍婚紗型錄，我就不來了，呿。」穿上西裝更添一股成熟男人魅力的蘇祐凡，不情願地伸手握住女模馬甲婚紗之上的裸肩，將她摟近自己胸前，頭靠女模頰側，惡狠狠瞪向鏡頭。

他與女模的親暱畫面讓巫玟盈胸口一窒。

「很好，就是這個鄙視的臉。」短髮女攝影師滿意地連續變換角度按下快門，一旁的攝影助理跟著鏡頭微調打光板的位置。

為什麼她胸口會有種刺痛感？

她一再逃避正視自己對小右的感覺，看到他與異性擺出親密姿勢，巫玟盈卻發現心裡湧起了不該有的，嫉妒的酸楚。

她甚至完全明白這只是工作而已。

「對不起，我有事先走……」

她驚駭莫名地想逃離這個尖銳揭穿她真心的瞬間，轉身要下樓時，他的聲音從身後傳來——

「助教？是妳嗎？」

巫玟盈雙腳不聽使喚地停了下來，感覺整個攝影棚的目光都集中在自己背上。

「既然來了，幹麼急著走？」他穿著皮鞋的清脆腳步聲逼近她，語氣轉為肯定。

為什麼他不能裝作沒看見她的失態呢……

已失去了離開的時機，巫玟盈深吸一口氣，沒回頭，才能在不看他的狀況下說謊：「那個，我不想打擾你拍照……」

「怎麼會打擾？我希望妳留下來。」腳步聲停止，她能感覺他已在身後。

她來不及逃了……

她輕嘆一口氣，絕望地回頭，立刻撞進他情感濃烈的深邃眼眸中。

她知道的，她一直都知道，只是從不願意正視，用各種理由騙自己沒這回事。

他用這種眼神看著她，很久很久了。

從她生日那晚。

從在那家法式甜點店。

不，其實，從更早以前她就隱約察覺……

所以她總是有點怕他。

怕他會讓自己循規蹈矩的人生偏離正軌。

可是，這學期的朝夕相處，她終究還是淪陷了。

再也無法視而不見，他眼中一直明白的情意。

❄

幾天前，他終於得知她其實早已敲定了婚期，被催著要開始準備婚禮時，蘇祐凡一度陷入絕望深淵。

學校是他的主場，但婚禮，他毫無施力之處。

可是老天待他不薄，她竟然出現在這裡。

他在攝影中一發現她，便毫不猶豫追上去，心知這樣的機會不會出現第二次。

「怎麼會打擾？我希望妳留下來。」他無意識說出近似告白的話語。

她驚慌失措逃跑的樣子、背對他說著拙劣謊話的顫抖嗓音，還有她終於回頭，用幾乎認輸的眼神回望他雙眼的短暫瞬間，讓他終於確定了她的真心。

一瞬間他非常欣慰，覺得自己見證了奇蹟發生。

但她是循規蹈矩的性子，又該死地把自己陷在一個愚蠢的婚約裡，他明白，僅僅是確認了她的心意，還不足以改變任何事。

他必須不擇手段留下她，為陷入劣勢的自己創造新的主場。

「我希望妳留下來看看我大嫂設計的手工婚紗，妳不會後悔的，我叫她給妳打折。」他硬是將告白轉成推銷。

「大、大嫂？」她一時間反應不過來。

他指向在女攝影師一旁看好戲的明豔女子，「助教，跟妳介紹一下，那位長頭髮的是這間工作室的禮服設計師，我大嫂梁時晴；旁邊短頭髮的攝影師是她二妹梁時雨，還有一個珠寶設計師的三妹工作室不在這裡，妳之前一直很想賠給我的耳扣就是她的設計。因為我不幸地跟很會壓榨人的這三姊妹是姻親，才會在這裡出賣色相。」

「祐祐，你在亂說什麼？誰壓榨你了？」梁時晴笑著走過來與巫玟盈打招呼，順便給了他一拐子。「你耳朵上那些設計師款耳環，拍完型錄都讓你免費帶回家，今天拍攝也有付你拍攝費，我們姊妹哪一次讓你空手而歸？」

他在那一拐子間接收到大嫂詢問「怎麼回事」的好奇眼神。

大嫂認識他多年，感覺就像他的大姊，果然被她看出事態不單純。

「拜託，沒有空手而歸就不叫壓榨人了嗎？我今天是被妳騙來出賣色相的耶。」他回一個「晚點再說」的眼神。「大嫂，這是我們射箭隊的助教，平常很照顧我。妳可以帶助教去參觀一下婚紗嗎？我把剩下的拍完，就去加入妳們。」

大嫂機靈地領著巫玟盈離開後，蘇祐凡用最快速度完成了令他彆扭萬分的婚紗型錄拍攝。

他一拍完，連西裝都還沒換下，就急著去二樓尋找巫玟盈與大嫂。

他好怕她會跑掉。告訴她工作室老闆們與他的親戚關係是一棋險著——長袖善舞的大嫂也許能想辦法將她留下，但她也有可能像剛剛那樣，為了避開他，轉身逃離工作室。

但他沒有更好的選擇，只能放手豪賭。

當他在二樓婚紗試穿區的宮廷風全身鏡前只看到大嫂的身影，他的心沉到谷底。

「大嫂，她……」他緊張得話都說不完整。

「別擔心，她在裡面試穿。」大嫂比了個「噓」的手勢，然後朝他招招手。「祐祐，告訴我，你真的知道自己在做什麼嗎？她是要結婚的人了，你會招來麻煩的。」閱人無數的大嫂開門見山地告誡他。

「大嫂，如果大哥要跟他不愛的女人結婚，妳知道他不會幸福，妳會允許這件事發生嗎？」既然大嫂都看透了，他也就直球回答。「拜託，幫我留下她。」

「我就沒看你這樣低聲下氣求過誰……」大嫂聽出他的認真，拿他沒轍地嘆了口氣。「你要答應我，不要衝動、不要做會使對方痛苦的事、做好可能會心碎的心理準備。這些你都做得到，我才願意幫你留人，而且請記得，我是不會配合你做傻事的。」

「沒問題。」他倔強承諾。

「以為你很聰明，沒想到談起感情也是個傻瓜。」大嫂嘆口氣，然後越過他，招呼換好禮服出來的巫玟盈：「我就知道這件適合妳，好可愛！」

蘇祐凡轉身，沒預期自己會看直了眼——

她換上丹寧系列中專為嬌小新娘設計的婚紗，上身高腰削肩米白刺繡蕾絲、下身丹寧布刺繡公主裙，原本綁著馬尾的長髮被禮服祕書巧手綁成了俏麗年輕的丸子頭，踏著工作室準備的米色高跟鞋，像個甜美中帶著一絲倔強個性的公主。

大嫂不愧專業，見面不久就抓住她的特質。

她仍有些不知所措地四處張望，眼神對上他的瞬間，他朝她泛出讚賞的笑：「很好看啊，真的。」

他走近她，指指牆邊的全身鏡，示意她好好欣賞鏡中的自己。

「妳看，哪來的正妹？我都快忘記妳平常樸素的師姐樣了。」他故意嘴壞，想讓她別那麼不自在。

「你說誰是師姐……」她忍不住抗議，表情放鬆了一些。

他看著鏡中兩人十分相配的丹寧系列禮服，用眼睛將這個畫面刻在腦海裡。

他好想拉著她上樓重拍一次婚紗型錄，那樣就能狠狠地擁抱她，將他對她多年的思念與感情全部展現出來，像大哥大嫂那組經典的婚紗照一樣。

看到了她的真心，使他受到巨大鼓舞，對她的渴望卻也更加強烈。

他知道此刻自己唯一能做的只有苦苦壓抑住這份心情，耐心等待真正的時機來到。

理智上，他都明白，可是他是如此想碰觸她……

他緩緩朝她肩頭伸手，想用剛剛拍婚紗型錄的同樣動作將她自後方攬住，而她胸口因為倒抽一口氣隆起時——

不要衝動。

他想起大嫂的話，硬是後退一步，拉開兩人距離。

「怎麼樣？我大嫂設計的禮服很棒吧。既然是我認識的人，折扣跟檔期都好談。對吧，大嫂？」他若無其事地將話題丟給大嫂，將最後一擊交給可信賴的人。

「那當然，祐祐的朋友，就是我的朋友。」

他退得更遠，讓大嫂站到她身邊。

「玟盈，妳有沒有屬意的檔期？我現在可以先幫妳留起來，妳決定要在我們這裡拍了再來簽約就好。」大嫂天生外向擅交際，一下就親暱地直呼名字。

「這怎麼好意思……」她卻被這大方的提案給嚇到，又遲疑起來。

「不然這樣吧，晚餐時間到了，我叫我老公也來，大家一起去吃個飯好嗎？我老公一定很想答謝妳平常照顧他這個頑劣的弟弟。妳有什麼需求，我們邊吃邊討論。」大嫂再度出招，笑得讓人不容拒絕。

「這……」她感覺仍十分退縮。

「好嘛，玟盈，妳會踏進我們工作室，也是難得的緣分吶。」大嫂拉起她的手，動之以情。「就算妳不在這邊拍，我也想跟妳交個朋友。祐祐這小鬼都不跟我們說他在學校過得怎麼樣，今天難得遇到他校隊的助教，我有好多問題想問呢。」

蘇祐凡任大嫂將自己說成讓家人操心的死小孩，觀察著她的表情變化。

「這……」為難許久，她終於軟化。「好吧。」

蘇祐凡鬆了一口氣，卻沒把握留下她是否真的是一步好棋，或是反而會加速她的離去。

無論如何，他只能走一步算一步。

第六話　專屬騎士

當她被拍照中的小右發現，心裡那股逃不掉的直覺果然成真了。

梁時晴先是熱情地帶她去看手工婚紗，還親自為根本沒打算試穿的她挑了幾件好看得無可挑剔的婚紗，雖然起先是因為盛情難卻她才踏進試衣間，但一套上婚紗，她也被手工禮服的魅力給征服，一連試了好幾套，直到小右來找她們。

當她穿著那套丹寧蕾絲婚紗踏出試衣間，撞見小右的讚賞眼神，她一瞬間真的有種自己在他眼中很美麗的奇異感受。

與他一起看著鏡中兩人登對的同系列禮服時，有短暫的幾秒鐘，她想像了兩人如果在一起會是什麼樣子……但連忙駁斥自己荒唐不負責任的想法。

她是助教，他是學生。

她要結婚了，他還是應該享受無負擔戀愛的年紀。

他們之間，無論如何都不可能。

梁時晴熱情邀約時，她本想找個理由拒絕並離開，梁時晴又抬出想知道小右校隊生活的理由，勾起她身為助教的責任感，便答應了邀請，跟著來到附近據說他們常來的江浙餐廳。

他們在半開放式的包廂入席後，梁時晴熟門熟路地點好菜，在等蘇大哥來的空檔時順帶爆料。「玟盈，我跟妳說，別看祐祐現在又酷又跩的樣子，他小時候是他哥的跟屁蟲喔。他哥到哪裡、他就要跟到哪裡，不給跟他還會哭呢。」

沒想到，梁時晴不僅沒有急著問小右在學校的事，反倒跟她說了很多小右成長的趣事。

「大嫂，那些陳年往事妳講不膩啊？」小右抱怨歸抱怨，但也沒有阻止梁時晴爆料。

於是，巫玟盈知道了很多小右的家事——

他是三兄弟中的老二，哥哥大他九歲、弟弟小他六歲。

因為跟兄弟年紀差太遠玩不起來，在大到理解「跟屁蟲」是個嫌棄的詞後，他開始向外發展，在學校成了交遊廣闊的人氣王。因為太重朋友，他剛上國中時一度跟著一群新朋友慣性翹課，讓家人很擔心，後來被老師拉進校隊才和那群朋友斷了聯繫。本來家人以為個性反骨的他很快就會受不了校隊的嚴厲管教，沒想到他卻因為喜歡團體生活的熱鬧，一直待到了今天。

「玟盈，聽我老公說祐祐想選國手，他有認真練習嗎？」最後，梁時晴才問了她這麼一個問題。

「他這學期很認真練習。」她掛保證似的回答。

「那就是以前都不認真了吧？」梁時晴笑著抓出她的語病。

「呃，也不是啦……」她尷尬地想幫他說話，卻又無法違背良心稱讚他以前的練習態度。

「助教，沒關係啦，我大學前兩年認不認真，他們看我的比賽成績也猜得出來。」小右解救了她的尷尬，譴責地看向梁時晴。「大嫂，助教是老實人，妳不要這樣逗她。」

巫玟盈才為了不必說謊鬆一口氣，就發現梁時晴看他們的眼神變得玩味起來，讓她如坐針氈。

她希望他大嫂不要誤會，他們是不可能的……

她想說些什麼的時候，忽然看到對座的梁時晴露出笑靨：「阿澤，這邊！」

轉過頭，婚紗照上的蘇大哥真人正朝包廂走來。

蘇大哥一入座，巫玟盈便明白，為什麼那張DM上的婚紗照總給她一種熟悉感。

蘇大哥一見到老婆時眼睛彎起、薄唇勾笑的神情，根本就是黑髮、穿西裝、戴眼鏡的社會菁英版小右啊。

因為兩人打扮風格差距太大，她看婚紗照時沒立刻連結起來，但真人近在眼前一比對，兄弟感實在無可否認。

「這位就是巫助教了吧。妳好，我是蘇祐凡的大哥。」終於將注意力從老婆身上移開的蘇大哥轉頭跟她打招呼。「要帶我這個很不受控的弟弟，這三年一定辛苦妳了。」

「……」連嗓音都有八分像，只是蘇大哥聲線稍低，讓她一時間以為是變裝過後的小右在跟她說話。

還好蘇大哥只對自家老婆放電，不然巫玟盈覺得自己招架不住同時有兩個小右在她面前。

「玟盈，他們兄弟這麼像，妳嚇到了對不對？」梁時晴在丈夫身旁失笑。

「助教，我跟妳說，我這輩子最討厭聽到的話，就是人家說我長得跟我哥有多像，拜託妳不要附和這個話題。」坐在她身旁的小右大翻白眼。

這一瞬間，巫玟盈好像明白了為何小右總是打扮得極具個人特色。

「對了，這是我的名片。」蘇大哥從西裝口袋掏出一張寫著「總經理蘇澤凡」的名片遞給她。

等等，喜餅店店員說過時晴的丈夫是餅店的「小老闆」，而小右是小老闆的弟弟……

突然將線索連起的巫玟盈接過名片，委婉地向蘇祐凡求證：「小右，你常常有親戚的喜餅是因為……」

「助教，不是我不跟大家說，只是我跟我們家的生意本來就沒什麼關係。」小右的解釋證實了她的推測。

「哪會沒關係？新的西式手工餅乾系列，你不是也有參與提案嗎？」蘇澤凡笑著反駁。「紅豆、金桔、鹹蛋黃口味的奶酥餅乾很少見，市場評價還不錯。」

她之前改良過口味的奶酥餅乾，居然是小右提案的？

她難掩驚訝地看向他，他卻只是聳聳肩道：「我只負責出一張嘴提案跟試吃，賺點零用錢而已，妳也知道我不像妳一樣有烘焙天分。」

「巫助教對烘焙有興趣？要不要來參加我們的中式麵點烘焙師傅培訓？」蘇澤凡突然插嘴。

「哥，收斂一下你的職業病，不准拉她進火坑。」小右沉聲警告。

「我開個玩笑而已。你怎麼這麼沒幽默感？」蘇澤凡頗感興味地看向弟弟。

「這個玩笑並不好笑。」平時嘻嘻哈哈的他，此刻卻異常嚴肅。

「人家都要結婚了，頂多在我們家訂餅而已。」蘇澤凡轉向她，「巫助教，如果妳之後打算訂喜餅，跟我說一聲，我一定請門市給妳優惠價。」指向他剛才遞給她的名片。

「好，謝謝蘇大哥……」話題突然從兄弟間的針鋒相對轉到自己身上，巫玟盈有些反應不及。

先前點的餐點此時陸續上桌，小籠包、蒸餃、排骨炒飯等人氣菜色一一上桌，緩和了氣氛，眾人開始動筷。

巫玟盈吃著美味的小籠包，卻食不知味。

剛剛蘇大哥也看出小右太護著她了，只是人家聰明地立刻轉移話題。

小右年輕氣盛，根本藏不住心意，一下就被他的大哥大嫂給看透，雖然他們還沒出口說重話，但巫玟盈知道，自己必須在這個場合主動劃清兩人界線，不然只會害了他。

她瞥了小右一眼，換回常服的他，就跟平常在學校時一樣，是個搶眼自信的年輕男孩。

他很有魅力，明明可以像以前那樣，大談屬於他年紀無負擔的戀愛，卻不知為何，跑來和她這個大了六歲的姊姊攪和。

他很好，有一天一定會遇到真正適合他的女孩，只是那不可能是已經答應了要結婚的她。

斷了兩人之間不該有的吸引力，是她能為他做的最好的事吧。

她該怎麼做……

她低頭看著茶杯中澄黃的茶湯，試圖從紛亂的思緒中找出方法。

「玟盈，我剛剛在工作室說的話是認真的喔，如果妳喜歡我們家的婚紗或攝影風格，檔期我可以先幫妳留幾個禮拜。妳不要覺得不好意思，這是為了感謝妳平常這麼照顧祐祐。」梁時晴突然向她提起舊話題。

巫玟盈突然像是被點醒，抬眼看向笑容親切的梁時晴。

不如就接受他大嫂的好意吧。既能表態她是要結婚的人，也能解除他們對弟弟錯戀的擔憂；再者，讓小右看到她一步步往結婚的路前進，他是個聰明的男孩，不必將話說破，應該會明白她的意思，斷了對她的執著吧。

那樣對兩人都會是好事，是吧？

「時晴，」她直呼只大了她幾歲的小右大嫂名字，「我很喜歡你們工作室的婚紗跟自然的攝影風格，如果還有檔期的話，我想在那邊拍，今天能確認這件事嗎？」

「當然沒問題。」梁時晴浮現驚訝神情，但很快便斂起神色，換上老闆娘面貌。「那等會吃完飯，我們就回工作室討論檔期跟簽約。」

「太好了，謝謝。」她微笑道謝，壓下心口莫名浮上的苦澀。

她身旁的小右突然安靜下來，但她不讓自己轉頭看他。

就這樣吧，她沒有對他心動的資格。

❄

如他所願，她跟大嫂的工作室簽約了。

但這是他想要的結果嗎？他不知道。

蘇祐凡將今晚第三杯螺絲起子灌入喉，讓隱身在橘子汽水中伏特加的濃烈酒精一路從食道燒進胃裡——入口是甜，喝進的卻是強烈的火燒感與苦澀的餘味，就像他此刻似喜實悲的矛盾心情。

才確認她的心意，她就立刻表現出想劃清界線的態度……

真傷人。

大哥伸手拿走他手上的酒杯，「小鬼，這不是汽水，而且我對扛醉漢回家沒興趣。」

他不馴地轉頭看向聚餐後找他來酒吧，說要喝兩杯的大哥，「我成年了。而且，我離醉還很遠。」

「等你喝到醉，我們還怎麼Men's talk？」大哥很堅持，跟酒保要了杯水給他。「你有什麼想說的，我聽你說。」

「我沒什麼想說的。」拜託，他是男人，心情差時根本不想說話好嗎？大哥一定是被愛管閒事的大嫂影響了。

他聽到大哥嘆口氣。「蘇祐凡，告訴我，你是為了你們助教才想選國手、還是為了跟爸的賭注？」他沒說的心情，大哥乾脆主動出擊。

他看著酒保剛放上吧檯的水杯，半晌才答：「……一半一半。」

最一開始的確是這樣，一半為了阻止她結婚、一半為了與父親的賭注，後來比重卻越來越偏向她，但他不想跟大哥解釋得這麼詳細。

「你們朝夕相處，應該早就知道人家快結婚了吧？」大哥不評斷他選國手的動機，只是繼續探究問題核心。「為什麼偏偏還要跳下去攪和？」

「她的對象並不好，她結了婚不會幸福。」他伸手晃動玻璃杯中的水，盯著原本平靜的水面被自己攪動出的漩渦，一如他現在的處境。「我沒辦法坐看這件事發生在她身上。」

「你不是她，你怎麼知道她不會幸福？」

「旁觀者清。」他放下水杯，直視大哥。「哥，你以前站過餅店門市，應該比我看過更多糊裡糊塗就結婚的人。」

「但我不會插手，我只是賣餅給他們的人。」大哥拿起馬丁尼喝一口。「他們必須為自己的人生負責，不是我。」

「如果那個人是大嫂，你一定也沒辦法置身事外。」蘇祐凡指出這個事實。

「是不行。」大哥突然笑了，看向他。「你這次是認真的，對吧？」

跟大哥說話的好處是，他不會八股說教，一下就能抓住話題重點。

「我這輩子真的沒這麼認真過。」他承認。

「她看起來是個好女孩。不過，為什麼是她？」

「喜歡一個人需要理由嗎？」他不馴反問，如果大哥開口批評她，決定對話就到此為止。

「不需要。可是，總有理由。」大哥溫柔凝視手上的婚戒。「像我喜歡你大嫂的開朗，跟她在一起，我也會變成一個更樂觀的人。我想知道你的理由，那會告訴我這次需不需要擔心你。」

大哥的坦白讓他稍稍放下心防，沉思半晌，才帶些扭捏道：「我喜歡在她身邊的感覺，很安心、很幸福、很像……回到家。不是像我們家那樣，是很一般很溫馨的那種家。哥，你懂嗎？」

「我懂。」大哥淡淡笑了。「爸媽以前忙事業，根本沒空管我們三兄弟，好不容易有空了，媽忽然就那樣走了，我們家一直都不是一般的家庭。」

「豈止不一般，我們家就只是為了成就爸的事業心而存在的集合。」他譏嘲一笑。

剛剛聚餐時大嫂對助教說的，只是部分事實。

他們三兄弟年紀差距大，是因為父母婚後立刻有了大哥後，大部分時間忙著拓展餅店規模，他跟小弟的出生，才會毫無計畫地間隔很久，大哥跟小弟甚至有著十五歲年齡差。

他小六時，一直是父親事業幫手的母親終於比較清閒，才有心思為了久咳與背痛的毛病就醫。從不抽菸的母親，檢查結果卻是肺腺癌第四期，因為太晚發現，癌細胞已轉移到骨頭，無法動手術切除，即使金錢對事業有成的父母並不是問題，也砸了重金嘗試標靶治療，母親仍在他國一時過世。

母親離世後，他們本來還勉強維繫著的家，在他心中正式崩解了。

年少的他，認為父親貪得無厭的事業心，剝奪了母親陪伴他成長的時間，又導致母親過晚才察覺病痛，他寂寞的童年、失去母親、他們家的崩解，全是父親一手造成。再加上母親過世後，他只要學業成績稍有退步，父親便會加倍地打罵管教，那時大哥在外念大學、小弟年紀還小，會為兒子們緩頰的母親又不在了，他只能獨自面對不合理的高壓管教，心中埋藏的不滿很快便激化為叛逆的怒火——

會賺錢了不起嗎？再多錢也不能讓媽死而復生。你到底憑什麼管我？

他心中的憤怒找不到出口，決定再也不要當符合父親期望的兒子，開始及時行樂地活著——跟同學翹課四處去玩、學業成績一落千丈——讓父親焦頭爛額，放棄對他望子成龍的期望。

被關心他的老師拉入校隊後，他在校隊中找到歸屬感，才漸漸能將憤怒、困惑與悲傷化為比較不傷人的玩世不恭。

他知道自己一直充滿稜角，遇見了個性溫柔的她，包容他那些尖銳。從一開始他就不由自主被她吸引，有種在這個人身邊無需豎起尖刺、能夠完全放心的直覺，後來的相處也證明他的直覺是對的。

最初對她的好感，在她包容他大學前兩年的叛逆中慢慢變成喜歡，這學期的朝夕相處，將喜歡再點滴深化成眷戀，她在不知不覺間住進他心裡最深處，成為無法替代的存在。

「說到事業心……她那個男朋友跟爸很像，是事業心很重、強迫身邊人完全配合自己的人，這就是為什麼我覺得她結這個婚不會幸福。」越是喜歡她，他就越不希望他們家的悲劇發生在她身上。

聽完他的坦白，大哥沉默片刻，才問：「你覺得你有機會嗎？」

「我覺得她也有對我心動，」她撞見他和女模拍照時的反應，他覺得自己應該沒有解讀錯誤。「但她馬上就想跟我劃清界線。」讓他很挫折。

「蘇祐凡，你知道為什麼嗎？」

「為什麼？」他不懂。

「因為她是個有常識的大人。要跟論及婚嫁的男友分手，跟自己的學生談師生戀加姊弟戀，一定會面臨來自四面八方的批評跟壓力，需要非比尋常的勇氣。」大哥中肯指出現實。「如果我是她的親朋好友，我也不會贊同你們交往。」

「理由是？」他皺起眉，被親哥嫌棄的感覺不太好。

「因為我現在還看不到你有心把她放在你的未來裡。」

雖然被否定不太爽，但人生經驗比他豐富的大哥，意見一向很具參考價值，他耐著性子追問：「什麼意思？」

「你現在是學生，跟她朝夕相處不是問題，但你不會永遠是學生。」大哥眼鏡後的目光變得犀利。「你畢業後打算做什麼？繼續在體育圈工作嗎？還是想做別的事？不管你做什麼選擇，她的位置在哪裡？如果你繼續沉溺在當下，逃避思考未來的話，從客觀角度來看，我不覺得她跟你交往是比較好的選擇。」

蘇祐凡花了一點時間消化這番直白的評語。

「重點不是你的年紀、學生身分，或現在有沒有經濟基礎，那些都會過去，」大哥補充道，「而是你是否有讓對方看到你與她共度未來的決心跟規畫。跟你在一起，她要冒著失去很多東西的風險——名聲、工作、終身幸福，她會猶豫也是理所當然。如果你沒有付出同等的努力，去創造兩個人共有的未來，你憑什麼要人家賭上一切選擇你？」

蘇祐凡這才發現，自己從未站在她的角度思考這件事。

而他的未來……

他承認，他不去想這個字眼很久了。

「當然，以上狀況是你真的想跟她共度一生才需要考慮的。如果你只是想試試看、想談場輕鬆的戀愛，那我現在就可以跟你說，放棄會開始考慮這些事情的她，去找跟你年紀差不多的女生就好，不必把自己搞得這麼累。」大哥還來一記回馬槍。

「我是認真的！」他微感受辱地回道。

「好，你加油。」大哥言盡於此，笑著將手上的馬丁尼一飲而盡，替兩人又各叫一杯與方才相同的調酒。「既然你對自己的酒量這麼有信心，那我們就再喝一杯。」

舉杯與大哥相碰，蘇祐凡喝下今晚第四杯螺絲起子。一樣的甜中帶燒灼感，但這次燒進體內的，不是苦澀，反倒是種淨化感，燒去他內心從母親過世後便築起的及時行樂、不顧未來的自我防禦盔甲。

他真正渴望並且包含她的未來，究竟該是什麼樣子？

升大四暑假的開端，蘇祐凡第一次認真思考這個問題。

❄

對巫玟盈而言，暑假過得飛快。

在大學部學期結束的週末完成婚紗檔期的簽約後，她立刻又投入七月中帶隊全國賽的準備；比完賽回校不久，緊接著八月初又有兩週到東部L高的移地暑訓。

等她回過神來，已是八月中旬，移地訓練的尾聲。

「各位觀眾，現在即將登場的是奧運女子反曲弓射箭團體銅牌戰，由中華隊對上墨西哥隊，中華隊由我們的美女學霸射手孫羽翎領軍……」

電視上正轉播著有他們S大女選手孫羽翎出賽的奧運賽事。正一起進行暑訓的S大和L高全體隊員與教練，大半夜不睡覺，全擠在教練辦公室看比賽直播。

小辦公室內的座位遠遠不夠。巫玟盈跟任總教練各坐一張單人沙發，L高的賈教練將辦公椅滑到沙發旁坐定，選手們則在沙發附近或站、或靠、或搬張折椅坐，大家的目光都聚焦在電視螢幕上。

「學弟，快過來學長旁邊坐啊，學長幫你這個頭號粉絲留了最好的位子喔。」小右一如往常，嘻嘻哈哈地鬧著剛從L高畢業、暑假提早跟著S大一起暑訓的新生周少倫。

「學、學長，不用了，我站著看就好……」暗戀孫羽翎已是人盡皆知的周少倫卻不敢僭越，被小右硬拉到學長群中坐下，整個人緊張到石化的樣子逗得眾人哈哈大笑。

看到小右如常笑鬧，巫玟盈心裡卻有種說不出的違和感，知道他其實在故作開朗。

她不僅知道他心情低落，還很清楚他心情低落的原因，就是自己劃清界線的舉動。

跟他大嫂的婚紗工作室簽約後，他們暑假依舊常在學校碰面，卻不像期末那時，完全沒有獨處機會。

其一是因為，進入暑假便有許多國、高中部選手開始積極備戰七月中的全國賽，並為了移地訓練做準備，射箭場與隊辦時常很熱鬧。

其二，暑假大學部選手沒有晨練，她便順勢不再提早到校晨跑，又減去一個與他相處的時間。

最後，她也不在隊辦烘焙了。除了空閒時間不多，她也不想再製造出會使兩人行差踏錯的機會。

小右什麼都沒說，默默接受了這些改變。留校暑宿的他還是每天照表操課地執行進入第二階段的加強訓練，雖然偶而會用若有所思的眼神看她，卻從未提起任何與她結婚有關的話題，兩人間的對話，都是些無關緊要的閒聊。

她想，他是明白她意思的。

如她所願，一切都回歸原樣，就像他們之間的心動、祕密與默契從未存在過。

她認為自己這樣做是正確的，卻總在看到他強顏歡笑的時候，跟著一起難過。

一學期的朝夕相處，她現在已能讀懂他刻意用歡笑藏起的情緒。

但讀懂了也無濟於事，她只能裝作不懂，期望時間能淡化一切。

巫玟盈命令自己將注意力放回比賽轉播上，今天是她學妹也是學生的孫羽翎登上奧運殿堂的日子，她該好好專心加油。

螢幕上的孫羽翎臉上掛著自信笑容，散發出終於站上夢想舞臺的喜悅光芒。

巫玟盈從孫羽翎剛進S大附中國中部時便認識這個學妹，當時她自己是S大大學部的選手；她一直很佩服學妹為了進軍奧運的夢想，多年來付出的努力與犧牲。

她和孫羽翎不一樣，雖然父親是教練，她一直以來的競賽成績卻不算頂尖，選手時代站上頒獎臺，大都是有隊友相助的團體賽。以整體留下的成績來看，她是個不上不下的普通選手。

在這個圈子多年，她對這項運動也有種特殊感情，但就是欠缺孫羽翎那樣全心投入的熱情，所以始終成不了頂尖選手。

她心裡明白，這條路是因為被父親安排走上的，她不好爭的性格其實並不適合當運動員，選手時代總是為了成績掙扎，有種這不是自己真正想做的身不由己。

話雖如此，她也念到大學畢業，以這個專長找到助教工作，做得平平穩穩，沒什麼可抱怨的。

可是，每當看到像孫羽翎那樣，做真心熱愛的事的人，她總會羨慕他們散發出來的耀眼光芒。

「玟盈，妳真的這麼喜歡助教這份工作嗎？」

她想起數月沒空單獨見面的男友前幾天特地打電話問她的問題。

「承浩……為什麼這樣問？」她有些提防，擔心男友又拐著彎暗示她辭職。

「我昨天跟我媽提了妳婚後會繼續現在的工作，她果然不是很高興。」宋承浩平淡地向她轉述。「我會再問妳一次，只是要確認妳做好了到時難免要看她臉色的心理準備。」

「我……」男友的話讓她心情有些沉重。

她承認，雖然她對外宣稱自己是喜歡助教工作才不願辭職，不如說，這份工作像她的保護傘，讓她婚後可以繼續擁有做自己的空間。

「別誤會，我不是在逼妳辭職。」宋承浩澄清道，「只是最近也開始準備婚禮了，我想確認一下妳的想法有沒有變。」

雖然男友仍然忙碌，但自從她敲定了婚紗，婚祕便照著宋母的吩咐開始規畫婚事。男友與宋母也特地抽空到她南部老家向她父母完成提親儀式，並談定不少婚事細節，他們的婚禮像終於離開起點站的列車，進度穩定往前。

「我的想法跟之前一樣……」答完，她心裡卻不確定了起來。

如果小右仍無法對她死心，那她婚後繼續留在隊上，對她與小右真的是好事嗎？

但辭職就會失去做自己的寶貴空間……

原本為了不被迫辭職而說了謊，開始帶小右訓練，這個謊現在卻反撲回她身上，使她陷入離開與留下似乎都不對的兩難中。

她總覺得自己缺少了什麼很重要的東西……究竟是什麼？

螢幕上的孫羽翎射了一支扳平戰局的滿分箭，眾人高聲歡呼。

「奧運反曲弓女子團體銅牌戰的最後一局，中華隊與墨西哥隊戰成四比四平手，現在每位選手將加射一箭來決定勝負！」電視主播的聲音也很興奮。

羽翎終於離她的夢想只差一步了，巫玟盈衷心希望她能順利達成夢想。

對了，夢想。

她欠缺的，是這個吧。

她想起大學時自己曾短暫做過的烘焙夢。父親一反對，因對自己沒信心，她沒有抵抗就放棄，乖乖接受父親建議去考教職。

雖然她現在做著輔助選手達成夢想的工作，但想到自己曾經的軟弱退縮，便覺得她沒有資格再把「夢想」兩個字放到自己身上。

她二十七歲，有份能養活自己的工作、有個穩定的交往對象，已經很不錯了，這個年紀還將夢想這種閃亮亮的字眼掛在嘴邊，似乎有些太天真。

夢想，是給還有無限可能性的年輕人去想的啊，就像現在身邊這些選手們——

她不由自主看向跟隊友們擠在長沙發上的小右。

她以前總覺得小右是今朝有酒今朝醉的人，跟夢想一詞似乎不相容。但上學期親眼見證他脫胎換骨的練習態度與令她印象深刻的學習能力，她開始認為，只要他下定決心，夢想或是目標，他應該都有機會化為現實。

世大運選拔結束後，他大學就只剩最後一學期了。

不論選拔結果，他之後的打算是什麼呢？

小右發現了她的注視，在所有人都盯著緊繃的賽況時，轉頭看進她眼底。

她心一凜，立刻瞥開視線，將目光調回電視上。

巫玟盈，妳幹麼好奇人家的夢想跟未來打算？總之不會與妳有關。

「啊，又是九分！」身旁的芝芝扼腕地喊了一聲。

她將心思拉回電視上膠著的賽況——

「同分加射，墨西哥的三位選手射出九、九、九，而中華隊的前兩棒射出九、九，現在就要看我們最後一棒孫羽翎的表現了。」

比賽到最後仍僵持不下，結果全懸在孫羽翎的最後一箭上，巫玟盈跟著眾人屏息。

雖然她是個早就放棄做夢的普通人，但她也想見證身邊人夢想成真的瞬間。

羽翎，加油。

全場矚目的孫羽翎，在隊友叮嚀風向及讀秒時優雅地舉弓、拉滿弓、放箭——

「十分！孫羽翎這支漂亮的滿分箭，讓中華隊帶回了本屆奧運反曲弓女子團體的銅牌！」

辦公室中爆出大聲歡呼,天花板像要掀了。

「為了慶祝羽翎奪牌,明天練習完,我請大家吃這裡最有名的五星級飯店Buffet!」與有榮焉的L高賈教練當場宣布,選手們歡聲雷動。

「至誠,這怎麼可以,你跟選手負責出席就好,我請客!」任總教練立刻搶過話。選手們知道這頓好料吃定了,笑得更加開懷。

巫玟盈也被歡樂氣氛感染得微笑起來,眼周泛出些許感動淚花。

「學妹她們贏了,之後應該會有媒體來學校採訪吧?先來想想到時要爆她什麼料好了!」小右跟隊友笑鬧著,眼底雖還有抹黯然,但此時此刻,除了她,沒人會發現。

眼中裝著他的身影,她發現自己笑著笑著,視線忽然一片模糊。

「助教,妳真的是個愛哭鬼。」小右立刻察覺她的異狀,從茶几上抽了面紙給她。

她接過,用面紙遮住雙眼,淚意更加一發不可收拾。「我太高興了嘛……」

她好糟糕。

不僅放棄了做夢,還在應該與男友走向未來時,一直被身旁的小右牽動心,為她不該享有的溫柔感動。

「唉,學妹拿到奧運獎牌都沒哭了,妳怎麼哭成這樣?」他聰明地替她的淚水找了好藉口,拿過面紙盒在她身旁蹲下,一張張遞給她。

趁眾人狂喜而不會起疑的此刻,她將心中無以名狀的情緒全化作淚水,流了出來。

她開始搞不懂自己。

一切明明都照著她的選擇在走，為什麼她的眼淚卻停不下來？

❄

隔晚的奪牌慶功Buffet，在五星級飯店內的庭園西餐廳如期開吃。

兩校隊員人數眾多，餐廳將數張桌子併成一長條相連的座位，蘇祐凡遠遠看著和女隊員們坐在一起的巫玟盈仍有些浮腫的雙眼，在心中嘆氣。

順著他的視線，鍾致中有感而發：「學妹奪牌，助教竟然哭腫了眼睛，她們感情真好。」

「助教可能是感受到來自宇宙要她改變的壓力了……下半年她會遇到三十歲前最關鍵的轉折點……」阿左幽幽地提供運勢分析，「不改變就只有死路一條……」

「拜託，你們也不是不知道助教上輩子是孟姜女，哭成那樣只是她的正常發揮。」蘇祐凡笑著替她掩飾昨晚的失態。

昨夜目睹她的失控淚水，蘇祐凡才明白，這個暑假不好過的，不只有自己。

他不好過，主因自然是她刻意的疏遠——他努力了一學期終於拉近的距離，又瞬間回到原點，說不沮喪是騙人的。

但聽了大哥的忠告，他理解到自己必須拿出讓她能安心選擇他的規畫，才有資格請求她排除萬難與他在一起。

在被她拉開距離的這一個半月，他極力忍耐，一句話都沒說，努力思考著自己的未來。

但她不好過的程度原來不亞於他。

他覺得有些安慰，卻又心疼她一個人承受那麼多煎熬。

她的道德感強烈，不管發生什麼事都會先檢討自己。這一個半月，恐怕也把自己檢討得體無完膚，才會哭得一發不可收拾，她的淚水就是她對他的在意與掙扎。

他很想告訴她，是他主動靠近她的，她沒有做任何對不起誰的事，不需要自責；如果她發現對他心動了，他希望她不要輕易否認這份心動，不要傻得轉身跑向不再使她感到幸福的地方。

但他太明白她的個性。若把話攤開來說，點明兩個人都心動了這個事實，已經被罪惡感折磨得傷痕累累的她只會更自責，然後更徹底地避開他。

他不願兩人的距離再拉得更遠，也不想看她繼續自責下去。

雖然他對未來的計畫還只有個不成熟的模糊雛形，他還是想試著在不把話說破的前提下，安慰並探詢她真正的想法。

「小右……你跟助教一樣，下半年會迎來你二十到三十歲間的最關鍵轉折點，未來七年的走向是好是壞，就看你怎麼回應了……」

阿左繼續自顧自地提供運勢預言，但注意力都放在巫玟盈身上的蘇祐凡照例當耳邊風，一看到她離席往甜點區取餐，立刻起身跟去。

「友情提醒：小西餅難吃、奶油泡芙差強人意、芒果奶酪還行、沒有妳愛的草莓鮮奶油蛋糕，但藍莓慕斯跟輕乳酪蛋糕可以試試。」他站到仍猶豫的她身邊，提供他目前吃過的甜點心得。

「小右……」她驚訝地轉頭看他，用她終於沒那麼腫的雙眼。

唉，眼睛充血成那樣，她活到今天還保有視力真是謝天謝地。

「妳很好奇我如何這麼快就試了這麼多樣甜點嗎？」他朝她淘氣地眨眼。「你們還在吃主餐的時候我就開始吃啦，這樣才來得及在用餐時間結束前吃完一輪，我很聰明吧？」

他大言不慚的樣子終於讓她臉上泛出笑意，夾了他推薦的蛋糕。

「不過老實說，我對五星級飯店的甜點房有點失望。」在她伸手拿芒果奶酪時，他突然又道。「可能是我專屬的甜點師把我的嘴養刁了吧。」

巫玟盈的手不自在地僵了一下，才拿起奶酪放上托盤。「你太誇張了。」

「不誇張。像她做的芒果奶酪，比起這個好吃一百倍，直接拿出去賣都可以。」

「那只是因為自己做的，芒果放得多而已……」

「知道我家是做哪行的之後，妳還要質疑我的評價嗎？」他笑，「如果她想，我真的覺得她可以考慮走那一行，味覺的天賦可不是人人都有。」

他說出自己仍只是初步的想法，刺探她的反應。

「會做芒果奶酪就可以入行的話，人人都可以入行了。」

他總覺得在她的強力否定中聽到一絲嚮往，但他不是很確定。

再試探下去她就要逃走了，先這樣吧。

「助教，我們趁現在去挖冰淇淋來吃吧。」他換了話題。「其他人主餐吃得差不多了，我們這群運動員跟蝗蟲過境一樣，現在不去，等一下一定後悔。」

巫玟盈看了看他們一行人所在的座位區，發現他所言不假，卻沒有跟隨他的意思，停在原地，眼中滿是猶豫。「我……」

她似是想迴避與他獨處的反應，讓他感到受傷。

「妳不想跟我一起去就算啦，那我自己去嘍。」蘇祐凡故作瀟灑地笑著轉身，走到擺在餐廳入口的冰淇淋櫃前才垮下臉，一語不發地瞪著五顏六色的進口冰淇淋。

她連冰淇淋都不願意跟他一起挖了？

有必要避嫌到這種程度嗎？

「小右……」她還是跟了過來，愧疚聲從他身後傳來。「對不起，我……」

「妳可不可以不要避我避成這樣？」他被挫折淹沒，聲量也大了些。「好像我是妳最討厭的人。」

「我、我沒有那個意思……」

「那妳是什麼意思？」她下意識的迴避，成為壓垮他的最後一根稻草。「助教跟學生一起來挖冰淇淋，到底有什麼問題？」

「對不起……」她聲音開始哽咽，「不是你的問題……」

一聽到她哭，他立刻心軟，嘆口氣面對她。

蘇祐凡，你在幹麼？你明知道她並不比你好過。

「好了啦，愛哭鬼。」他伸手抽了冰品櫃旁的餐巾紙遞給她。「不要再哭了，眼睛都要被妳哭壞了。」

這個舉動卻讓她的淚水更加肆意氾濫，「對不起……」

「該道歉的是我，我剛剛態度太差了，對不起。」他從口袋中掏出在甜點區順手抓的糖果，拉起她左手，放到她手心上當作賠罪。「我只希望，妳不要再躲著我了好不好？有助教這樣躲學生的嗎？」

既然提起了這件事，他便藉此機會，試圖打破整個暑假以來的尷尬。

她看著掌中的糖果猶豫片刻，最後下定決心似的握緊手心，「好，對不起。」

他鬆了口氣，安慰自己至少是回到了原點。「就叫妳不要道歉了，我們來挖冰淇淋吧。」

她立刻替兩人拿了冰淇淋碗和湯匙遞過來，蘇祐凡本想開口吐槽她又女僕上身了，但突然靈機一動，反道：「妳幫我挖，口味給妳決定。」

「我不知道你喜歡什麼口味啊……」她疑惑地看他。

「那妳知道自己喜歡什麼嗎？」他意味深長地說出口，又補上：「我是說冰淇淋。」

「當、當然啊。」她眼神驚疑不定，但他不確定她是否聽出他的言外之意。

「我就希望妳這樣。不要考慮我還是別人會喜歡什麼，選妳真正喜歡的——」他直勾勾地看進她眼底。「我是說冰淇淋。」

「……」她紅著耳根避開他目光，轉頭盯著色彩繽紛的冰淇淋，卻無從下手。

「妳不是說，妳知道自己喜歡的是什麼嗎？」

「可是……這不是我要吃的啊，我怕選到你不喜歡的。」

她的回答如他所料。

「妳太為別人著想了。」他從她手上拿過冰淇淋勺，見她鬆了一口氣。「但有的人並不是這樣，強迫別人接受他們的決定，他們也不會有罪惡感。」

他打開冰淇淋櫃，迅速挖了三球不同口味的冰淇淋。

他將冰淇淋勺還給她，「所以說，絕對不要把冰淇淋勺交給那種人，忍耐著去吃自己不喜歡的口味，事後才傷心難過。」

他好希望她能聽懂他這句話。

唉，要不說破地刺探跟表態真的好難，他用光他為數不多的國文腦細胞了。

他承認自己的隱喻爛到不行，他想表達的是——

他希望她能選擇自己真心喜歡的對象。

不要顧慮他人的意見或目光，也不要把決定權交在別人手上。

「後面好像有人要來排隊了。」她侷促地望著朝這裡走來的客人。

「好吧，」他無奈中止這段冰淇淋隱喻，「那妳幫我選一種口味就好，我真的想試試看妳喜歡的……我是說冰淇淋。」

還有，即使他們如此不同，他也想試著去理解她的世界。

她看了看他已有的口味，猶豫片刻，挖給他一球日式焙茶拿鐵。

他立刻挖起嚐了一口，笑彎了眼：「好吃欸！我沒吃過這個口味，因為妳，我才能突破自己的舒適圈，謝啦。」

見他笑得燦爛，她也泛起淡淡微笑，接著挖了三球自己喜歡的口味。他見氣氛不錯，決定乘勝追擊，作勢偷挖她的冰淇淋。

「你幹麼？」她立刻杏眼圓睜，伸手蓋住自己的碗。

「我只是想試一下其他妳喜歡的口味啊，妳想吃我的也可以喔。」他將自己的碗遞過去，她沒好氣地說不用了，轉身往回走。

他立刻追上，為了兩人終於破冰感到釋然。

他很清楚時間越來越緊迫——她前陣子請一天假回南部老家完成提親儀式，他也聽大嫂說她最近要去工作室挑拍照的婚紗了——但事情並不是他著急就有用。

和她一起走回座位時，蘇祐凡不斷告訴自己，今天能和她破冰已經很棒了，他要樂觀看待現在的狀況。

決心樂觀的他，絲毫沒察覺對面的中餐廳門口，有道穿著高雅套裝、提個柏金包的身影，擰緊了精緻黛眉，將兩人方才在冰品櫃前的互動盡收眼底。

第七話　離別倒數

兩週後，巫玟盈與宋承浩依約前往工作室，挑選拍攝婚紗照的禮服。

「新郎真是衣架子，不管穿哪一套都很好看呢。」

因為新郎的部分比較簡單，只需一套西裝，便由宋承浩先挑，禮服祕書高效率地在三十分鐘內為宋承浩推薦了三套西裝試穿。

「謝謝。」站在落地鏡前的宋承浩禮貌微笑，轉頭看向她。「玟盈，我對衣服沒什麼意見，妳幫我決定吧。」

男友難得將決定權交給她，巫玟盈一愣，想起上週吃Buffet時，小右說的那套冰淇淋理論。

「承浩，你挑一套自己喜歡的吧。」

那天小右說了好多，她有點被搞昏頭了，但他說對一件事——她總是太顧慮別人，替人做決定只是折磨自己。

她不像以往順從照做讓宋承浩微愣，但旋即笑道：「婚紗照的主角是新娘，我穿哪套都一樣。」

男友仍笑得風度翩翩，眉頭卻微不可見地攏起，巫玟盈知道這是男友感到心急的徵兆。

承浩等一下還要去分店開檢討會，大概不想在這裡浪費太多時間吧。

她知道男友這半年真的很忙，前陣子他們才終於在提親儀式上碰面，但當天是雙方家長跟媒人的主場，新人只是配合出席。早上十點開始的提親，依照習俗男方中午十二點前得離開，兩人根本沒機會聊上幾句。

現在是八月底，上次兩人單獨碰面，是三月的事了。

她告訴自己，男友抽空南下提親、今天也準時現身挑禮服，表示他是看重結婚這件事的。

但為什麼她心裡不對勁的複雜情緒又開始若隱若現……

跟她生日那晚不同的是，此刻在她心中，沮喪不再是主成分，她感到更多的是煩躁，還有……懷疑男友其實是被逼著跟她結婚的？不然為何近半年不見人影？真有忙到連住處都不回，她去打掃時一次都沒遇上的地步？還是他在迴避她？

巫玟盈被腦中突然連串浮現的負面想法給嚇到。

不行，這些話問出來，氣氛一定會更糟……他們沒有吵過架，她不想在此時破功。

「我也不是專業的，不然，請禮祕小姐給點建議吧。」她擠出笑，將空氣中飄浮的緊繃感轉移到第三方身上。

禮祕小姐知道她是老闆娘的貴客，便去找老闆娘過來幫忙，留下兩人獨處。

不知道是太久沒見面，還是不對勁的負面情緒還在心中盤旋，以往總會主動找話題的她，看著既熟悉又陌生的男友，忽然不知道該說些什麼。

沉默半晌，最後是宋承浩主動靠近，執起她的手。「玟盈，抱歉，這半年我太忙了。婚事都交給妳跟婚祕打理，辛苦了。」

她聞到男友衣服上的陌生洗劑香氣，明明牽了手，卻覺得兩人距離更加遙遠。

最近幾次去打掃時，屢屢在承浩的換洗衣物上聞到這個味道，他忙到連衣服都要送洗了嗎？還是……

「上次提親沒機會跟妳多說幾句話，妳這陣子過得還好嗎？」

男友一句問候，讓罪惡感突然湧上她心頭，蓋過了方才的異樣情緒。

巫玟盈，妳明知道承浩這幾個月忙暈了，不是故意避不見面，怎麼還一直往壞處想？對不起這段感情的，明明是她啊……她有什麼資格懷疑別人。

她抬頭看向男友，努力揚起溫柔微笑，「我過得還好，你呢？」

她早已在眾人面前許諾與承浩共度餘生，忘了對小右不該有的心動，讓一切回歸正軌，才是她該做的事。

宋承浩好像還想問些什麼，但被突然現身的梁時晴給打斷。

「玟盈，這位就是妳的新郎啊。」她朝宋承浩伸出手，「幸會，我是工作室的負責人兼禮服設計師梁時晴。」

「幸會。」宋承浩握過手後，朝她投來詢問眼光，「玟盈，老闆娘是妳朋友？」

巫玟盈一時語塞。

男友知道她社交圈單純，除了學生時代的幾個好友，就沒其他常聯絡的朋友了，她不知該如何解釋，才能在不提到小右的狀況下解釋老闆娘為何待她特別親切。

當時跟工作室簽約，她只想著要讓小右的大哥大嫂安心，完全忘了考慮若這層關係曝光該怎麼跟男友解釋。

方才緊繃的氣氛，加上她對小右仍未消逝的心情，她認為此刻解釋只會越描越黑，便以眼神向梁時晴發出求救訊號。

「我們工作室的每個客人都是我的朋友。」梁時晴露出交際花般的明豔笑容，迅速替她帶過話題。「不是要決定西裝嗎？我來為您看看吧。」

梁時晴指示禮祕小姐將試穿過的西裝全拿來在落地鏡前比對，皺眉沉思一會，吩咐禮祕小姐去拿另一套雙排釦西裝來。

她請宋承浩再進去試穿一次，果然更能凸顯他的挺拔身材，立刻選定這一套。

等待宋承浩換下西裝時，巫玟盈突然注意到他的手機跳出訊息通知。

「你挑完了嗎？我再十分鐘去接你。」是呂舒舒。「早點把會開完，然後回我家。」

承浩不是都自己開車嗎……為什麼要舒舒來接？又為什麼要去舒舒家？

她雖動搖，卻沒有深究的時間，男友已換回原本裝束，走來將手機收進長褲口袋。

「好了，現在輪到我們的新娘了。」梁時晴對宋承浩燦然一笑。「新郎，期待看到你甜美的新娘嗎？」

「我公司有會要開，只能再待十分鐘。」宋承浩看了下手機，面不改色地向巫玟盈澄清：「舒舒之前都開男友的車，但前陣子分手了，今天又有事要辦，就跟我借車，再來接我一起去開會。因為這樣，開完檢討會，我得先送她回家。」

看男友立刻解釋，又毫無愧色的樣子，巫玟盈突然覺得自己很糟糕。

她只是因為自己心虛，就希望對方也做了虧心事，這樣就能減輕她的罪惡感吧。

「這樣啊，」她點頭，決定相信男友的說法。「我知道了。」

「玟盈，既然新郎時間不多，我趕快帶妳試第一套婚紗吧。」梁時晴在此時開口。「有件本季新款的白紗，我覺得妳穿上一定很美，說不定新郎看到都捨不得先走了呢。」

巫玟盈在梁時晴的催促下，換上第一套胸口微V設計的蕾絲白紗。

站在落地鏡前，巫玟盈沒看一襲白紗的自己，而是透過鏡中反射，看著站在她身後的宋承浩。

「承浩，怎麼樣？」她不自覺在男友眼中試圖尋找，那種使她覺得自己很美麗的讚賞光芒。

「很好看啊。」宋承浩給了她一個微笑，眼中卻全無波瀾，手機忽然震動一聲，他立刻低頭確認。

她為什麼會傻得想找那種東西呢……巫玟盈突然覺得胸口一陣發酸。

她一直都清楚男友是個工作狂，甚至覺得這樣各有一片天地的交往方式很好，好到讓她婚後也想繼續自己的工作，不是嗎？

「玟盈，舒舒她到了。說想上來跟妳打個招呼，行嗎？」宋承浩抬頭問道。

「呃，好……」其實此時她沒有見外人的心情，但本就不擅拒絕的她，找不到理由，只能答應。

幾分鐘後，在門市人員的引導下，化著亮麗妝容，穿著展現玲瓏身材的兩截式瑜珈服外罩寬鬆白襯衫的呂舒舒，翩然現身工作室二樓。

「玟盈，這件白紗讓妳的身材看起來好有料喔！」個性外放的呂舒舒，一來就主動給她一個大擁抱，刮來一陣香風。「不好意思，又得從妳這邊把承浩學長借走了，我可真得好好請妳吃一次大餐賠罪！」

呂舒舒的擁抱使她怔忡片刻，不知如何回應，「呃，沒關係……」

呂舒舒與她個性南轅北轍，即使剛與宋承浩交往時，她們就認識了，卻一直僅是泛泛之交。

「玟盈，那我先回去開會，妳慢慢挑，有什麼事隨時可以聯絡我。」宋承浩朝她與梁時晴點頭致意後，便被呂舒舒拉著離開。

算了，走了也好。

無心在這裡的人，又何必強留，還不如她一個人挑自在。

巫玟盈悄悄呼出一口氣，將混濁難明的負面情緒藏在其中。

梁時晴轉頭看她，「玟盈，當我雞婆，妳確定這樣讓他離開好嗎？還在妳要挑婚紗的時候？」

「他之前就跟我說過他有會要開，沒辦法陪全程……」梁時晴美眸中的怒氣與擔憂，使她又有些負面情緒冒出頭。

但她婚紗都還沒挑完，心情就已十分疲倦，無力再去面對那些混濁情緒。

她揚起掩飾的笑，「他就算在也給不了什麼建議，婚紗我自己挑就好了。」

「妳接下來真的打算一個人挑婚紗？」梁時晴美眸中怒氣更甚。

「本來我有找朋友一起，但她臨時有事走不開……時晴，怎麼了？」

巫玟盈不明白為何梁時晴比她還氣憤，她現在只覺得累，沒有力氣生氣。

「算了，沒事。」梁時晴很快轉換心情，掛上笑容。「我今天下午沒什麼急事，不然我陪妳挑吧。」

想著有梁時晴的幫忙就能更快挑完，巫玟盈心懷感激地答應了。在專業的建議下，她順利挑好了一套棚內白紗、一套外拍白紗、兩套晚禮服，每套都是能將她身形襯托出完美比例的美麗禮服。

她謝過梁時晴，換回常服準備離開工作室時，卻被挽留：「差不多是晚餐時間了，我也餓了，一起去吃個飯怎麼樣？」

時晴剛剛好心地陪她挑禮服，讓她不至於一個人挑得頭昏眼花，不請人家吃頓飯確實說不過去……

巫玟盈答應了邀約，和梁時晴一起踏出工作室。

才推開工作室的大門，便聽到令她心臟緊縮的熟悉嗓音——

「大嫂，妳想把助教拐到哪裡去？」

❄

蘇祐凡直到在工作室門口巧遇正要離開的巫玟盈與大嫂，才確定大嫂語焉不詳地突然傳訊，要他晚上六點整來工作室一趟是為了什麼。

大嫂之前堅決不肯透露她挑婚紗的確切日期，說那種場合只有正牌新郎有資格在場，警告他絕對別來亂入，居然會改變心意在結束後找他來，讓他頗為意外。

不過，不見宋承浩蹤影，他大概能猜出理由。

大嫂是正義感十足的俠女性格，八成是宋承浩那傢伙放她一個人孤伶伶地挑婚紗，大嫂看不過眼，就在結束後叫上他，一起陪落單的她吃飯。

而且，大嫂還堅持不讓她請吃附近知名的五星級飯店Buffet，宣稱自己想去附近的夜市吃海鮮粥，拖著他們來到夜市。

「玟盈，妳不要以為我是客氣，我真的很喜歡這家海鮮粥！」坐在攤子旁的小桌前，梁時晴笑咪咪地吃下最後一口海鮮粥，面露滿足。

「真的。她們工作室的每個員工應該都有幫她跑腿買過海鮮粥，連我也買過。」蘇祐凡替大嫂作證。

「時晴，妳今天陪我挑了那麼久，一碗粥怎麼夠？妳還想吃點什麼？我們再去下一攤吧。」巫玟盈見只剩自己還沒吃完，打算放棄碗中食物起身，立刻被梁時晴制止。

「妳慢慢吃，今天最累的是妳啊。」

「沒關係，其實我飽了……」她欲言又止。

「大嫂，這個妳就不懂了。」他看穿她的心思，拿過她剩半碗的海鮮粥。「她小鳥胃，要留點空間吃甜的。」徵得她同意後，替她解決了剩下的粥。

之後，拗不過巫玟盈的堅持，梁時晴又讓她請了碗愛玉冰，摸摸肚子說多謝招待，叮嚀蘇祐凡要將她安全送到家後，就先回工作室了。

梁時晴瀟灑離開後，剩下兩人獨處，蘇祐凡發現她臉上浮現了倦色，還有些不知所措。

他知道她剛剛很努力了。和大嫂一起吃飯時，她對他的態度表現得比上次跟大哥大嫂吃飯還自然，就像個跟學生感情很好的助教，一如她的承諾。

她挑了一下午婚紗，想必很累，他不怪她卸下大嫂在場時的好助教面具，在他面前顯露真實情緒，這表示他是她信任的對象吧——他決定樂觀地想。

至於她的不知所措，這是她答應不再躲他後，兩人第一次有機會獨處，會緊張也是合理。

他想了想，決定由他主動為兩人建立新的相處模式。

反正他知道百試百靈的破冰魔法。

「助教，這個夜市的紅豆餅很有名喔，想不想吃？」

她眼神立刻微微亮起，輕點了頭，他便領著她去紅豆餅攤排隊。

「買十送一耶，那買十個分著吃好了！」快排到時，他看著牆上的價目表理所當然地說。「妳要幾個紅豆、幾個奶油？」

「等、等一下，十一個不會太多嗎……」她被他的豪邁點法嚇到，開口說了兩人獨處後的第一句話。「我其實很飽了……只是想嚐個味道。」

他不顧她的勸阻，買了七個奶油、四個紅豆口味，和她站在攤子旁趁熱吃起來。

她吃完一個奶油餅，既幸福又苦惱地皺起眉：「不行，我真的飽了，可是……」眼神飄向他手上裝著紅豆口味的紙袋。

他會意，從紙袋中拿出一個熱呼呼的紅豆餅遞給她，「吃不完的，我幫妳吃啊。」

她抵抗不住甜食的誘惑，接過咬了一口，細細品嚐後，確認自己的胃真的到極限了，將月食般缺了角的紅豆餅默默還給他。

他笑著收下，立刻替她殲滅了那個紅豆餅。

他還拉著她去買了每次到這裡必買的芋泥牛奶加小芋圓，在走到捷運站前就將整杯送進胃裡。

「你……一點都不覺得飽嗎？」她眼中滿是不可置信與同為甜點控的羨慕。「都吃那麼多東西了，你居然還喝得完一杯全都是料的芋泥牛奶……」

「這算什麼？要我再吃一打我們家的招牌綠豆椪都沒問題。」他故意說得誇張，看著她由疲倦無措到被自己逗笑的樣子，覺得好有成就感。

他想，這一趟夜市逛下來，她應該找到了自在和他相處的方法吧？

從這裡開始，再一步步重拾他們的關係吧。

面對兩人難以預測的未來，蘇祐凡告訴自己，一切會越來越好的。

他必須如此相信才行。

❄

開學數週後，巫玟盈接到宋母的電話，約她與宋承浩下班後到飯店一起吃頓飯。

近來沒什麼大事，婚禮的準備也都由婚祕著手進行中，宋母突然找兩人餐敘令她意外。

一到宋母飯店附設粵菜餐廳的私人包廂，巫玟盈發現只有宋母在席，一向會準時赴母親約的宋承浩卻不見人影。

「坐吧，我們等一下承浩。」

宋母拿起手機撥了好幾次電話給兒子，還傳了簡訊，都沒得到回應。

「玟盈，妳也聯絡承浩看看。這孩子最近也忙得太過火了，電話都不接的！」

巫玟盈依言打了電話又傳了訊息給宋承浩，但同樣沒有聯絡上他。

過了三十分鐘，宋母的耐心終於耗盡，吩咐服務人員撤下一套碗筷，上菜結束後，包廂門被關上。

門一關，宋母立刻進入正題：「玟盈，妳知道我今天為什麼要找你們來嗎？」

語氣中瀰漫的壓迫感，讓巫玟盈遲疑地搖了搖頭。

「上次提完親，承浩才跟我說，妳婚後沒有要辭職，還要繼續當教練。」宋母精緻的黛眉一挑，眼神轉為銳利，「這麼重要的事，你們怎麼不在提親之前就讓雙方家長知道呢？」

「這……」巫玟盈無法控制男友何時告知母親這件事，但她猜，男友會故意先斬後奏，是因為了解母親的脾氣，不希望這件事影響了提親時的氣氛。

男友偏偏不在，無人替她分辯。

「宋媽媽想知道妳執著在這份不會升遷、不會加薪、工時又長的工作的原因。」宋母犀利地提問。「放著承浩健身中心的老闆娘不當，偏要做約聘職，我怎麼也想不通。」

「我……很喜歡那份工作。」她知道自己遲疑的語氣完全沒有說服力。

但她還能怎麼說？想要一點自由空間這種話，不是能對未來婆婆說的。

「是喜歡那份工作，還是喜歡做那份工作時朝夕相處的男學生？」

宋母突來的尖刻質疑，讓巫玟盈頓時像掉進寒冷湖心，全身冰冷，幾近溺水窒息。

宋媽媽為什麼會這樣問？

不願將小右拖進自己造成的問題，她鼓起勇氣開口：「宋媽媽，沒有這回事……」

「既然妳這麼說，我給妳一個機會。」宋母從隨身柏金包中抽出一個A4資料夾，往旁邊空桌面上一丟。「跟我解釋這到底是怎麼回事？」

宋母丟過來的資料夾在桌上滑動了一小段，一疊照片從開口順勢滑出來，散落在桌面上。

巫玟盈定睛一看，不敢相信自己看見了什麼——

是開學前一天，她和梁時晴還有小右去夜市吃飯的偷拍照。

三人一起用餐、小右替她吃完海鮮粥、他們在紅豆餅攤排隊、她將吃不下的紅豆餅遞給他，他笑咪咪地替她吃、兩人一起走進捷運站、一直到他送她到她住的大樓入口的照片都有。

她抽出資料夾內裝訂好的徵信調查報告，迅速翻過，更感手腳冰冷。

裡面除了有她這數週來的行蹤紀錄，還有關於小右詳盡的身家調查。其中有些資訊，她之前知道得都沒這麼詳細——蘇母因病過世、小右國一時曾結交有黑道家底的同學，差點被帶著誤入歧途、蘇父與他長期關係緊張等。當然也提到了蘇家的背景，還有她選擇的婚紗工作室負責人梁時晴正是小右大嫂的事，詳盡得令她心驚。

唯一慶幸的是，徵信報告上只是說他們看來交情極佳，並沒有斷言他們有男女之情。

為什麼宋媽媽會找徵信社跟蹤她，像查外遇一樣調查小右？

她……不能讓宋媽媽這樣對小右。

她鼓起勇氣，抬眼看向宋母：「宋媽媽，我不知道妳為什麼會有這樣的誤會……他真的只是我帶的學生而已。」

「玟盈，我一直認為妳是個能給承浩溫暖家庭的好女孩，總催著他趕快娶妳進門。我上個月底去東部的飯店參加會議，親眼見到妳跟那個男學生在餐廳前面打打鬧鬧時，我還不想相信。」宋母先是溫言開口，然後語氣突轉嚴厲：「可是這麼短的時間內，妳居然又跟他私下見面，我再不找妳問清楚，我就愧為承浩的母親。說！妳有沒有做對不起承浩的事？」

她知道自己必須堅定回答，出口的話語卻支離破碎：「我、我真的沒有……」

「是嗎？不是承浩公事忙沒空陪妳，妳就移情別戀跟男學生搞曖昧？」宋母瞇起眼。

她拚命搖頭，「真的不是……」

「那妳挑的婚紗店是那男孩大嫂開的店，這又怎麼說？」

「那只是巧合，」終於有一件她比較不心虛的事，她立刻把握住機會：「我去了，才知道他們有親戚關係，是因為喜歡那裡的婚紗才下訂的。」

「不是想藉機跟那男孩暗通款曲？」宋母仍是質疑。「還相約逛夜市、吃同一份食物、送妳送到家呢。」

「不是的……我們去夜市吃飯，是我為了答謝他大嫂那天陪我挑婚紗，他剛好也來工作室找他大嫂才會一起去；我食量小，他不想浪費才幫我吃完；他送我回去，只是因為他回學校宿舍前會先經過我住的地方，順路而已。」

宋母一連串的凌厲攻勢，終於在她的盡力抵禦下稍歇，進入一陣沉默，只剩下餐廳的中國風背景音樂在肅殺的氣氛中流淌。

巫玟盈沒料到事情會變得如此複雜。

她以為只要對小右死心，用助教的身分與他相處就能解決問題，卻絲毫沒成功，還連累他被徵信社當成第三者似的調查……

她明白，造成一切混亂的源頭，就是她自己。

宋母喝了一口茶後，沉聲開口：「玟盈，我要妳老實說，妳跟他之間究竟有沒有曖昧？」

她怎麼可能跟宋媽媽承認自己對她兒子以外的人心動？而且她現在終於明白，她答應婚事後，牽涉的就不再只是她與宋承浩，而是巫家與宋家兩家人的事。即使她自認並無逾矩，宋媽媽未必會持一樣看法，當她言行不符宋媽媽的標準，就會像現在這樣波及無辜。

於是她說：「……他是我的學生，年紀比我弟弟還小，我跟他之間是不可能的。」

他主動找她破冰，為兩人尋找新的相處平衡，她非常感動。

但她不願看他因為錯戀上她，將自己與周邊人都陷入不必要的麻煩。

所以，她決定切割他。

「這三年我一直是以教練的心情在帶他，我絕對沒有那樣的想法。」想著要保護他，她居然又像當初謊稱要帶學生選國手時那般，冷靜地說出違心之論。「而且，他大哥大嫂都見過我，知道我要結婚了，絕對不可能跟他們的弟弟有什麼發展。」

宋母如鷹的銳利眼神盯著她，而她拿出最大的勇氣回視。

她的力量很微薄，這是她唯一想到能保護他不受波及的方法。

既然他的情意藏不了，那由她來藏起她的。

所有的狗血家庭劇場，就能到此為止了吧。

「玟盈，宋媽媽觀察了妳五年，知道妳是個單純的好女孩，我也很想相信妳的清白。」她堅定的態度使宋母臉色稍霽，沉吟片刻後，再度開口：「但這件事我不能就這樣算了。就算妳真的對他沒有非分之想，一個成天在妳身邊打轉的男孩，絕不可能對妳毫無企圖。妳與他繼續待在同一個環境，出了事，妳讓承浩的臉往哪擺？妳若真不想去承浩那裡上班，也行，但我希望妳盡快辭了這份工作！」

宋母意料之內的要求，仍讓巫玟盈呼吸一頓。

她全力壓住湧上眼眶的酸澀，不願讓宋母認為她在不捨小右。

雖然，她胸口像有一把錐子刺入，痛感既尖銳又深入。

她以意外方式獲得婚後選擇工作的自由，此刻卻沒有絲毫欣喜。

她才發現，心中的天平早已悄悄傾向——跟她的自由相比，她變得更在意他的快樂與平安。

她希望他能好好享受人生中最無憂無慮的大學時光，別讓與他無關的烏煙瘴氣，使他淘氣自信的笑容蒙塵。

她一度天真地以為兩人能用助教與學生的關係繼續相處下去，但宋母的激烈反應使她領悟到這並不可能。

如果她堅持留在隊上，以宋媽媽強勢多疑的性格，想必不會善罷甘休，最後恐怕會帶給小右甚至他大哥大嫂困擾。

她不想看到那種事發生。

他可以選擇更好的對象，不必跟已有婚約在身的她攪和，給自己惹麻煩。

只是，她沒料到離別突然就來到眼前……

❄

她不笑了。

她還是會在別人關心時客套地彎起嘴角，可是，她的大眼睛裡沒有溫柔如月光的笑意。

蘇祐凡想不透為什麼。

他們在暑訓的最後破冰，在開學前一天找到了相處的新平衡點，開學後的幾個禮拜，他們的互動也都很自然愉快，不是嗎？

剛開學時，因為拿到奧運獎牌的隊花學妹孫羽翎歸隊，媒體一窩蜂地來學校採訪，隊上熱鬧了幾週，如今新聞熱潮也漸漸退了。

隊上恢復往日平靜的此時，她卻在某個和平無事的普通日子，毫無徵兆地，像失去陽光空氣與水分的花朵般急速枯萎。

而他們的關係，也進入前所未有的冰河期——除非必要，她不主動跟他說話了。

他不明白為什麼她又開始拉開兩人距離，明明才答應不避著他，立刻出爾反爾，很不像重承諾的她的作風。

問她為什麼，她只會睜眼說瞎話地否認，扯著明知會被他看穿的蹩腳謊話。

古怪的事還有一件。

她最近變得異常忙碌，整天幾乎都在學校，對著筆電製作一堆不知做什麼用處的文件表格，或是清點隊辦的器材跟耗材。

照理來說，最近她應該忙得沒有煩心婚事的空閒，而他每天來隊上，像之前一樣按表操課地做訓練菜單，沒試圖做什麼讓她心煩的事，他不明白她為何日漸憔悴。

問她怎麼了，她只是搖搖頭，有氣無力地假笑著說「沒事啊」。

沒事才怪。

如果沒事，她就不會連他帶來想讓她心情好轉的甜食都拒吃了。

他仿照之前他們共享的甜點時光，每天帶一些糖果、餅乾或巧克力來，趁其他隊員不在的空檔拿給她。

她卻不像之前一樣開心地立刻打開吃掉，而是輕聲道謝後，拉開辦公桌抽屜收進去。

他知道她沒有吃。每次她拉開抽屜時，裡面都像松鼠儲藏過冬橡實的樹洞，甜食的數量越積越多。

明明已在經歷寒冬的她，卻不知在和什麼較勁，偏不補給維生必須的能量。

問不出個所以然、之前百試百靈的甜食魔法也失效，眼見她日漸憔悴，蘇祐凡有種無處使力的心急感。

雖然她仍然沒有要中止婚禮的跡象也讓他很心急，但婚禮訂在二月底，現在是十月中，還有四個多月的時間可以努力，照她這樣的枯萎速度，他擔心她在那之前就會先倒下。

他想讓她先笑起來，再談其他事。

「兩個禮拜後的校慶園遊會，我們擺攤的獎品還是照老樣子嗎？」團練時間過後，隊辦內，新任隊長大三的小夏徵詢著全體大學部隊員的意見。

「那樣最簡單吧？買點汽水零食就可以打發過去了。」大四的方敏儒附和道。

身為校隊，每年校慶園遊會都有擺攤義務。為了讓外界更認識平時神祕的各大校隊，他們都會推出與自己訓練相關的趣味遊戲寓教於樂，讓參加園遊會的學生與外校人士體驗。

射箭校隊自然是擺射箭體驗攤位了——在園遊會攤位一角擺起近距離的箭靶，由隊員們教學體驗射箭，依照射到的分數領取獎品——簡單來說，就是器材跟教學專業，但獎品微薄的夜市射箭。

「可是這樣好無聊，每年的獎品都很不吸引人。」從中學部開始，每年見證同樣活動的隊花學妹孫羽翎皺起美麗柳眉。「今年不能來點不一樣的嗎？」

「我想大部分的人會來，應該主要是想試試看射箭吧？」德高望重的中中學長開口了，「而且也有成本考量。我們的收費比夜市便宜，如果獎品太豪華，結果連吃慶功宴的錢都賺不回來的話，大家就沒動力擺攤了。」

大一的四男一女新隊員因為完全沒經驗，只能默默聽著學長姊各自發表高見。

原本也對每年毫無新意的校慶擺攤沒什麼想法的蘇祐凡，聽著大家明顯分成守舊派與創新派的意見，看向仍在辦公桌前埋頭製作文件的巫玟盈，突然計上心頭：「不然，獎品不要用買的，在預算內大家一起動手做怎樣？」

所有人的眼光突然朝他集中過來，除了她。

但她操作著滑鼠的右手停下了。

「自己做？小右學長，你不是說過你手作很……喜劇的相反嗎？」大二的許誼看在他是學長的份上，委婉地表示存疑。

「那得看是要做什麼、要花多少時間。」中中學長持中立態度。

「聽起來滿有趣的。學長，你可以再說得詳細點嗎？」孫羽翎很感興趣。

他知道她仍會留意他的一舉一動，但他不知道她是否願意回應他即將說的話。

「我手作是滿悲劇的，」他大方承認，「但我們都認識一個手很巧的強者，而且她不管做什麼食物都超好吃，如果她可以教大家煮奶茶還是烤餅乾，說不定今年獎品就有著落了。」

「對耶……助教真的是神之手。」大一的短髮吃貨學妹沈心羿立刻附和。

「說到這，上次助教包的飯糰，我把沒吃完的帶回寢室，我室友吃了居然問我哪裡買的！」大一的瞇眼學弟阿昊點頭稱是。

「助教這次水逆災情慘重……但如果勇敢打破原有框架，有機會在月底水星順行時扭轉局勢……」阿左默默趁亂預言。

「不過要助教願意而且有空。她平常已經很忙了，擺攤不是她的工作。」孫羽翎替助教維護權利。

大家一陣七嘴八舌後，一致轉頭看向巫玟盈。

蘇祐凡的想法很簡單——既然她現在又開始拉開兩人距離，他單獨出馬是沒有用的。但如果和所有隊員一起做她喜歡的事，她會不會因此重拾笑顏？

他看她緩緩從筆電螢幕後抬眼，一一和所有人視線接觸。

當她最後才看向他時，他聳聳肩，給了她一個「妳看大家多愛妳」的笑。

「我……」她遲疑地開口，有點可疑的鼻音。

唉，他不會因此把她弄哭吧？如果是這樣，那他收回前言行嗎？

他緊張地注視著她開始泛紅的鼻頭跟眼眶，暗罵自己剛剛為何腦袋抽風，說出這蠢提案。

「奶茶放不了整天，餅乾的話……我想預算內應該可以做到吧。」她說。「只是前一天大家要來隊辦一起幫忙，可以嗎？」

她……答應了？

蘇祐凡眨眨眼，不敢相信自己的好運。

❄

校慶園遊會前一天，巫玟盈覺得她在做當上助教以來最瘋狂的事——和隊員們一起在隊辦做烘焙。

「助教，奶油這樣算打成乳霜狀了嗎？」平時拿來維修器材的工作臺前，第一次烘焙的許誼在電動攪拌器的運轉聲中求救。

「妳攪拌器先停下來，不然奶油打太久會過熱融化。」巫玟盈立刻指示，「打到這樣可以了。下一步是加細砂糖跟鹽打成米白色的羽毛狀。」

「助教，那我打的算羽毛狀了嗎？」一旁也沒什麼烘焙經驗的方敏儒趁機求救。

「就是這樣，可以加蛋黃了。」

「助教，我現在可以加麵粉了吧？」站在工作臺對側的孫羽翎進度最快，看一眼擺在檯面上的食譜，為求謹慎再次向她確認。

「可以。麵粉分兩次加入，拌進奶油霜裡就完成了。」她走到孫羽翎身邊拿過攪拌盆示範一次。「來，妳做做看。」

她答應帶隊員們做餅乾當擺攤獎品後，想了幾天，考慮製作方便、擺攤當天不需擔心受天氣影響等條件下，最後，她決定做原味、抹茶、可可三種口味的手工奶油餅乾跟馬卡龍——正好一個材料需要蛋黃、另一個需要蛋白。

簡單容易上手的手工奶油餅乾由她教隊員做，製作和烘焙過程有很多「眉角」的馬卡龍則由她自己操刀。

她從租屋處搬來跟隊辦同款的炫風烤箱與家中所有烘焙器具，加快製作速度。大學部的隊員們一半跟她一起做烘焙，包括小右在內的另一半對烘焙自認沒天賦或沒興趣的隊員，則去準備明天射箭體驗攤位所需要的東西。

巫玟盈原本很意外小右沒留下來亂入烘焙，但仔細一想，便明白了他的用意。跟他最近老是問她怎麼了、每天都像在過萬聖節似的塞甜食給她的原因相同——他只是希望她開心起來而已。

使她開心的人，甚至不必是他。

想明白之後，心裡有著淡淡的感動與很多的不捨。

不捨，是因為她很快就要離開了——與宋母餐敘後，她去找了頂頭上司任總教練，討論在學期結束前離職的可能性。

任總教練明白，一向認真負責的她不會無緣無故提出這種要求，她說婆家有些事希望她提早離職，通情達理的任總教練便沒再追問，而是與她認真討論適合離職的時間點、她這學期剩下的工作如何找人代理與交接，最後還不忘問她有沒有什麼事需要幫忙。

她想了想，便請任總教練暫時替她保密，別對她父親透露此事，到她離職那天就好。

她只說，事出突然，之後她會跟父母好好解釋。

她沒說出口的實情是，雖然父母本來也不反對她婚後辭職，但原本堅持繼續工作的女兒突然決定離職，怎麼說都需要個合理解釋——現在她又忙又心煩，實在沒餘力去編織理由，想等忙完離職再好好想想。

她要努力想一個，絕對不需提到小右的理由——畢竟他還在這個小小的圈子裡，她不希望父親去找小右麻煩。

任總教練聽完她的請求，雖然浮現些許擔憂神色，但距她離職的時間點已經不遠，出於與她長年的師徒情誼，還是答應了她，並跟她說有什麼煩惱歡迎隨時再去找他談。

根據他們討論的結果，等她十一月下旬帶完今年最後一場全國賽，選手們進入休賽期與期末的十二月一到，就是對選手與隊務影響最小，她離職的最佳時間點。

沒辦法陪小右去寒假的世大運選拔，她很抱歉。但她答應離職，條件就是不讓她父母知曉宋母曾找徵信社調查她與小右的關係。若她反悔不辭職，以宋母的性格，恐怕會報復性地將徵信報告拿給她父母看，父親在圈內桃李滿天下，若小右畢業後還想在注重倫理關係的體育圈發展，得罪了圈內前輩很不利，就算他不留在這個圈子，她也不希望他遭受莫須有的指控。

所以，當小右提了要她教隊員烘焙當擺攤獎品的瘋狂提議時，她答應了。

就當作是最後的瘋狂吧。在她離開隊上之前，能與大家一起創造特別的回憶，真正的離別到來時，她應該也可以少些難過。

巫玟盈用立式攪拌機打著做馬卡龍用的法式蛋白霜，在看到蛋白霜轉變為有光澤能輕易拉出堅挺紋路的乾性發泡狀態後關上機器，分兩次加入杏仁糖粉，與蛋白霜仔細拌勻。

在重複的手勢與動作中，她感覺最近紛亂的心終於靜了下來。

她與小右始於法式甜點店馬卡龍的情愫，以她自製的馬卡龍作結，是她私心的選擇。

她想用一種甜點記住那個，與他叛逆外貌完全不符的甜點控男孩。

她在攪拌完成的蛋白霜滴入一滴紅色食用色素，輕輕攪拌數下，純白的蛋白霜便染成戀愛般的粉色。

像甜點在兩人間造成的化學作用一樣，她想。

曾經共享甜點的時光，真的很開心。若她不是大了他六歲、若她不是他的助教、若她不是對他動心之前就已與別人有婚約，她也許真的會勇敢回應他的心意。

但這一切只能當成祕密留在心底。

她將調色完成的蛋白霜裝進擠花袋，將已預先畫好一個個圓形、標示馬卡龍大小的矽膠烤墊放上烤盤，專心致志地從每個圓的圓心擠出粉色的蛋白霜，在心中數著已擠出的麵糊數量。

一、二、三、四……

離她預定的離職日，還剩一個月。

接下來這個月，她於公於私都非常忙碌。她要為之後接任助教的人準備交接說明文件、清點隊辦所有器材和耗材，並完成婚紗拍攝，緊接著是全國賽登場，她要像之前那樣，從月中一路帶三個組別的隊員比賽到月底。

怕隊員們軍心大亂，她與總教練的共識是全國賽回來後再公布她要離職的事。

扣掉帶隊比賽的時間，她跟小右還有隊員們相處的日子，已經不滿三十天了。

最近她一直在想，要何時告訴小右這件事。

太早說，怕他衝動行事；太晚說，怕他接受不了。

這一個月來的煩惱，成了她心中最大的結。

每當他問「妳怎麼了」、「妳沒事嗎」的時候，她都有種想哭的衝動，只能搖頭帶過，怕說多了會不小心情緒失控而露餡。

不論何時說，她明白他都不會好過。

但她一定會在跟大家公布之前先親口跟他說。就算不為了兩人間那份不知何時建立起的聯繫，她曾答應要帶他到選拔結束，也欠他一個解釋。

一臺烤箱的馬卡龍已成功烤出裙邊，正在進行最後一步驟以餘溫悶著，另一臺烤箱也烤著隊員們做的第二批手工奶油餅乾，剛剛跟學弟們去射箭場，清點明天擺攤要用的箭靶與靶架的小右踏進隊辦。

「哇喔，隊辦好香！」小右一臉幸福地走進門，陶醉地深深吸著烘焙香氣。

許久沒見到他流露反差萌的畫面，她忍不住泛起微笑。

「助教，妳終於笑了。」見到她的笑容，他像是終於釋然。

「因為今天很開心啊。」能在最後相處時刻製造難忘的瘋狂回憶，她會珍惜一輩子的。

謝謝你，小右。

「真的？」他笑得雙眼彎起。

「真的。」她將這個曾不經意撩到她的畫面也悄悄收進回憶裡。

「要不要試吃幾塊餅乾？我覺得這樣會更開心喔。」他邪惡地提議，朝第一批出爐放涼中的奶油餅乾伸手。

她鐵面無私地拍掉他的手。

「這是要做獎品的，都怕量不夠了，現在不准吃，明天有剩才能吃。」

「看得到、聞得到，卻吃不到，根本酷刑……」他孩子氣地擺出苦臉，逗笑了她。

「小右，既然是你提議的……來幫忙吧，不然大家要做到很晚……」室友阿左溫和卻堅定地把他拉走。「助教還有幾批馬卡龍要做，我們餅乾這邊也很缺人手……」

「好啦，做成地獄餅乾我不負責喔。」雖然嘴上不太情願，他還是洗了手，加入幫忙將混合好的麵團捏成餅乾形狀的行列。

巫玟盈打起下一批馬卡龍的蛋白霜，一邊聽著隊員們閒聊。

煩惱了一個月後，她終於決定了。

等他期中考結束、他要帶國中部選手去全國賽的前一天，她會告訴他即將離開的事。

那大概是最好的時間點了。

至於現在，就讓她珍惜與他還有隊員們的最後一段相處時光吧。

❄

校慶園遊會當日，照舊在圖書館旁方便拉封鎖線的老位置，搭起三公尺近距離箭靶提供射箭體驗的射箭校隊攤位，生意卻比往年都好。

這樣的結果，要歸功於成功的擺攤策略，與往年沒有的特殊優勢。

早上園遊會剛開始時，他們派出在奧運奪牌而成為校園名人的孫羽翎下場教學，吸引了一批想被美女國手教射箭的人潮；客人領到獎品離開後，手工餅乾跟馬卡龍很美味的評價就漸漸傳開。除了孫羽翎的粉絲，還有本身就想體驗射箭的客人，更額外吸引到許多想獲得傳說中好吃馬卡龍跟手工餅乾的客群。

早上十點開始、下午五點結束的園遊會，他們不到三點就送完所有馬卡龍跟手工餅乾，在其他攤位羨慕忌妒恨的眼神下開始收攤、復場、將收到的園遊券兌換成現金。

「羽翎學姊的名氣、加上玟盈助教手作餅乾的威力真是太驚人了。」和隊友們一起搬著擺攤使用的道具與弓箭器材回隊辦的許誼讚歎。「明年我們也這樣玩好了，大家前一天一起在隊辦烘焙好開心。」

「那個，我們是不是可以開始想慶功宴要吃什麼？」吃貨學妹沈心羿默默提議。

「這次助教幫我們這麼大的忙，慶功宴一定要有助教。」孫羽翎還是不忘替助教發聲，「可是接下來大家都要期中考，之後助教又要先帶中學部的學弟妹去比賽，難道要等月底才能吃嗎？這樣未免太久了。」

蘇祐凡跟大一學弟們合力推著放有箭靶與靶架等重物的推車，奮力朝通往隊辦的上坡路推。默默聽著大家對話的同時，他腦中不由自主想起昨天。

昨天她久違地展露真心笑容，但他隱約覺得有哪裡不對勁，一時間卻又抓不到頭緒。

「小右學長，慶功宴你有什麼提議嗎？」孫羽翎主動點名他。

「等到月底比賽回來才吃真的太久了。」他立刻回神答道，「還是我們今天先吃一次？叫外送到隊辦，然後打電話叫助教一起來。」

他一時說不出不對勁的原因，見到她本人，也許就能得到答案。

「好啊，大家覺得呢？」孫羽翎徵詢隊員們的意見，大家累了整天，覺得能在校內先吃一頓也不錯，事情就這麼定了。

回到隊辦將器材與道具全部歸位後，蘇祐凡便打電話訂炸雞與披薩，孫羽翎則打電話邀週末休假的巫玟盈來隊辦同樂。

當巫玟盈出現在隊辦門口時，蘇祐凡知道他的直覺是對的。

她眼眶泛紅、眼周微微浮腫，說明她昨晚回家後一定大哭過。

即使她昨天笑了好多，卻絲毫無助於減緩她的憔悴，還在他看不到的時候加速惡化。

不對勁的地方，就是這裡。

一定有他不知道的嚴重事態發生了，而那就是讓她日漸憔悴的主因。

他必須找出真相。

第八話　幸福祕訣

「助教，跟妳說，今天生意真的超好的！」許誼一邊啃著炸雞，一邊嘰嘰喳喳地跟她分享今天擺攤的盛況。「後來還一堆人把我們當成烘焙社，超好笑的！」

「真的嗎？」巫玟盈被許誼生動的形容逗出笑意。

「烘焙社這次也有擺攤，但據我同學的女朋友說，我們的手工餅乾跟馬卡龍完勝他們賣的。」中中提供證言。

「還好昨天助教有特地多做一盤馬卡龍給大家吃，不然今天什麼都沒剩……」沈心羿一臉扼腕。

許誼突然朝她興奮提案：「助教，我們明年來做萬聖節的甜點好不好？」

「好……」巫玟盈習慣性地答應學生請求後，立刻被不捨與罪惡感淹沒。

沒有明年了。

昨晚回到租屋處，洗澡時想到這件事，她忍不住在浴室大哭了一場。

來得太快的離別，她還沒辦法做好心理準備。

她捨不得這群學生。

還有，不知不覺間變得重要而特別的，他。

但是不能再這樣下去了。想到小右因為自己被徵信社刨根究底地身家調查，她就沒辦法再若無其事待在這裡。

她還不知道男友看了徵信報告的反應是什麼。這一個多月來她忙於打點工作交接事宜，心情亂得不行，根本無心聯絡男友，而他也沒有任何表示，總之，目前婚禮的進度不受影響。

其實，不論他們是否會如期結婚，以不讓她父母知曉徵信報告的條件答應辭職的她，若是反悔，宋媽媽會採取什麼行動，她真的不敢想。她不願再將小右捲入與他無關的烏煙瘴氣，認為離開是最好的決定。

只是，離別比她想得更加痛苦。他越是溫柔待她、與隊員們有越多回憶，她心中承受的情緒後座力就越強。

巫玟盈聽著隊員們的話題一路從明年校慶園遊會的主題，發散到她定在明年二月底的婚禮，強烈感受到自己真的是要離開了。

到時她與大家見面的身分，就不再是助教了……

隊員們能諒解她的中途離職嗎？

她也答應了宋媽媽，離職後不會再跟小右見面，那就是最後一次他們會碰面的場合了……

到時，小右能夠冷靜地面對她嗎？

「助教，妳的婚紗拍了嗎？我們什麼時候會收到喜帖？」孫羽翎問道。

「那個，我……」小右眼神一暗的畫面，即使她叫自己別去留意，還是立刻發現了。「我下下禮拜要去拍婚紗，喜帖大概年底或明年初才會發吧。」

她將婚禮預定的時間表說出口，希望這像一劑疫苗，有助他對她的執著產生抗體。

女隊員們說了好期待她的婚紗照後，話題再度四處發散，最後繞到期中考上。

說起這個話題，剛剛還一臉輕鬆的隊員們表情個個沉重起來，有人坐立難安地說好像應該回去念書了。

早已吃飽喝足的大家，便開始收拾廚餘跟垃圾。天色開始轉暗時，巫玟盈跟隊員們一起鎖上隊辦大門。

與隊員們道別後，她往教職員機車停車棚走去，即將抵達時，聽到熟悉而熱情的招呼聲——

「汪！」

她常餵食的黑毛校狗黑雪正站在她面前，朝她開心地狂搖尾巴。

「黑雪，妳吃飽了嗎？」她泛出笑容，蹲下用手揉揉黑雪的頭。

「凹嗚……」有靈性的黑雪叫得很委屈，鼻子一直蹭她衣服。

學校的校狗校貓都有愛護生命社的同學在照顧，但黑雪特別貪吃，她餵過一次後，就常來找她蹭飯，她乾脆買了狗罐頭放在隊辦。

「我身上都是炸雞味，妳聞到又餓了吧？」她被撒嬌到心軟。「不然我們回隊辦吃一點點罐頭？只可以吃一點點喔！」

「汪！」黑雪立刻往隊辦方向轉身，還回頭看她有沒有跟上。

她快離開了，再餵最後一次吧，畢竟這種事沒法強求下一任助教做。

被黑雪領著回到隊辦的巫玟盈，進門打開自己的置物櫃，拿出狗罐頭與她為黑雪買的不鏽鋼碗。

她將罐頭打開倒進食碗，一放下，狗兒便迫不及待地大快朵頤。

不小心整罐都倒下去了……算了，才一次沒關係吧。

「黑雪，以後妳要多運動，不要老是讓小右哥哥笑妳胖妞。他嘴巴很壞，其實是為妳好……」她在進食中的黑狗身旁抱膝蹲下，無意識地絮叨。「剩下的罐頭，姊姊會拿去給愛生社的同學，妳不要再來了喔，姊姊快離開了，沒辦法再餵妳了……」

「妳要離開？」小右的聲音突然從門口傳來。「為什麼？」

巫玟盈抬頭，看到不知何時站在隊辦門口的小右焦急地盯著她。

居然以最糟糕的方式讓他知道了……

他焦灼又專注的眼神，讓她心被擰緊，一同感受到他的震驚與絕望。

想開口，喉頭卻乾澀得發不出聲的巫玟盈，只能看著他朝自己直直走來。

❄

小右將狗兒的食碗移往門外，引走吃得正歡的黑雪後，反手關上隊辦大門，一語不發地朝她走來。

她不由自主站起身，見他在面前停步，眼神急切地鎖定她。

幾次雙唇開闔後，她終於找回自己的聲音：「你……怎麼會回來？忘、忘了東西嗎？」

他不吃她顧左右而言他的招數，直接追問：「妳剛剛說妳要離開了是怎麼回事？」

巫玟盈仰望著面前散發出不得到答案不罷休氣勢的他，心中矛盾地浮現感動與掙扎。

被他鍥而不捨地關心，被他看出她努力藏起的傷心，她是感動的。

但他為什麼非要打破砂鍋問到底呢？

她不想讓他知道徵信報告的事，怕他會衝動行事，把自己捲進麻煩裡。

她希望他能開開心心地過完剩下的大學生活，繼續保有他的真誠直率，不被大人世界的荒謬提早傷害。

「你聽錯了……沒這回事。」

「沒這回事的話，為什麼妳眼睛又紅了？」

聽到他這麼說，她立刻低下頭，徒勞無功地想藏起突然湧上的淚意。

「你……看錯了。」

她聽到他嘆了一口氣，接著他溫暖的大掌覆上她右頰。

被他碰觸到的那一刻，她發現自己瞬間變得軟弱，失去躲開的力氣，淚水像想逃去他那裡訴苦，從眼眶叛逃，迅速沾溼了他手掌。

為什麼……她應該遠遠避開的，可是他手心傳來的溫暖卻讓她貪戀不捨。

「我可能會聽錯、看錯，但我感覺到的不會錯。」他輕輕抬起她的臉，大拇指拭去她因著他的碰觸而相繼滑落的淚滴。「到底發生了什麼事？」

她不能說……

她不斷落淚，卻倔強地搖頭，讓他拿她沒辦法。

「不然，」他將另一手也伸過來，輕輕捧起她臉頰。「妳先聽我說一件事。」

她屏息著與他四目相對，猜不到他究竟會說什麼。

「我對自己說了很久的謊，告訴自己，我一點也不在意那個在我升高一的某場比賽給過我一瓶奶茶、在我大一開學前一天又給我抹茶草莓卷的溫柔學姊，我一定可以找到比她更好的女生。」他突然提起她不復記憶還有以為他不曾發現的往事。「她變成我的助教，還早就有男朋友了，我何必執著在這個姊姊身上？」

巫玟盈的心跳因為他的話語漸漸失速。

「可是她對我太好了，害我根本沒辦法忘記她，更無可救藥地喜歡上她。只要看到她哭，我就想教訓那個害她哭的人。」

「小右……」

她……知道的。

每當她驚慌失措，只要他在，他總是第一個挺身而出，用不中聽的話語分散她的注意力，直到上學期的朝夕相處，她才漸漸看清他對她的情意。

「我還一直騙自己，等她結婚那天，我一定可以祝她幸福。但當她被求婚時，我才發現我從來都不希望她屬於別人——我希望她先遇見的是我、我希望她像我喜歡上她一樣喜歡上我、我希望在她未來裡的不是別人，是我。」

他的直球告白毫無預警而來，又逼出她一波淚。

「拜託，不要哭，我說這些話不是為了弄哭妳的。」他被她哭得沒轍，改將手放上她頭頂安慰似的輕撫。「我只是想跟妳說，我花了很長時間才終於明白一件事：對自己不誠實的人，是不會得到幸福的。」

對自己不誠實的人，是不會得到幸福的……嗎？

「我不會要求妳一定要回應我對妳的喜歡，可是我希望妳好好想一想，妳究竟想要怎樣的未來？那個未來裡面，妳想跟誰在一起、妳又想做什麼？」

她想要的未來、想在一起的人、想做的事？

從來沒有人這樣問過她……

除了他。

「我可以告訴妳我的：如果妳想把烘焙的興趣變成專業，那我以後想跟妳一起開一間賣甜點的小店；如果妳想繼續把烘焙當作興趣，那我們就各自做一份工作，然後每天下班一起吃甜點，有時候去外面買、有時候吃妳做的；也許，還有其他我現在沒想到的可能性。」他停頓一下，慎重道：「重點是，要有妳，還有甜點。」

她被他說出「還有甜點」時百分之兩百的認真神情逗得破涕為笑。

「我知道這個計畫聽起來很粗糙，因為我還不知道妳想要的是什麼，沒辦法計畫得很具體。我現在還是學生，可能會需要妳稍微等待一下，但我保證不會太久；等真的著手實行計畫，我想難免會遇到困難，可能還要一直修正方向，可是只要有妳在，我相信那些過程都會變得很有趣。」他略微停頓後，慎重地下了等同告白的結語：「有妳的未來，就是我最想要並且願意全力去實現的未來。」

他描繪的未來，雖然仍只是模糊的雛形，但美好得令她心生嚮往。

不是要她湊上空缺拼圖似的配合，而是與她一起計畫適合形狀的未來。

她真的可以無視一切阻礙與困難，跟他走向那樣的未來嗎？

他再次撫上她淚溼的臉頰，語氣輕柔、態度認真地開口：「巫玟盈，我對自己誠實了，妳什麼時候才要對自己誠實？」

「我……」誠實、慎重又犀利的問句，使她無法輕率做出回答。

「我喜歡妳、妳也對我有感覺，我們都成年了，為什麼不可以？」他再問。

「問題不在那裡……」她搖頭，並沒試圖否認對他的感情，心知那是徒勞。

「那問題在哪裡？」蘇祐凡挑起兩道墨黑劍眉。「告訴我。」

不願讓他知曉徵信報告的她，試圖用一般理論與他說理：「問題是，我比你大了六歲，你可以跟同齡的女生交往，談輕鬆沒有負擔的戀愛，跟我這種姊姊在一起，你要提早面對很多挑戰的……」

「我試過了，但那只讓我確定一件事，」他堅定看進她瞳孔深處，「我想要的是妳。」

從直球告白進階為觸身球告白的話語，逼出她更多淚。

「不管有什麼挑戰，我都接受。」他的語氣毫無猶豫。

他的心意，比她想的更深更堅定，可是……

「可是，身為助教，我不應該、也沒有資格跟你——」她再拿一個理由反駁。

「巫玟盈，妳真的很死腦筋。」他聽不下去地打斷她。「所以說，我退隊，問題就解決了？」

「別、別做傻事，你成績好不容易練起來了……」她緊張道。

「很好，妳也知道那是傻事。」他往前一步，逼近她。「那妳為什麼要犯傻，急著去跟妳已經不愛的男人結婚？」

她招架不住地後退，背抵上冰冷的置物鐵櫃。「我跟承浩交往很久了，我們也到了適婚年齡，他剛跟我在一起時，就說過他計畫在三十歲那年結婚……我爸媽也說我該嫁人了，而且他們都很喜歡承浩……」她試圖逃避回答。

「巫玟盈！」她這番滿是藉口的回答，讓蘇祐凡氣得收回在她頰上的手，伸臂將她困在自己與置物櫃之間。「什麼都是『別人說』，妳要一輩子為別人而活嗎？為什麼不能聽一下妳心裡『自己說』的聲音？妳都能自己選甜點、選冰淇淋了，我不相信妳不知道自己想要什麼！」

「蘇祐凡，選甜點跟冰淇淋，跟這怎麼會一樣！」她也被他逼得動了氣。「所有人都知道我要結婚了，現在取消，會讓多少人失望、影響到多少人？以後別人又會用什麼眼光看我？而且承浩沒有做什麼對不起我的事，所以我也不能——」

「前面的理由都不是真正的理由，這才是，對不對？」他一針見血地抓住重點。「妳太在意別人怎麼看妳、怎麼說妳！就算妳心裡也開始覺得不對勁，妳還是想做最受大家認可的選擇，走阻力最小的那條路！」

「才不是那樣！」她開口反駁。「事情沒有你說得這麼簡單……」

「那是怎樣？」他揚聲反問，「我不知道妳遇到了什麼事，但妳可不可以不要一個人悶著不說？我可以陪妳一起想辦法，事情也許根本沒妳想得那麼複雜！」

「你好好過你的大學生活就好了……」

「妳是不是把我當小孩子？」他一臉挫折。「妳不是答應過我，不會再固執地想自己解決問題，會敞開心胸接受別人幫助嗎？為什麼現在又想一聲不吭地離開？」他氣得抓住她雙肩。

他緊抓她的力道傳來的急切，讓她心底為之震盪。

「我……不想連累你跟你家人……」她心一軟，不小心說溜嘴。

「為什麼妳會連累我跟我家人？」他一愣，沉下臉。「有人拿我還是我家的事逼妳離開嗎？誰？宋承浩？我爸？我去找那個人算帳！」

「都不是……你不要再亂猜了！」她慌亂掙脫他的抓握，滿臉淚痕地逃離隊辦。

❄

「所以，蘇祐凡，你說你搞砸了？」蘇大哥吃下老婆夾到嘴邊的半塊紅豆鬆糕。

隔日早上九點，蘇祐凡萬般不情願地亂入大哥與大嫂的週末甜蜜早茶約會。

「……對啦。」他憋悶地承認，吞下一個芋泥小籠包安慰自己。

他昨晚本想私下找她談談，在大家散去後往她方向跟去，見她帶著黑雪回到隊辦，他便站在門外，想著等那隻貪吃狗離開，才能好好說話。

聽到她對狗兒喃喃自語說要離開，他當場亂了方寸，不管不顧地就衝進隊辦告白了。

她的反應，讓他一度覺得自己是有希望的。

但後來她又糾結在過度顧慮他人眼光的死胡同，他急了，態度與話語都太尖刻，反倒氣跑了她。

他有去追，本來也有機會追上的。但門外那隻剛吃完飯的笨狗以為他欺負她最愛的助教姊姊，死命對他吠、攔著他腳步，害他功敗垂成，只看到她騎車離去的背影。

他只好無奈回去鎖上隊辦，然後在二十分鐘後，猜她應該已經回到租屋處時，改打手機、傳訊息給她。

她卻一直沒接起電話，後來甚至關機。

他無奈之下，只好向外求助。

現在，他就坐在上次大嫂帶她一起來過的江浙餐廳半開放式包廂，跟他最信得過的大哥大嫂求救。

早茶時段客人不多，不若上次來時喧鬧，附近客人的交談聲與杯盤聲都能清晰聽見，大嫂左右看看狀況，才壓低聲音道：「祐祐，不是叫你不要衝動嗎？怎麼突然就告白了啊？你這樣把話說破，要她之後怎麼面對你？」

「她最近悶悶不樂的，我本來只是想問她到底發生了什麼事。」他失去食慾地放下筷子，「沒想到她說她很快就要離開，所以我就急了……」

「她說她要離開，是辭職的意思嗎？」大嫂驚訝追問。

「她不肯跟我解釋清楚，只說不想連累我跟我家人，但聽起來像是那樣。」他有氣無力地回道，無計可施地向大哥求助：「哥，我知道你不會隨便出手幫我。不過這次可以請你給點意見嗎？我不想看她明明越來越不快樂，卻還要違背自己的心意結婚。」

「蘇祐凡，你要長大，不要只會憑著本能行事，才能真正保護你愛的人。」大哥只是這麼說。「而且老實說，現階段你根本使不上力，只能祈禱她自己想通。」

蘇祐凡覺得這個答案太消極，不服氣想討個更好的方法時，大嫂卻突然瞪大了眼，並以手勢示意所有人噤聲。

蘇祐凡用眼神詢問「幹麼」的時候，就聽到他背後的半開放式包廂傳出他沒聽過的女聲：「承浩，我們今天把話說清楚。」

❄

陌生的女聲、配上熟悉的名字，讓蘇祐凡耳朵不自覺豎了起來，並在大哥的示意下，打開手機的錄音程式。

「舒舒，我想我說得很清楚了，」宋承浩的聲音響起，語氣中帶著一絲不耐。「我不會中止婚禮。」

「為什麼？」被喚作舒舒的女子，聲音激動上揚。「這半年你不管公私都跟我在一起，明明只有不得不的時候才會去見她，她對你根本可有可無，為什麼最後你還是要跟她結婚？」

「舒舒，我說過，只有她能通過我媽的認可——」

「承浩，你已經是獨當一面的健身中心負責人，不是當年被你媽逼著說如果跟莫芸學姊一起出國，就要斷你金援、不資助你創業的窮學生。你現在可以不用再受制於你媽，跟自己喜歡的對象在一起了吧？」

「舒舒——」宋承浩的回應再次被打斷。

「你不是說你會跟她交往，是因為莫芸學姊拋下你出國後，你媽一直想幫你介紹女朋友，你被逼急了，乾脆自己選了個你媽一定會中意、你自己也不討厭的女生。你對她的感情是家人，你們之間沒有激情，不是嗎？」舒舒說著開始哽咽。「明明我比她更早認識你，在你身邊的時間也是我更多，喜歡你更久的也是我！知道你想創業，我努力考證照踏進健身領域，這幾年來，做你最好的工作夥伴，好不容易你也慢慢願意接受我了，我以為自己終於等到你的喜歡，為了你跟男朋友分手，你卻還是要回頭娶那個跟女僕一樣的家事工具人，你叫我怎麼接受！」

「舒舒，妳冷靜下來。」宋承浩淡聲道。「我們第一次發生關係之前，我就說過，我跟妳沒辦法走到結婚，是在妳同意的狀況下才繼續的，不是嗎？」

「對，是我主動、是我同意沒名分也沒關係。」舒舒的聲音顫抖。「可是為什麼……我就不可以？」

宋承浩語氣突然變得嚴厲：「上次我媽找我吃飯的訊息被妳刪掉，還把我手機藏起來讓我接不到電話，妳知道後來我媽有多生氣嗎？」

「我……我只是不想你再去處理結婚的事。」

「她不會像妳耍小性子，她識大體、知道分寸，這就是她獲得我媽的喜愛，也是我要娶她的原因。」

舒舒嗤了一聲，「你媽都找徵信社調查她跟男學生的關係，還拍到他們逛夜市共食了，這叫知道分寸？」

意外的答案公布時，蘇祐凡和大哥大嫂對看一眼，大哥立刻朝他搖搖頭，示意他按耐住飆罵的衝動。

「我清楚她的個性，她沒有真的背叛我的勇氣。」宋承浩語氣篤定，「她答應我媽會盡快辭職，以後也不會再跟那個男學生私下見面，這件事不會再有後續了。」

親耳聽到她答應不再跟自己見面，蘇祐凡痛苦地閉了閉眼，費了好大勁才忍住走過去把宋承浩揍個稀巴爛的衝動。

她在以她的方式保護他，他明白。

可是，比起被保護，他更希望自己是有能力保護心愛女人不受傷害的人。

他到底能為她做什麼？

「承浩，我會改的，你給我機會好嗎？我保證以後不會任性了。」眼見全無轉圜餘地，舒舒放下身段哀求。

「舒舒，別這樣。既然妳我想要的東西已經不同，我們的關係就不能再繼續。」

舒舒聞言開始啜泣，一時間沒有人再開口說話。

過了好一陣子，終於止住哭泣的舒舒緩緩開口：「最後再回答我一個問題就好……你真的愛她嗎？」

「……她沒什麼不好，跟她在一起很輕鬆。」宋承浩卻這樣答。

「你沒有回答我的問題，」舒舒微一停頓，再次強調：「你愛她嗎？」

「我答應過我媽，三十歲時要成家讓她安心——」

「夠了。」舒舒聽不下去地喊停。「開口閉口都是你媽，原來你連自己愛誰都要經過媽媽批准？還是說，你根本就只愛你自己？不管別人如何為你付出，你只選當下對你最有利的，沒用了就一腳踢開，是吧？」

「舒舒，妳不要這麼情緒化。只要妳願意從此絕口不提之前的事，我們還是可以當很好的工作夥伴——」

清脆的「啪」一聲傳來，宋承浩應是被甩了一巴掌。

「可是我不願意。」舒舒打斷他，「你明知道我的心意，卻從來不拒絕我，這半年還一直跑來我家過夜，讓我覺得自己是有希望的，原來我只被你當成婚前告別單身的派對女郎？我希望你這輩子都不要得到幸福！」最後那句話，一字一字說得既清晰又忿恨。

「妳想做什麼？」宋承浩語氣轉為防備。「妳敢去找她說三道四的話，我不會善罷甘休。」

「你放心，大名鼎鼎的宋家母子我怎麼得罪得起？我不會去找她說什麼的。」舒舒跨出了包廂，一陣花香中帶絲果香的女性化香氣，隨著她站到出風口下，鑽入蘇祐凡的鼻尖。「如果她還沒蠢到家，早晚會察覺我特地給她留下的訊息。至於訊息留在哪裡，你就提心吊膽地去找吧。」

舒舒的足音與氣味遠去，不久，在一聲茶杯略微用力敲上桌面的清脆聲響後，皮鞋聲也緩步離去。

蘇祐凡按停錄音鍵，跟對坐的大哥大嫂面面相覷。

「幹！」他忍不住飆出國罵。「爛渣男。」

果然渣男不是一天養成的，跟媽寶還有連動屬性。

「我原本不喜歡舒舒小姐的。」大嫂一臉複雜。「但現在又有點同情她。」

「我們做這行，是看過不少這種修羅場。」大哥看戲似的喝一口茶。「但今天的真精彩。」

大哥大嫂評論時，蘇祐凡試圖聯絡巫玟盈，但她手機依舊打不通。

「兩位大人，閒聊可以稍等嗎？請為弟弟的終身幸福出點意見。」

「你趕快去跟她說這件事！」大嫂義憤填膺地朝他揮手、趕他上路。「如果她不信，錄音檔多放幾次給她聽！」

「你跟她說，你跟你的家人也不是省油的燈，不要屈服於任何威脅而辭職。」大哥跟他要了錄音檔的備份，笑得深沉。「對方敢對你或我們家任何人事物不利，我們也可以讓知名青年創業家名聲掃地。」

雖然蘇祐凡自認獨立慣了，但此刻他必須承認，偶而當個哥寶、嫂寶也是不錯的。雖然大哥大嫂老是不道德地放閃，關鍵時刻還是很挺弟弟的。

和大哥大嫂道別後，蘇祐凡立刻往她的租屋處出發，在心裡祈求能盡快聯絡上她。

❄

巫玟盈站在租屋處的電磁爐前，將黑糖和牛奶緩緩與鍋中已煮出濃郁茶色的紅茶混合，用已成為每天習慣的煮奶茶儀式喚醒自己。

她昨晚回家後又哭了好久，連續兩晚大哭，耗盡她所有目力，平時五六點就起床的她，一路賴床到九點過半，幸好今天她休假。

昨晚匆忙逃離，她將手機忘在隊辦的置物櫃，發現時已回到租屋處。她沒有勇氣在那麼短的時間內再回隊辦，怕又遇見小右，便放棄手機，也不開筆電上網查看是否有訊息，刻意為自己創造了一夜平靜。

過了遠離電子產品的一晚，她冷靜多了，近來被諸多事件攪得混濁不清的心緒也慢慢沉澱下來。

看著茶葉在化為奶褐色的液面中翻騰，她的心思遠颺回到昨夜。

小右居然跟她告白了，那樣真誠直率的。

她第一次跟人大聲爭執，對象竟然也是小右。

頭還有些昏沉，他昨晚所說的話，也還像在耳邊嗡嗡響著。

他說，他不介意他們的年齡差、師生關係，她就是他想要的人。

他要她拋開外界眼光，傾聽自己內心的聲音。

他也說了很尖銳的評語。

雖然她當時立刻反駁了，但仔細想想，他沒說錯……

她承認，她是膽小的，一直都在意外界的眼光。

會一意孤行將婚禮流程進行下去，除了對男友的承諾與愧疚外，也有一部分是害怕自己已在人前答應求婚，如果忽然不結婚了，該如何面對外界的眼光與質疑。

她一直都走在相對安全的路上——選擇父母認可的職業、與人人稱羨的對象交往——當面前有一條令她心動的路出現時，她即使深受吸引，卻也因為路途的未知與危險裹足，本能地試圖逃開。

等她終於察覺的時候，已將事態弄得不可收拾，將小右一起捲了進來。

他昨晚的真誠告白很動人，但她真的能解開這個自己一手造成的死結嗎？

目測牛奶已加熱到適當溫度，她關了火，將茶湯輕輕攪拌混合後，將煮好的奶茶過濾到馬克杯中。

她拿著馬克杯到餐桌處，整個人縮進餐椅，邊吹涼，邊聞著奶茶香氣醒腦。

對自己不誠實的人，是不會得到幸福的。

小右說的這句話，一直迴響在她耳邊。

幸福，誰不想得到？

如果拋開所有擔心與顧忌，對自己誠實，她會希望自己的未來裡有誰？

她喝下一口溫熱香甜的奶茶，腦中浮現那張每次喝她煮的奶茶都會露出滿足表情的臉。

答案，其實比想像中還簡單。但她把一切都搞砸了……

她嘆口氣，抬眼看向牆上時鐘，時針指向十點。

這一切混亂都是她一再的膽怯與逃避造成的，要解開已經亂成一團的線球，她想，還是必須由她主動吧。

喝完奶茶，她換了衣服，決定先去一趟隊辦拿回手機。

首先，是做她逃避了很久的事——聯絡承浩，跟他見面談談。

背起包包準備出門時，她突然聽見大門門鎖被鑰匙轉開的聲響。

巫玟盈心一跳，意外地看到半年以上未現身在她租屋處的男友打開門。

❄

巫玟盈在宋承浩車中凝望窗外不斷掠過的風景，心中的異樣感不斷發酵。

週末早上，承浩通常會去視察各店狀況，出現在她住處是從未有過的事。

她感覺得出男友心情低氣壓，不願與他獨處一室，以要回隊辦拿手機為由堅持出門，宋承浩便說要載她去學校，等她拿到手機，想找她談談。

她本來也有意找他談，便答應了提議。

十五分鐘後，到了S大，宋承浩將車停妥，陪她走回隊辦拿手機。

他們到了週日早上無人的隊辦，巫玟盈在自己的置物櫃裡找到已經沒電的手機。

一到熟悉的隊辦她有些心安。拿出包包中的行動電源為手機充電，看著手機開機畫面，她不自覺鬆下緊繃神經。

「玟盈，我們去湖畔的招待所喝杯咖啡好嗎？」宋承浩卻不給她等待手機開機完成的時間，略顯急迫地將她手機拿起塞回包包，讓她浮現更濃的異樣感——

為何承浩不讓她先確認手機通知？

男友異樣的舉動，又憶起上次男友邀她去招待所喝咖啡，被設局似的不愉快回憶，使她心頭浮現抗拒：「承浩，有什麼事，我們在這裡談就好了。」

她想待在熟悉的空間，而且，不想再與宋承浩近距離獨處的她，在空間寬敞、開著門就能讓外面的人注意到室內動態的隊辦，也比較心安。

見她堅持，宋承浩只好同意，在長沙發坐下。巫玟盈為他倒了杯水放上茶几後，自己在對角的另一張沙發坐下。

她一入坐，宋承浩便異常溫柔地開口：「玟盈，抱歉，我這兩個月比較忙，沒跟妳聯絡，一切都還好嗎？」

巫玟盈深深看著面前交往了五年多的男人。

承浩外表英挺、談吐溫文、認真上進，身邊的人都說她能和這麼優秀的人交往很幸運，她也曾如此認為。

即使一個多月前發生了徵信調查事件，他有立場質問她，卻還是用圓滑的方式開場。

她曾認為說話總是溫和圓融的承浩很穩重、很有智慧，可是……

「承浩，你沒有什麼事想問我嗎？」

不管是徵信調查的事，還是因此曝光婚紗工作室負責人是小右大嫂的事，他都可以問，也應該問。

事發後過了一個多月，他卻無聲無息，像是毫不介懷。

其實……承浩從來沒有那麼在意她，只是之前的她不願意這樣想。

從交往之始，兩人的關係一直都不對等——自認配不上男神學長的她全力付出、維繫兩人感情、努力獲得他母親的喜愛，以為有一天對方也會回報同等感情。

她還沒等到那天，對男友一頭熱的迷戀就褪去了。當淡如水的交往關係成了習慣，沒有分手，一方面是兩人從不吵架，缺乏契機；另一方面，因為她念舊的性格，捨不得這段付出了許多時光與用心的初戀，就像她捨不得那臺老是被小右笑是古董的筆電那般，明明察覺到了問題，卻狠不下心面對現實。

男友主動求婚，也曾使她認為他還是在意這份感情。

但男友之後的各種冷淡表現，使她漸漸浮現懷疑——他當時積極敲定婚期，是不是在母親催促下，像被逼著完成作業一樣地完成任務？

「妳答應離職，代表妳還是想跟我結婚的，不是嗎？那我就相信妳。」他語調溫和，絲毫無意追問，與求婚時完全不同的淡然態度，讓她終於肯定了答案。

如果是以前的她，應該會為了男友的信任感激涕零、發誓不要辜負對方，但現在……

她終於明白這不是愛情。

真正的愛情，會在意、會嫉妒、會自然而然地為對方著想；也會尊重對方的意見、為對方挺身而出、在自己的未來裡預留一個位置給對方。

這些關於愛情的定義，是小右讓她明白的。

她一直以姊姊自居，但這場不健康的初戀讓她對愛情的認知貧乏又扭曲，才會傻得以為將就妥協的感情能過一輩子。

她好笨，這麼簡單的道理，居然花了這麼長時間才搞懂。

她不知是否來得及，但至少，她不想再錯下去。

小右昨晚在這裡說：對自己不誠實的人，是不會得到幸福的。

她絕不想要明知不幸福的未來，所以……

她看向男友，深呼吸後，勇敢開口：「承浩，我們都不要再對自己說謊了。」

「妳是什麼意思？」宋承浩第一次在她面前出現動搖神色，像面具啪的一聲裂了一道痕。

「我們都不是真心想結這個婚，只是被周邊的壓力一直推到了這裡。」她從包包拿出藍綠色戒盒，裡面放著她昨夜入浴前拿下後便沒再戴上的求婚戒，放上茶几，推到宋承浩面前。「這樣誰都不會幸福的。」

宋承浩不願收回戒盒，用一種計畫被打亂的無措眼神看她。「玟盈，妳突然這樣，要我怎麼跟我媽交代？妳又怎麼跟你爸媽交代？」

巫玟盈突然發現他的問句很可笑，也發現過去的自己有多荒謬——直到不久前，這招對她還很管用，因為她一直將父母與長輩的意見看得很重、不敢輕易違抗，從未察覺男友既狡詐又媽寶的情緒勒索。

但就像小右昨晚說的，她要一輩子為了別人而活嗎？

不，她不想再那樣過了。

她終於發現，那樣讓她活得很痛苦。

「我會跟我父母好好解釋，我想他們還是希望兒女過得幸福，有天會理解的。」她抬眼看向他，「承浩，你好好跟你媽說，就算要多花點時間，我想她還是會接受的。」

「妳──」發現她態度決絕，宋承浩突然無法接受似的站起，用力關上隊辦大門後，轉過身，溫文的面具突然碎裂。「妳聽到什麼奇怪的傳言嗎？我都不計較妳跟那個男學生的事了，妳就不能不跟我計較嗎？」

「承浩──」巫玟盈不明白他在說什麼，只見他露出無法接受的神情朝她走來。

她起身想避開，卻還是被他伸手拉住，像鎖住所有物似的將她鎖入懷抱。

「你不要這樣，放開我！」她極力掙扎，雙手抵著他胸膛，拒絕與他貼近，卻仍敵不過他的力氣。

在她終於還是被摟近他胸前時，他襯衫衣料上近似玫瑰花香、又摻絲果香的香氣鑽入她鼻腔，使她一愣，忘了繼續掙扎。

她聞過這個味道。

在承浩換洗的衣物上，還有……

上次挑婚紗，呂舒舒擁抱她的時候，她衣服上也傳來同樣的香氣。

那時她還懷著對男友的愧疚，所以騙了自己，故意不去深思這個巧合。

可是，那香氣獨特且女性化，真有這麼巧的事嗎？

承浩這半年來幾盡失聯，她其實早就覺得不對勁了……

她尚未被求婚前，去找男友時，也時常遇到男友跟呂舒舒兩人在討論健身中心的事。那時她告訴自己，舒舒有男友，她總不經意和承浩有肢體接觸，是因為她個性外向，他們只是工作夥伴而已。

一直以來，她到底對自己說了多少謊？

「玟盈，很好，妳冷靜下來了嗎？」見她突然停止掙扎，宋承浩也放軟了語氣。「我們沒事，我們會如期結婚的，對吧？」

她搖頭，「我不能跟你結婚。」

這種既扭曲又不忠實的關係，她不想繼續受困其中。

「為什麼？」她彷彿看到宋承浩眼中有某種東西崩解了。「年初時我們不是很好嗎？是不是舒舒跟妳說了什麼？」

她並沒有提到呂舒舒，男友卻如此提問，讓她的懷疑化為肯定。

「不是。」她瞬間感到心寒，冷聲道，「宋承浩，放開我。」

她前所未有的冷酷態度令宋承浩失去最後一絲冷靜。「玟盈，妳究竟怎麼了？難道我太久沒來找妳，妳忘了妳以前有多喜歡我——」

宋承浩低頭試圖吻她，她轉頭閃避，抵抗間撞上茶几，水杯因此落地摔碎，發出清脆激響。

她以為隊辦會比她房間安全的……外面運動的人會注意到她的反抗聲嗎？

巫玟盈尖叫著奮力抵抗時，隊辦門重新被打開，衝進兩道身影——

「媽的，宋承浩！我今天真的要殺了你這個爛渣男！」小右氣勢驚人地衝上來。

黑雪也邊吠邊狂奔過來，咬住宋承浩小腿不放。

趁宋承浩吃痛鬆手放開她，小右揪過宋承浩衣領，重重一拳朝他臉上揮下去。

❄

蘇祐凡沒想到自己竟有被激起嗜血殺人衝動，還差點執行到底的一天——

跟大哥大嫂道別後，他騎車飆去巫玟盈租屋的大樓，想著休假的她也許在家。

他雖然送她回家過一次，但她住的社區是封閉式管理的大樓，他只能送到一樓大廳，他連她住在哪一戶都不知道。大樓的值班管理員看他只說得出住戶名字，卻說不出住戶地址，一開始不願意幫忙聯絡，他只好在一樓大廳邊拜託邊拚命打電話丟訊息。纏了管理員十分鐘後，對方終於被他的不屈不撓打動，她卻不在家，沒接管理員打去的對講機，手機也依舊關機。

他只好喪氣地離開，一邊苦思她可能會去的地方——雖然她休假，但她忙起來也常到校自主加班，既然他一時猜不到其他可能去處，決定先去隊辦碰碰運氣。

學生機車棚離隊辦有段距離，他停好車後，一邊不死心地繼續打手機、一邊往隊辦走去。抵達附近時，他便看到慢跑經過隊辦的路人紛紛轉頭看向大門緊閉的隊辦，路過的黑雪也突然朝著隊辦狂吠。

那時他距離還太遠，聽不到任何動靜，但直覺讓他加速往隊辦跑，跑上隊辦前的那塊空地時，他聽見巫玟盈的尖叫聲，拿鑰匙開了門，便見到宋承浩以體型優勢強抱住她，在她尖叫著奮力捶打抵抗時，仍靠近她撇開的臉意欲強吻，且一手粗暴地拉開她上衣下擺，正要將手伸入她衣服下。

他覺得所有血液瞬間都往腦門衝，想也不想，一拳就把宋承浩揍倒在地。

原來想殺人的念頭是這樣的——一旦衝破理智，真的想讓對方就此從地球表面消失。

「小右，不要再打了！」他想將這個念頭執行到底的時候，她跑過來擋在他身前。「你冷靜下來！」

他被她死命推著胸膛攔住，宋承浩則被與他同仇敵愾的黑雪追咬，逃到門外，關上門保命。

「他對妳做那種事，妳要我怎麼冷靜？我他媽的要殺了他！」他吼道。

「蘇祐凡，你是選手！教練的話你聽不聽！」她用同樣的氣勢抬頭回吼他。

她居然是吼他，而不是吼渣男？「我他媽現在還管什麼選手教練——」

「我跟他分手了！不要為了一個路人犯隊規和受傷！你再打，我、我退你隊！」

蘇祐凡突然停下所有動作，愣愣看著擋在他身前的她。

她剛剛說什麼？

「我跟他分手了。」她眼角還有著方才驚慌泛出的淚花，但聲音平靜地複述一遍。「可是現在，你還是我學生，我不希望你為了這種理由被退隊。」

他盯著她倔強的臉，理智漸漸回流，然後笑了。「只是因為我是妳學生嗎？」真是嘴硬的女人。

他伸手將她輕輕環抱住，輕撫她的背安慰。「沒事了，別怕。不然我放黑雪出去咬死那個爛渣男。」

她其實還在微微發抖，這讓他又燃起想出去滅了門外渣男的衝動。

蘇祐凡，你要長大，不要只會憑著本能行事，才能真正保護你愛的人。

今早大哥的話，忽然跳進他腦海。

唉，不行。如果他那麼做，宋承浩母子會善罷甘休嗎？只會給她帶來麻煩。

巫玟盈雙手揪著他衣襟，在幾個深呼吸後，似乎獲得了足夠的力量，抬頭看他：「我去跟他說清楚，把事情了結。你用看的就好，不要再動手了，可以嗎？」

她眼中流露的堅決，讓他不得不點頭同意，鬆開懷抱讓她離去。

她到茶几拿起戒盒，將關上的門打開一個小縫，對門外喊話：「承浩，戒指你忘了帶走。還有，我住處的鑰匙請還給我，你的鑰匙我現在也還給你。」

「玟盈，對不起，我剛剛一時氣昏頭了……」一到門外，宋承浩似乎恢復了理智，語帶懊悔。「妳能不能再給我——」

「承浩，讓一切到此為止吧，我們都不要再浪費彼此的時間了。」她堅定地打斷宋承浩未竟的話，深吸一口氣後，續道：「剛剛的事，只要你答應會讓婚約和平解除，包括安撫你媽可能會有的反彈，還有不追究我學生剛剛跟你的肢體衝突，我就當作沒發生過，不會外傳破壞你的形象，你覺得怎麼樣？」

她居然跟宋承浩談條件？旁觀的蘇祐凡既驚訝又替她捏了把冷汗。

「……好。」沒想到，公眾形象正是身為知名創業者的宋承浩死穴。「我懂妳的意思了。」

「好。」她從包包中拿出鑰匙串，將其中一把鑰匙解下，與戒盒一起放上掌心，將門縫再拉寬一些，遞出去：「拿去吧，門我會等你走了再打開，不然狗狗會追著你跑。」

她的手伸了一陣子，才帶著另一把鑰匙收了回來，忠心的黑雪一直透過門縫盯著宋承浩，發出警戒的狺狺低咆。

「再見了，承浩。」關上門前，她冷靜道：「剩下要處理的事，透過婚祕聯絡吧。」

門關上後，她像全身突然失去力氣似的呼出一口長氣，將背抵上門板。

蘇祐凡立刻走過去，將鬆下全身緊繃神經的她擁進懷裡。

❄

「巫玟盈，妳剛剛好勇敢，我以妳為榮。」他在她耳邊輕聲道。「而且最後超帥氣，我對妳刮目相看了。」

他知道，一向害怕衝突的她，要主動提分手，絕對拿出了畢生勇氣，更別說剛剛連他都自嘆不如的鎮定表現。

「可是……就算婚禮取消，問題不一定就能順利解決，我或許還是離開比較好……」一放鬆下來，她鎮定的面具就掉了，開始泛鼻音。

「傻瓜，妳明明沒做錯什麼，為什麼要離開？」他放開她，跟她提了今天他和大哥大嫂無意間得知徵信報告的事，當然，暫時略過了宋承浩劈腿呂舒舒的細節。「我大哥要我轉告妳，我們蘇家也不是好惹的，不管那對該死的母子怎麼威脅妳，妳都不需要辭職。」

「你大哥……才不會用那種語氣說話……」她半信半疑。

「我只是幫他翻譯一下，」他從口袋中抽出手機。「妳不信，我現在就打電話，叫他親口跟妳說。」

「真的？」她看著他，眼淚開始成串滑落，像為此煩惱了好久好久。

「真的。」他嘆氣，拉著她到沙發坐下，抽了面紙給她。

本來想跟她說宋承浩劈腿呂舒舒的事，但現在似乎不必急著說了。

她沒借助任何外力遊說，勇敢地對自己誠實，離開了爛渣男。

這樣就夠了。

「巫玟盈，」他喚著又成為淚人兒的她，「留下來，好不好？我還沒讓妳看到我選上國手呢。」

他明白，剛分手的她需要時間沉澱療傷，現在還不是談情的時機。

他不介意等待。只要她願意留下，他可以慢慢陪她復原。

她聞言，放下面紙團，雙手拉過他剛剛揮拳的右手，輕撫著他因為出力過猛而發紅的指節。一滴溫熱的眼淚，隨著她眨眼的動作，滴在他手背上。

「你還說，明明是選手，還不愛惜自己的手……」

她淚滴與手指的溫度，確實地滲進他心底，令他感受到她尚無法明言的心意。

對他而言，現在這樣就足夠了。

「我不後悔剛剛揍了那一拳。但我答應妳，以後不會再做讓妳擔心和傷心的事。」他伸出沒被她握住的左手，替她拭去眼角的淚珠。「讓我證明給妳看。所以，不要走，好不好？」

他的懇求戳了她淚點，她突然從默默掉淚變成哽咽爆哭。

「別哭了，再哭下去妳真的會瞎掉啦……」他笨拙地輕拍她的背安撫她，一邊想著到底該怎麼辦。

等她稍微平靜，他跑去她辦公桌，拉開抽屜，抓了一把他之前塞給她的餅乾糖果，捧到她面前。

「小姐，求求妳，吃顆糖吧。」這招再沒用，他就要絕望了。

還好，她破涕為笑，拿了一條迷你巧克力拆開吃。

「凹嗚。」在旁邊看戲看很久的校狗黑雪，受不了食物香氣，跑來討食。

「黑雪，妳……不能吃巧克力啦。」她哭笑不得地閃避狗兒的搶食。

為了讓她繼續補充微笑能量，他要了她置物櫃的鑰匙，拿出罐頭跟食碗，倒下整罐罐頭讓黑雪盡情享用。

「胖妞，看在妳護主有功的份上，破例大放送啊。」

看著狗兒大快朵頤，整個早上心情像坐雲霄飛車的蘇祐凡一放鬆，胃突然奏出了抗議的奏鳴曲。

「你……肚子餓了嗎？」

他回頭，見她被逗笑了。

「對，我餓了。」他一點也不害臊的承認。「妳都不知道我今天早上運動量有多大。」

「你要吃巧克力棒嗎？這個裡面包榛果醬，好好吃。」甜食迅速帶回她的笑容。

蘇祐凡釋然地笑開。感謝老天，她終於恢復正常了。

「中午了，我們直接去吃飯吧。」他決定好好慶祝這個新開始，以屬於他們的方式。「去我打工的餐廳，來個蛋糕吃到飽，我請客。」

他們將地上的碎玻璃杯清理好，收好黑雪完食的食碗後，鎖上隊辦大門，一起走去學生停車棚。

蘇祐凡發動機車載著兩人離開時，心中充滿了終於與她踏上嶄新道路的期盼與喜悅。

雖然事情並不會因為他們對自己的心誠實突然變得容易——退了婚的她、還是學生的他，在成為能真正走在一起的「他們」之前，前方勢必還有一小段路、一些挑戰必須面對。

不過，他不害怕。

她勇敢地往前踏出了新的一步，接下來，該是換他表現的時候了。

第九話　相戀約定

婚禮急遽喊停後，巫玟盈的生活，表面上並沒有巨大改變。

幸好她要離職一事尚未公開，也還沒進入正式程序，她立刻告知任總教練，所幸總教練原本打算請最資深的隊員鍾致中來代理助教，撐完這學期，等寒假才要找繼任人選，因此現在喊停也不影響他人，她就像什麼事都沒發生過，繼續當射箭隊的助教。

向父母解釋她與宋承浩分手和退婚，確實花了她一番工夫。那天去小右打工的餐廳吃飯時，他就將宋承浩劈腿呂舒舒的事告訴了她，；當她隔週週末親自回南部老家跟父母解釋，他們一時無法接受她居然放棄了他們逢人就誇的未來女婿時，她播了小右錄的錄音檔給父母聽，說是朋友意外撞見的——父母畢竟希望她幸福，得知對方其實對寶貝女兒不忠、是因為母命才要結這個婚，也就轉為支持她的決定。

至於宋承浩那邊，她退了聘金、協議目前為止的婚禮花費各自負擔一半並結清她的部分後，這件事就算收尾了。後續的聯絡都是透過婚禮祕書，她沒再和宋承浩直接接觸，宋承浩也守了信用，答應和平解除婚約，便像終結生意契約般按著協議善後，過程俐落不帶感情，也將宋母安撫好，沒再鬧出什麼不愉快，讓她鬆了一口氣。

婚紗是在梁時晴工作室簽的約，進度只到挑完拍照禮服，重頭戲的婚紗照還沒拍，梁時晴乾脆地退

了她所有訂金，說反正工作室沒什麼損失，就當沒簽過約，並以那天自己拉他們去夜市吃飯害兩人被徵信社跟拍、過意不去為由，拒收她回包的紅包，她要認賠的開銷幸運地少了一筆。

她沒有大張旗鼓地四處宣布分手與婚禮取消的消息，那不是個性低調的她的作風，但當親朋好友問起婚禮進度時，她會認真地解釋她跟宋承浩分手、沒有要結婚了，消息也就漸漸地傳出去。

大家應該會在私下議論紛紛吧……但她的日子照舊要過下去。

在忙碌私務之間，她同時也在認真工作。分手後兩週，她就帶著選手們南下參加全國賽。帶隊出賽一樣又忙又累，不一樣的是，小右會每天傳簡訊關心她那天過得如何。

在大家面前，他們仍然是助教與學生，但私下的互動，變得更像交情極佳的好朋友。這樣的轉變自然而然，彷彿他們之間有種未曾言明的默契，即使明白彼此的心意，卻不急著在她剛分手之際更進一步，慢慢地從朋友當起。

也許，是他溫柔地在配合她的步調吧。

雖然她並不後悔分手，但畢竟是結束了一段五年的感情，她感覺自己無法這麼快進入下一段關係，需要一些時間沉澱。

她很感謝他沒讓她感受到任何要立刻回應他心意的壓力，像個好朋友陪在她身邊。在他面前，她能卸下所有面具與偽裝，自在做自己。

兩個半月轉眼過去，來到大學部上學期的期末。

傍晚六點，最後一個練習完的小右回到隊辦，將器材歸位後，走來她辦公桌前，可憐兮兮地摀住肚

子：「我好餓喔，我們可以吃妳煮的特製咖哩飯了嗎？」

如果要說他們之間還有哪裡不同，就是他們成了一起在隊辦吃晚餐的飯友。

一開始，是近來練習量加重的他捱不住餓，常常傍晚還沒練完就跑進隊辦四處覓食——冰箱中的牛奶、茶水區的能量棒，或是她抽屜中的糖果餅乾——她看著實在不忍心，便開始在隊辦幫他弄一些簡單的正餐，煮著煮著乾脆一併準備自己的份，和他一起在隊辦吃晚餐。

這種事她也幫其他準備比賽的隊員做過，而且小右是即將參與選拔賽的選手，隊員們都見怪不怪。有幾次其他練晚了的隊員也一起來吃，但平時隊員們練完大多都直接離開，晚餐通常只有他倆獨享。

「好。」她被他的演技逗笑。「吃飯吧。」

她將加了很多兩人都喜歡的巧克力跟蘋果丁、放了一夜更入味的咖哩從冰箱中拿出，送進微波爐加熱。

兩人到茶水區從電鍋中添了飯、淋上加熱完成的咖哩，坐到沙發區開始用餐。

「啊，好好吃。我剛剛最後幾趟練習的時候，都在想咖哩飯的味道。」他捧場地迅速吃完一盤，又去裝了一盤。

食量不大的巫玟盈看著他吃得很美味的樣子，也跟著胃口變好，再去添了一點。

她本來想，性烈如火的他，見到她更多日常的面貌後，也許會覺得她是個平淡無聊的人，會失去待在她身邊的興致也說不定。

結果出乎意料。他似乎非常享受與她共享的平凡日常，而她也是。

也許是因為他們生活圈相同也認識夠久，共通的興趣與共同認識的人都夠多吧。不管作為師生或朋友，都能自在跟對方相處，不愁沒話題聊。

她突然想起，以前剛與宋承浩交往時，常在吃飯時相對無言的畫面。

如果……當年宋承浩追求她時，她不要因為對方完美的外在條件一頭熱地栽下去，先從朋友當起，認識對方的背景、個性、價值觀、親近的朋友，也許她就會發現兩人毫無共通點，並不適合對方，而不是浪費五年青春在一個自己從未真正理解的男人身上了。

直到現在她仍不明白，宋承浩一開始選擇她的理由，僅是因為她符合宋母的標準嗎？他堅持和她結婚，卻在準備婚事的期間一直裝忙迴避她，表示他內心仍是抗拒著結婚吧？那何苦強迫自己結這個婚？周旋在她與呂舒舒之間，他真的明白自己想要什麼嗎？

雖然這些事永遠得不到解答也不重要了，不過她偶而還是會想起，不知該如何為自己那五年的時光定義。

原來她曾經喜歡過的人，不是什麼王子，只是個糟糕的渣男。

原來她五年的初戀，並非灰姑娘遇上王子的童話故事，而是撞上假王子的鬼故事。

談了一段十分失敗的感情，她其實對自己有些失去信心了。

所以，雖然她明白小右的心意，卻暫時無法提步走進下一段感情。

她不是怕他會像宋承浩那樣負了她，而是怕自己沒真正懂得何為愛情，又像上次那樣，錯把一時的好感當成愛，盲目地栽下去，最後再次以失敗收場。

她該如何確定，他們對彼此的心動不是一時衝動，而能化為一段真正的、長久的感情呢？

連看似受眾人祝福的感情都能談砸的她，真的有能力談好既是姊弟戀又是師生戀、還沒開始就料想得到絕不容易的戀情嗎？

她不自覺邊出神邊將剩下的咖哩往嘴裡送，沒發現小右一直以擔心的眼神望著她。

「我吃飽了，妳呢？」她的出神，最後被他的聲音拉回來。

她看他已經再度清盤，自己盤內也空了，便將盤子放入他伸出的手，讓他拿去流理臺清洗。

他真的是個很溫柔的男孩。

一起吃飯時，她偶而會不自覺出神，把面前的他給冷落了，他卻從不抱怨也不追問理由，就只是陪在她身邊。

看著他替兩人洗碗的背影，巫玟盈覺得心中因為識人不清的失敗初戀而碰傷缺角的地方，有某種溫暖無聲的東西流入，對她而言，有種緩慢但確實的療效。

「小右……」直到他回頭問怎麼了，她才發現自己無意識地喊了他。

「謝謝你。」溫柔地陪著我。

「拜託，洗個碗妳也要謝？這跟煮飯比起來根本沒什麼吧？」他關上水龍頭時，忽然對著窗外皺起眉。

「糟糕，我剛剛忘了關射箭場的燈，我去關一下，等我回來再吃甜點喔。」他一陣風似的跑出隊辦。

他明明就知道她謝的不是洗碗……

其實她也不想只是對他說謝謝，她知道他想聽的不是這句話。但是……再給她一點時間吧。

她從隊辦冰箱拿出成為他們新慣例的晚餐後甜點——今天是外觀像慕斯蛋糕、口感接近奶酪的草莓巴巴露亞——拿出刀子打算一人切一半的時候，口袋中的手機響了。

她見來電者是母親，應該只是日常的生活問候，便將手機按了擴音放上桌面，打算邊將甜點切好裝盤邊與母親閒聊。

「玟盈啊，妳爸爸想問妳，兩個禮拜後的週六早上有沒有空？」一接通，母親便問。

「媽，我那天要帶學生去選拔賽，沒辦法啦。」

「那妳過年前有沒有空啊？」

「……有什麼事？」母親的追問讓她有種不妙預感。

「妳爸爸以前同事，那個教理化的陳老師妳記得嗎？他兒子在美國工作，最近回來，說想趁休假在臺灣認識好的對象，以結婚為前提交往，未來一起去美國生活，妳爸爸說想介紹你們認識看看。」

「啊？」巴巴露亞切到一半的她忍不住驚叫出聲。

拜託，她才恢復單身多久？父親就急著幫她介紹對象了。

她立刻將擴音按停，接起手機，怕隨時都會回到隊辦的小右聽到這麼荒謬的訊息。

❄

「媽，妳跟爸說，這件事我真的沒有興趣，請他不要操心了啦……」

蘇祐凡站在隊辦外，聽她無奈地婉拒父親的熱心介紹，知道現在不是自己進去的時機。

他關完燈馬上走回來，當然全都聽到了，包括一開始擴音的部分。

他知道她才剛告別一段感情，還在調適隨之帶來的衝擊，不可能立刻進入下一段感情，他也做好了等待她的心理準備……

但他沒料到，竟然還會出現意外的對手。這讓他非常焦躁。

他原本以為，她恢復單身後，以她單純的生活圈，自己的對手頂多只有圈內的未婚男教練而已，而他有跟她朝夕相處的優勢，他並不是太擔心。

沒想到，居然還有父母介紹的對象？還是個在國外工作的？

像她這樣個性溫柔、長相可愛、有親和力的類型其實在不少男生的好球帶……他私心不想再讓更多人發現她，不希望對手增加。

雖然她堅定地拒絕，但既然她爸如此為女兒的終身幸福心急，這絕不會是最後一次。

想到以後她爸不知道還會幫她介紹多少對象，自己卻無力阻止，蘇祐凡心裡的煩躁更甚。

作為弟弟，他明白，即使未來他們真的交往了，在他有穩定經濟基礎前，他們很難得到太多祝福。

他不在意別人祝不祝福，但他在意她與他交往需要面對的額外壓力。所以，即使他們順利交往了，短期內大概也無法公開關係，得一直撐到他有足夠條件，能使她父母安心將女兒託付給他的那天，才是公開的時機。

而此刻別說交往，連他和她的公開互動都必須非常小心拿捏分寸——在他們系上，關於她退婚一事的流言風向既多又亂，有不少流言偏袒因為上學期回系上開課收穫一批粉絲的宋承浩，甚至還有中傷她的——已經因為退婚成為八卦中心的她，若在此時加上和男學生過從甚密這一條，絕對會被不明就裡的吃瓜群眾貼上劈腿偷吃小鮮肉的標籤，不知何年何月才撕得下來。

不管是父親給她的壓力或是外界對她的惡意，他目前最好的應對方式，都是隱忍不發。

默默地、低調地陪在她身邊，讓她知道自己不是獨自面對這些事，是他現在唯一有能力為她做的。

他明白的。

只是，他還是很討厭這種無能為力的感覺，覺得無法站出來保護心愛女人的自己超遜。

蘇祐凡，承認你現在能力不足，然後趕快長大，成為可以為她遮風避雨的人吧。

他在腦中對感到挫折的自己喊話。

他閉上眼，命令自己回想每一個她從不知道，卻使他心動的平凡時刻——她點名時念出「蘇祐凡」三個字的時候、她苦口婆心地跟他說「下次別再遲到了好不好」的時候、她吃到甜食，把眼睛彎成新月型的時候、她不知所措地在他面前臉紅的時候……

想著想著，他心情漸漸平靜下來。

口袋中手機的震動，將他從回憶帶回現實。

他拿出手機，螢幕上閃現她傳來的訊息。

「你去了好久，還好嗎？」

他眼神立刻變得柔和。

「沒事，剛剛吃太飽，我跑去田徑場散步消化一下。」

她這麼努力在面對這些壓力，蘇祐凡，你在爛草莓個屁啊，振作點。

「甜點切好了，你要不要回來吃？」

問什麼傻問題。

「當然，我才不會放棄……」妳。

他沒選擇建議選字跳出的、他真正想說的最後一字，動指打下：「甜點。」

為了終有一天能牽起她的手光明正大走在陽光下，他會努力更沉著一點。

重新揚起從容的笑，蘇祐凡做好了更強大的心理建設，回到她身邊繼續陪伴她。

❄

進入寒假，迎面而來的是小右備戰多時的世大運選拔賽，巫玟盈帶著他還有大一的周少倫、沈心羿投入了緊湊的賽程中。

巫玟盈當選手時，世大運的選拔規則很簡單，只要比一場賽就決定了；現在的國手選拔規則向國外取經，為了選出實力與臨場對戰能力都優秀的選手，選拔賽總共舉辦三場——第一場先以排名賽成績選出前十六名實力穩定的選手，第二場開始，則以大量的對抗賽來測試選手的對戰能力，在這裡又刷掉一半選手，選出晉級第三場選拔賽的八名選手。

三人很爭氣地順利通過前兩輪的篩選，一直留到了第三場選拔賽。最後一場選拔賽，要在三天的對抗賽程內，決定最終的三名正選選手及一名候補選手。

今天是第三場選拔賽的最後一天賽程。早上周少倫與沈心羿已經完賽，依照兩人目前遙遙領先的積分，要入選最後名單應該不成問題。

小右則被排在下午出賽，他目前的積分處在三到五名區間，下午剩下的最後一場對抗賽必須要贏，才能擠進正選名單。

「助教，」輪到他上場前，小右走到坐在休息區的她面前，朝她伸出右手。「這是最後了，幫妳的學生打氣一下吧。」

巫玟盈看著他伸過來的大手，忽然眼眶有點溼，但還是回握了他的手。

沒想到，他順勢拉近她，靠到她耳畔輕聲道：「愛哭鬼，不要哭著看我比賽喔。」說完立刻放開她，轉身踏上賽場。

看著他依舊搶眼的背影，巫玟盈拭去眼角水氣，將面前腳架上的單筒望遠鏡聚焦到他的靶位。

她會有點想哭，是因為這是他最後一場認真參加的比賽了。

他說，不管有沒有選上，他之後還是會出席校隊練習，但會像中中那樣，把重心放到未來想發展的方向去——

他說，他對自己說謊了很久，其實他還是想做跟甜點相關的工作。

接下來，他會先全力準備三月初的S大研究所入學考，他想跨考企管系碩士班，好好學習經營管理的知識，他也跟大哥談好，暑假開始會回家裡的餅店門市實習。雖然他覺得自己最終不會留在家族企業裡，但在相關產業實習，累積經驗值是必須的。

至於先前他與父親的賭注，因為他已沒有一意孤行地要家人別管他，也達成了父親希望他回家實習的目標，在大哥居中勸說下，賭注撤銷了，他會依公司規定獲得實習的薪水。

他仍來參與國手選拔，除了想在最後留下一筆屬於自己的紀錄之外，也是跟自己十年的選手生涯道別，因為他決定要走上別的道路了。

所以，今天這場比賽，是他認真看待選手身分的最後一場比賽。

開賽鈴響傳來，巫玟盈看著他拿起弓，從容走上發射線的樣子，視線又有些模糊了。

他當她的學生三年半，她見證了他從年少輕狂到日漸成熟，從無法理解到漸漸明白，從漸漸明白到悄然心動，這樣的劇本，她作夢也料想不到。

當她終於對自己誠實，離開那段糟糕的感情，用更坦然的態度面對他時，他像受到了巨大鼓舞，對未來不再猶豫迷茫，迫不及待想從男孩長成男人，決心成為有資格光明正大站在她身邊的人。

他說，大哥提醒他，他們不會永遠是教練跟學生，他會好好證明想與她共度未來的決心。

他一向是行動力強的性格，確立方向後，便毫不猶豫地往前走。

他的腳步走得好快，快得她都覺得自己落後了。

雖然還是會繼續見面，這場比賽的結果也不會影響兩人目前私下的友好關係，不過想到這段完全改變他們兩人朝夕相處的日子，即將在這場比賽畫上句點，她心裡還是有一絲悵然。

他們實質意義上的師生關係，就到今天為止了。身為他的教練，在最後這一刻，她還能為他做些什麼？

發射鈴「嗶」的一響，他舉弓、引滿弓、在數秒後鬆手射出第一箭。

三點鐘方向的九分。

在這樣高水準的競賽中，這只比滿分低一分的箭，只是持平的開場成績。

他趁輪到對手發射時回頭看她，她朝他揚起笑容。

加油。她對他無聲做出唇形。

她能為他做的，其實只有加油而已。

當了三年半的教練，巫玟盈知道，她能做的所有努力都已結束，站上賽場，就是選手自己的戰鬥了。

只是，當場上的選手不只是自己的學生，還是她心上特別的人的時候……心情果然比平常更容易被場上的每一箭牽動。

對手開賽的第一箭，一樣射了一支九分。

他的第二箭，射了一支漂亮的十分。

她看到望遠鏡中的十分箭，忍不住尖叫，然後抬頭看到他一臉覺得她太大驚小怪的表情。

對手也回敬了一支十分。

果然不能高興得太早……

「小右學長，加油！」剛回到休息區觀戰的周少倫也認真幫學長加油，還拿出畫有小箭靶的計分紙幫忙記錄小右每支箭的箭著點。

第三箭，他要出手時，靶前起了一陣風，箭飛到離十分線很近的九分區。

他射完便退下場，她連忙拿水過去給他。

他們一起看著對手射出第三箭，八分。

她忍不住捂起嘴小小尖叫一聲，因為第一局確定是他拿下了——第一局的三箭結束，小右以總分二十八分，勝過對手的二十七分，得到本局勝者的兩點積點，輸了這局的對手則沒有積點進帳。

第二局，按規則由落後方先發射，對手射了一支九分。

他的第一箭，也是一支九分，使巫玟盈緊張地嚥了口口水。

高水準的對戰，每一箭都咬得很緊，在對方出錯之前，絲毫沒有放鬆的空間。

對手的第二箭，仍是一支穩定的九分。

小右的第二箭，放箭時右手撒放的動作不夠俐落，扯到了弦，飛到三點鐘方向的八分。

「啊！」她惋惜地叫出聲。抬頭看他，他回頭朝她吐舌，沒被這箭的失誤影響心情。

第三箭一樣由對手先發射，對手屏氣凝神，射了一支完美的十分箭。

小右前兩箭總分是十七分，就算第三箭射到十分，總分也無法超越對手本局三箭的總分二十八分——所以第二局對手提早勝出，對方獲得積點兩點。

比數一下子變成二比二，平手。

她再度從望遠鏡抬頭看他，他只是笑著聳聳肩，輕鬆地射出無關勝負的第三箭。

十分。

他一下場，「嗶嗶嗶」三響的拔箭鈴便響起，她沒機會跟他說幾句打氣的話，他便立刻出發去拔箭了。

巫玟盈和一旁幫忙記錄箭著點的周少倫借來記錄紙，確認箭的落點後，等他回來，提醒他前六箭都偏右，記得微調瞄準器的準心。

第三局，調整過準心的他射出十、十、九，總分二十九分，對手也射出一樣成績，兩人再度平手，各得一點積點，比數來到三比三。

射箭比賽個人對抗賽的規則，是在五局內先獲得五或六點積點的選手獲勝。所以下一局如果不是平手，勝方就會因為再進帳兩點積點而先拿到五點，直接在第四局拿下勝利。

這場賽事膠著的戰況，讓一旁的選手與教練們也都關注起來。

「S大的蘇祐凡什麼時候變得這麼強啊？居然撐到現在，本來以為他鐵定被虐爆。」

「他高中時射得還不錯啊，就是上大學後好像妹把太兇了，現在可能是被女人甩了吧？」

「這種整天只想著打扮和把妹的人稍微練兩下就想當國手喔？我賭他選不上啦！」

巫玟盈聽到不遠處站著觀賽的幾個男選手對小右酸言酸語，忽然覺得非常生氣。

他是她帶了三年半的學生，他好不好，她最有資格說。

他確實年少輕狂過，她也曾覺得他不像其他選手一樣乖巧，讓她很難帶隊。

但他下定決心要好好練習後，也是她帶過最認真聰明的選手之一。

仔細想想，他大概是她費最多心思帶的學生，也是她助教生涯中不可抹滅的一道身影，酸甜苦辣的帶隊回憶裡，大半都有他。

她說不清楚自己是不能容忍別人看輕她用心帶的學生，還是氣「蘇祐凡」這個人被別人閒話，也許兩者都有。

見他回到預備區，她立刻走向他，一臉認真道：「小右，你可以答應我一件事嗎？」

「什麼事？」

「這場比賽，你要盡量贏下來……」她看進他的眼。「可以嗎？」

「妳想看我贏？」他雙眼忽然亮起。

「對，我想看你贏。」她要那些看扁他的人全跌破眼鏡。

「那我贏了，妳可以讓我許一個願嗎？」

「好。」他追問什麼願望都可以嗎，她點頭承諾。

「誰惹我們家助教生氣了？」他看著她氣鼓鼓的臉，眼神盈滿笑意。「要我幫妳教訓他們嗎？」

「不用，你只要贏這場比賽就好！」她倔強道。

「好好好，助教大人。」他笑彎了眼。「妳都開口了，不贏給妳看，我還是男人嗎？」

巫玟盈目送他笑著踏上賽場。

第四局賽事，在兩聲鈴響後開始。

❄

老實說，蘇祐凡也沒料到自己實質引退的那天這麼快就來了，他一直以為自己會射到碩士畢業，快樂地將選手生涯過完才去面對社會現實。

但他並不後悔做了這個決定。

自從大哥要他好好思考未來，他便一直在想，畢業後要如何自立，才能成為一個值得她安心託付未來的對象。

雖然他喜歡校隊的團體生活，但他認真想了想，他喜歡的是那種家庭感，並沒有作育英才的熱忱，運動員退役後首先考慮的出路——當教練，很快就被他從名單剔除。

從萬般不願與家族企業扯上關係，到最後主動找大哥談回餅店實習，確實讓他掙扎了一段時間。

他一開始只是模糊地想，既然自己真的非常喜歡甜點，可以試著考慮相關工作。

也許是家學淵源，他其實一直都想開一家甜點店，專賣他嚴選的美味甜點。

仔細思考開店所需的知識與經驗，他立刻明白自己兩者都沒有，拿什麼去開店？從小看父母經營餅店的他，深知創業經營不是請客吃飯，上大學後在餐廳打工賺生活費，讓他更清楚飲食業的不易。既然要做，他不想拿錢打水漂。

於是，轉考企管系碩士班與回家族企業實習的想法便自然冒出來。

讓他決心放下面子跟大哥求援的時間點，是她鼓起勇氣去做她一直不敢做的事，跟宋承浩提分手的那天。

她都能勇敢離開爛渣男了，為什麼他不能拋棄多年與父親唱反調的賭氣，承認自己其實還是對相關業界感興趣，並且需要幫忙？

他這輩子大概都忘不了他親自去找大哥談這件事時，平時一向沉穩從容的大哥，下巴彷彿脫臼，可以塞進一打他們家餅店的招牌綠豆椪的樣子。

他跟大哥解釋他想邊念碩士邊實習、畢業後想開家小店的打算。大哥聽了後沉思半晌，說他跟父親討論一下再告訴他。

沒想到，大哥居然主動替他爭取，讓他在依公司規定支薪的狀況下回去實習。

雖然他的家庭不一般，平常大家都各過各的，但他得說，他有個千金難買的大哥。

吃了這記定心丸後，知道自己大學成績平平，不可能推甄上研究所的他，開始蒐集轉考的資訊——歷屆考題、口試經驗談等——運動休閒與管理學系的核心必修，跟企管系有些相像，S大企管系碩士班入學筆試的科目，他都修過，只要給他點時間複習，是有機會轉成功的。

不過，投身研究所考試前，他還是把大部分的精力用在準備國手選拔上。

雖然選拔的結果對他已不再重要，但這十個月來，不管中間發生了多少好事、壞事、莫名其妙的事，他們的關係也經歷了高低起伏才終於走向新局，她一直都以不變的用心協助他達成訓練目標。

為了她也為了自己，他想有始有終完成目標，做一個日後回想起來不留遺憾的收尾。

看到她居然主動開口要求他贏的時候，他很難克制住自己的笑意。

「好好好，助教大人。」她對自己的深深在意有如一劑強心針，讓他振奮起來。「妳都開口了，不贏給妳看，我還是男人嗎？」

他踏上可能就是決勝負的第四局賽場，深吸一口氣，讓自己進入專注狀態。

❄

第四局依舊是對手先發射，蘇祐凡將注意力放在呼吸上，等對手射完第一箭。

他沒聽到對手射了幾分，他也不需要知道。

總教練說過，射箭是種很簡單的運動，不需要任何戰術，也不用管對手多強，一直射高分的人就會贏。

聽起來像廢話，但就是這麼回事。

真正難的，只有如何維持平靜心情，精準執行每次都該絲毫不差的動作。

輪到他發射的時候，他清空所有想法，舉起弓，讓早就成為肌肉記憶的一連串動作帶領自己射出一箭，這個他十年來重複了千萬次的流程。

十分。嗯，還不錯。

他似乎聽到她又在後面偷偷尖叫，但他沒回頭，只是微微揚起唇角。

他沒有對任何人，包括她，說過自己其實很感謝射箭帶給他的一切。

在母親剛過世，正值青春期的他悲傷與憤怒無處發洩的時候，忽然被拉進了校隊，雖然初學練基礎時真的超枯燥，但隊友們沒有因為他喪母就用憐憫眼光看他，只是跟他一起說說垃圾話、幹些蠢事，讓他自在不少；而且常能請公假出外比賽，不必悶在教室為了考卷上的一兩分計較，漸漸地他就少鑽牛角尖去想那些他當時還不能明白的事。

上高中後，他的競賽成績開始有了起色，比賽得名被叫上臺表揚，成為校園風雲人物，也大大滿足了他的成就感，證明自己是特別的。

當然，最棒的還是遇見她。雖然一開始，他看起來根本像她故事裡連名字都沒有的路人臨演，後來的重逢也充滿了上天的惡趣味，但原來一切都只是時機未到。

他不太想承認，但阿左那傢伙倒是說對一件事。

她是他命運的相遇。

他在她身邊找到了，他尋求很久的，家的感覺。

也因為她，放浪迷航很久的他，終於學會對自己的心誠實，不論是愛情或夢想。

她是他的命運，也是幸運。

對手又射了一箭，他聽到圍觀的人冒出「喔」的驚歎聲。

大概是射得很好、很接近靶心的一箭吧。

但他還是不為所動，也無意回頭問賽況。

因為他不想打斷很難得才進入的一種既興奮又平靜，他只要舉起弓、雙手就會自動完成射箭動作，而箭一定會往他想要的地方飛，總教練說過很多頂尖運動員都曾經歷，叫做「心流狀態」的神奇領域。

現在，他只想專注在面前這一箭。

他行雲流水地射出第二箭，凝視著箭朝靶心飛行的優美拋物線，他知道又是一支十分。

周邊好像變得更吵了。

他還是沒有理會，只是將第三箭從箭袋中抽起，扣上弦，等待對手射完。

他知道，這樣的狀態，會在這一箭射出後結束。能在實質退役前體驗過這種狀態，他沒有遺憾了。好好跟做了十年的事道別，然後帶著這件事賦予自己的所有，往新的道路前進吧。

看到面前的倒數鐘開始從二十秒倒數，他知道輪到自己發射了。

他左手舉起弓，右手將弦拉到下巴固定，將雙手的力量轉移到背肌，做最後的伸展與瞄準，然後在最完美的時刻，讓箭自然離手朝目標飛翔——

蘇祐凡沒目送那支箭在無風的午後往靶心飛去的完美軌跡，因為他一出手就知道，這箭不只是十分，還是在最內圈的內十分。

他只是回頭，看向她。

從她看著他哭得亂七八糟的樣子，他知道自己贏了比賽。

他毫不猶豫地走下發射線，左手還拿著弓，右手就將她緊緊攬入懷。

「妳看，妳在我身上花的那些時間，沒白費吧？」他在她耳邊輕聲說。「妳是最棒的助教，而我是妳一手救回來的、妳助教生涯的最高代表作，妳說對吧？」

他希望她能明白，雖然她談過一段失敗的感情，但她絕對不是一個失敗的人。

跌破眾人眼鏡贏下比賽的他，就是她很棒的最好證明啊。

「蘇祐凡……」她一開口全是鼻音，又哭又笑的。「你到底是在稱讚我……還、還是在稱讚你自己？」

「都有啊。」他笑，趁眾人一定認為他們是師徒真情流露時，放肆地將她摟得更緊。「那我要對妳許願嘍，可以嗎？」

她在他懷中輕輕點了頭，而他在她耳畔道：「我希望，如果我順利考上研究所，妳也能對妳的夢想誠實。」

他順勢放開她，在她眼中見到，令他十分心疼的消沉與不自信。

在陪伴她分手後的這幾個月，他一直在思考，要怎樣才能讓她走出上一段感情帶來的挫折，恢復往日的活力與笑容。

後來他想，所謂的療傷，不一定是要一直待在原地，被動等待傷處復原。

好好思考自己嚮往的事物、朝著新的方向前進，也能使人振作起來吧？就像他這樣。

恢復自信也許不是一蹴可幾，但將心思放在未來的展望，也許就能讓她脫離負面思緒，慢慢好起來。

而且，他也希望她能去做自己真正想做的事，不再為了誰遷就或放棄。

為此，他會以身作則，先努力給她看。

❄

那場選拔賽後過了快兩個月，來到四月初，S大研究所的放榜日。

「我去上課嘍，」早上七點五十，小右趁晨練完的隊員們離去，只剩知道他們現在私交甚佳的阿左識趣地在門外等他時，跑來她辦公桌前，從背包中掏出兩條榛果巧克力棒放上桌面。「小姐，離放榜還有一小時，不會因為妳多重新整理幾次就提早看到結果，吃點甜的，放輕鬆好嗎？」

「我知道啦……」他貼心的甜食安慰，這回大概無法解除她的緊張，但她不想讓他擔心。「你快去上課，結果出來我再跟你說。」

「助教……不用擔心……他會收穫他付出的努力的……」阿左的聲音從門外幽幽傳來，被小右嗆了一句偷聽個屁，然後再次安慰她別緊張，才跟阿左一起去上課。

小右離開後，獨自在隊辦的巫玟盈心煩意亂地關掉S大碩博班的招生放榜網頁，改打開幾個她近來常研究的國外甜點學校的網頁，瀏覽著她這兩個月已看過無數次的介紹內容。

她會緊張，除了今天是放榜日，也是小右要她履行願望的日子。

他說，希望她對她的夢想誠實。

去年她生日，她最後許下的心願，終究是被他看穿了。

她承認，她對甜點仍有未竟的夢。現在是個好時機——

她當年會輕易放棄甜點夢，除了不敢反抗父母，也因為自己還沒有經濟能力，但現在這兩個障礙都去除了——她原本在意父母看法的心魔，不再那麼地困擾她；而她當助教雖然是一人當三人用，但薪水因此有相應的加給，她出社會快六年，生活單純、工作又忙到讓她沒什麼花大錢的機會，是有筆足夠出國進修半年到一年的積蓄。只要她願意，其實是可行的。

可是，要重新追夢，她勢必得離開這裡，還有他們尚未正式起步的感情……

她關閉瀏覽過多次的甜點學校介紹，重新點開S大碩博班招生放榜連結時，筆電畫面突然凍結，並在幾秒後出現藍畫面。

「小銀……為什麼你總是挑關鍵時刻當機？」她嘆口氣，抬頭看向牆上時鐘。

八點四十五，離放榜剩十五分鐘。

繼續待在隊辦，她太清楚自己接下來的九百秒會做什麼——用手機或公務筆電空虛地不斷重新整理放榜頁面。

與其浪費人生，她決定親自去山上的系館一趟，各系所在公布欄貼出紙本榜單也是早上九點。

她找出要交給運休系系辦報公帳的單據，打算藉交單據之名，行到對面的企管系系辦看榜單之實。

離開隊辦，走在通往山上系館的木棉道上，枝頭已有些含苞待放的木棉花，巫玟盈突然察覺這短短一年間發生了好多事。

一年前的此刻，小右才剛開始加強訓練不久，天天和她一起晨跑。

一年後的現在，他不僅順利完成選拔，還轉換跑道，考了研究所。

他在她心中的定位，也從令她頭疼的學生，變成會不自覺掛心他的一切的重要存在——

像是，她很惋惜他放棄了辛苦選上的世大運代表正選資格。

像是，他選拔賽結束後立刻全力投入研究所考試，讓她既佩服又心疼。

三月初的研究所筆試前，校隊所有的練習他全請假也辭了打工，除了回寢室洗澡睡覺，整天泡在圖書館的二十四小時自習室，將拚選拔的毅力轉用在念書上。

在那段他拚考試的期間，時間緊迫的他無法再與她一起悠哉晚餐，只有每天傍晚會來一趟隊辦，她則將自己前夜在家煮的晚餐留一份給他做便當，讓他帶回圖書館入口外的桌椅吃，兩人僅趁等便當加熱的時間閒聊一下。

直到兩週前複試結束，他才終於脫離考生身分，回歸校隊練習。但隔沒幾天，輪到她要帶隊去一年一度的青年盃。賽前她照舊很忙，沒能好好為他慶祝考試結束。

剛考完試呈現虛脫狀態的小右這次沒參賽，兩人分開了近兩週，只聽他說這兩個禮拜都在補眠跟打電動放空。

小右瀟灑地表示他已經盡人事了，剩下的就聽天命吧。

但是在一旁看著他燃燒生命拚考試的她，就不像本人那麼淡定了。

她衷心希望他能考上，卻又煩惱著他要她給的回答。

她明白，要重新追夢，非科班出身的她，最快的方式是去念甜點學校打穩技術基礎，為了專心進修、不必三天兩頭應付父親的反對跟作媒，最好別留在臺灣，直接出國，學成再回臺灣實習磨練一兩年，才有以這個專長出來工作，甚至是和他一起開店的底氣。

可是……雖然他們都明白彼此的心意，但他們還沒開始交往，如果她離開……他們會變成怎樣呢？

她知道自己很矛盾。

她捨不得他，卻又沒有與他交往的自信，明明她已經恢復單身快半年，卻還在原地裹足不前，不論是愛情或夢想，都遲遲無法下定決心往前邁進。

他看穿了她的矛盾，刻意推了她這一把，逼她不得不去思考未來。

她明白她必須回應，否則停滯在原地的她，就會離已經往前走的他越來越遠……

煩惱間，她人已到了系辦門口，聽到在系辦打工的大學部學妹的聲音：「美理姐，我聽去健身中心實習的同學說，宋承浩學長好像開始相親了！他條件那麼好，跟玟盈助教分手也找得到新對象吧，為什麼急著結婚？難道跟助教分手後就不相信愛情了？」

……現在好像不是進系辦的好時機啊。

「別亂猜，很多事不是我們外人看表面能懂的。」系祕美理姐沒跟著八卦起舞，站在系辦外的巫玟盈跟著鬆了口氣。

大概是怕見面尷尬，重形象的宋承浩今年沒回系上開課。

巫玟盈不知道八卦到底怎麼傳的。也許是她分手後表現得還算平靜，沒有如大家預期的傷心欲絕，反倒是宋承浩拒絕回系上開課，有種說法是——她甩了宋承浩，專情的他大受情傷，埋首工作不願再提起她——她不小心在女廁聽到時忍不住讚歎前男友形象工程做得真好，粉絲們會自動腦補這麼深情的理由。

相親啊……看來宋媽媽真的急了，這次連對象都幫兒子找好了。

巫玟盈突然有點同情宋承浩。

不過對她而言都不重要了。重要的是，幸好小右揍宋承浩的事沒外傳，不然粉絲們不知道要怎麼傳八卦中傷小右了。

分手半年，她雖仍在系上的八卦話題中，但難受的程度沒有她之前想得嚴重。是因為小右一直以來的溫暖陪伴吧。有他陪她吃飯、陪她聊天、沒事逗逗她、要她思考夢想、自己還接連挑戰高難度目標，讓她為他掛心都來不及，根本沒心思在意沒營養的閒話。

他為她做了這麼多，多到早已能證明他對她的感情並非只是一時衝動。

她明白的。

她只是……還少些自信、缺些勇氣。

「玟盈，什麼風把妳吹來啦？」出來貼運休系碩博班錄取榜單的美理姐看到她，驚訝地笑著跟她打招呼，而她發現系辦門口開始有些來看榜單的學生們聚集。

美理姐將榜單釘上公布欄時，她看到走廊對面的企管系系祕也拿著榜單走出來。

她很想衝去對面看榜單，但她旁邊有一小群系上學生，她突然覺得仍在八卦中心的自己這樣做是否不妥，萬一八卦延燒到還在這裡念書的小右怎麼辦？於是將手上的單據交給美理姐後，找了藉口離開，躲進那層樓的女廁，決定直接用手機查榜。

學校的放榜網頁卻一開放就掛掉，不管她重新整理幾次都連不上。

巫玟盈想打開廁所門去企管系看一眼榜單時，走近女廁的兩個女生的對話，讓她停下了開門的動作——

「欸，讓薇薇流口水的體保帥哥真的考上企管系碩士班了耶。」

「體保帥哥？哪位？」

「運休大四那個銀髮的體保生啊！他超搶眼的，妳應該有在系館見過吧？」

「喔，是他啊！薇薇喜歡那一型的啊。」

女孩們閒聊之間，巫玟盈再點開一次放榜網頁，終於順利連上，在企管系碩士班的正取名單中找到「蘇祐凡」三個字。

「她說他在圖書館認真念書的樣子很帥、很會穿搭、身材又好，而且愛喝奶茶有種反差萌。」

「連人家愛喝奶茶都知道？觀察太入微了吧？」

「薇薇連他已經單身兩年都打聽出來了，感覺她蓄勢待發，不知道有沒有戲。」

「他們之後就是碩士班的同學了，近水樓臺，沒什麼不可能的啊……」

巫玟盈屏息聽著女孩們隨口八卦的話聲遠去，費盡全力才讓自己沒喊出聲來。

不可以！

他是她的、他是她的……誰？

她突然領悟，重要的其實不是她有沒有信心與他交往，而是她能否接受，如果她繼續自私地安於戀人未滿的曖昧現狀，逃避為兩人的關係許下承諾，那麼她就要做好心理準備，如果有一天他累了，也許會轉身走出她的生命。

她發現她不能接受——即使明白兩人交往會面臨許多挑戰，她依然希望自己的未來裡有他。

可是……即使她有這種覺悟，在原就挑戰重重的戀情中，若再加上遠距離的考驗……

「恭喜上榜。」她深吸一口氣，先傳訊給他報喜。「你真的做到了。」

然後，五味雜陳地溼了眼眶。

「雖然很想叫妳不要哭，不過我猜妳現在一定哭了吧？」螢幕上閃現小右立刻回傳的訊息，終於逼落她的眼淚。

她很高興他上榜，但他們真的可以同時實現看似衝突的愛情與夢想嗎？

「姊姊，別哭了，別忘了妳白天好歹是個助教。」他又傳來。「晚上陪我吃飯慶祝一下如何？」

她好想見他……跟他坦承她心中的所有掙扎。

她鼓起勇氣，淚眼矇矓地打下：「來我家吧，我煮大餐幫你慶祝。」

「這麼好？」他回了個驚訝笑臉。「那晚上見，別忘了妳答應過我的事喔。」

她今晚……究竟該如何回應他許的願望？

❄

放榜那天晚上，蘇祐凡反倒比早上還緊張，因為這是他第一次受邀到她家。

他在樓下透過管理員聯絡巫玟盈後，搭電梯到她住的那層樓，便見她已將大門打開半掩，等著他的到來。

他輕推開她住處大門，她在開放式的小廚房內準備晚餐的身影便映入眼底。

房子裡有一個人在等待他，並且為了他，全心全意地做著某件事……

他站在門口望著這道使他感到幸福的風景，覺得心口有道暖流淌過。真不可思議。只要有她在的地方，就讓他有回家的感覺。

他關上門，走向還在小廚房忙碌的她，在她身後停駐。

「早知道妳會這麼費工，我從我們店裡外帶排餐就好了。」他笑著嘆氣。

為了慶祝他上榜，她卯足全力準備了豐盛的晚餐——前菜是南瓜濃湯，主菜是煎牛排、炸薯條、燙青豆和凱薩沙拉，配上手工小餐包，甜點在冰箱，他猜大概是奶酪之類的。

「你現在又沒在那裡打工，而且我自己也會煮。」她沒回頭看他，雙手繼續忙著將沙拉加入凱薩醬，用夾子攪拌均勻。

「巫玟盈，」他輕喚著她的名，「我做到了，快稱讚我。」

雖然考上研究所只是第一步，他還是孩子氣地想跟她撒嬌，彌補前陣子不能賴在她身邊，心裡空空的感覺。

「好好好，你最棒了。」她還是沒回頭，忙著做最後的擺盤裝飾。「我快弄好了，可以幫我開香檳嗎？」

「……」雖然沒得到她的熱烈稱讚讓他有點小失落，見她在忙，他還是乖乖去拿開瓶器。

當他「啵」一聲開了香檳的軟木塞，她也將前菜跟主菜在鋪了餐巾的餐桌上擺好，還調暗燈光，擺上復古燭臺造型小桌燈，布置得氣氛十足。

「這麼有情調?妳沒說今天是燭光晚餐。」他驚訝地看著她在昏黃燈光下為兩人各倒了一杯香檳。

「慶祝你上榜之外,下禮拜我要去全中運不在,先幫你過生日啊。」她舉起香檳杯,朝他甜甜一笑。「恭喜,還有生日快樂。」

他舉杯與她相碰,看著印象中從不沾酒的她喝下一口香檳,擔心她會很快醉倒。

還好她神色沒變,兩人開始用餐,隨口閒聊著沒見面的這兩個禮拜發生了什麼事。

她在談笑之間,居然將香檳乾杯,讓他捏了一把冷汗。

她今天不太對勁。

快吃完主餐時,她主動提起這次帶隊去比賽的趣事,笑得特別開心。

太開心了,幾乎像是想逃避面對什麼。

她從冰箱中拿出今晚的甜點芋泥布丁蛋糕,從冰桶拿起香檳想再為兩人斟滿時,被他伸手截住。

「巫玟盈,妳今天是打算喝醉嗎?妳明明是大家喝酒時,總喝果汁混過去的人。」

「今天是值得慶祝的日子啊,而且也要幫你慶生,再喝一杯沒關係的……」

突然跳進腦海的猜測讓他皺起眉,拿走她手上的酒瓶。

「妳是不是想說,醉昏了就可以混過今晚,不用回應我向妳許的願?」

「才、才不是。」她立刻反駁,卻撇開頭不敢看他。

那就是。

要她對自己的夢想誠實,給她這麼大的壓力嗎?

蘇祐凡嘆口氣，將燈光調亮，連人帶椅移近她，近距離觀察她的表情。

他一進門就發現她眼周微紅浮腫，但他本來以為是因為他上榜才哭的。但她故意把燈光調暗、又一直迴避他的視線，實在太奇怪了。

「妳在難過什麼？告訴我。」雖然立刻猜了幾個可能原因，他還是決定開口問，因為他的直男腦袋未必會猜對，直接問比較快。

「我很高興你考上……真的。」她低下頭，聲音有些哽咽。「可是……」

「可是？」他順勢追問。

他將未來想開店的夢想告訴她後，並沒有要她非參與不可，而是留給她時間思考。

如果他的夢想不是她的，他覺得沒關係，他大哥大嫂工作不同，照樣恩愛甜蜜。

要她思考自己夢想的這兩個月，他沒再追問她的想法。他不想給她壓力，讓她覺得她非配合他的夢想不可。

她嚮往的未來是什麼樣子，只有她自己知道，他只希望她能理出一個對自己誠實的答案。

他看著她微顫的長睫，耐心等待她回應。

「如果……」沉默半晌，她才終於艱澀地開口。「如果我必須離開臺灣一陣子才能追夢，我擔心……等我回來時，你就不在了。」

她擔心的問題真的很傻，傻到他忍不住笑了。

「巫玟盈小姐，看著我回答一個問題，」他看進她終於緩緩抬頭與他對上的含淚雙眼。「妳會因為妳家暫時要搬到很遠的地方，就再也不回家嗎？」

「啊？」她一臉不解。「這跟剛剛說的有什麼關係？」

「妳就是我的家。」他捏捏她醉紅的臉蛋，想讓她清醒點。「不管妳去哪裡，我都會去找妳。而且有種東西叫網路好嗎？我會每天傳訊息給妳。」

他這番直球告白，讓她眼中霧氣立刻凝結成眼眶旁的一圈淚珠。

「說得這麼好聽……」她吸一下鼻子。「我們都還、還沒……」

啊，對喔。

關於兩人的事，自從大哥提點後就開始思考的他，早已經設想到很遠的未來去了，差點忘記他們還沒正式開始呢。

「如果妳想清楚也準備好了，」他直視她，勾起笑。「我隨時都可以。」

「你才是真的有想清楚嗎？」她卻擔心地反問他。「跟我交往，你會很辛苦。」

「妳是說，因為怕妳爸太早知道會跑來阻撓我們，還有怕系上流言掃到我，所以暫時只能低調交往嗎？」他當然明白她的顧忌。「這些一時的忍耐跟錯過妳比起來，根本不算什麼。」

「不只是這樣……如果你是跟同齡的女生交往，你不用那麼急著證明自己，可以慢慢長大的……」

「這位愛操心的姊姊，」他好氣又好笑地嘆口氣。「我只是在追求我本來就嚮往的未來，一點也不覺得哪裡急、哪裡勉強了。」不管是她還是開店的夢想，他都心甘情願、願意為之付出一切，他並不感到辛苦。

聽了他的回答，她靜下來，不再提問。

「那妳呢?」換他問了,「妳想清楚了嗎?就算妳男朋友暫時沒辦法讓妳光明正大向眾人介紹,也不能立刻給妳經濟上的保障,就連得到妳父母的認同大概也要經過一番苦戰,妳也不會嫌棄他,願意相信總有一天他有能力達成這一切嗎?」

「我哪會因為那些理由嫌棄你……」她瞪他一眼,反倒把他瞪笑了。

蘇祐凡知道自己很幸運。

她一旦決定要愛一個人,就會全心全意、毫無保留。

所以,他不擔心暫時的隱忍或是一時的分離會影響他們的感情。因為他對她也是一樣的。

他將感動收在心裡,對她勾起一個痞得要命的笑:「聽起來妳也是滿想跟我在一起嘍?早說嘛。」

「蘇祐凡!」她氣得捶他肩頭一記,耳垂紅得像能掐出血。

他的助教姊姊,還是一樣可愛又好逗,他最喜歡了。

他順勢握住她手放上自己心口,收起戲謔,正色看向她。

「對了,正式交往之前,有些注意事項要先提醒妳。」

❄

他宣誓忠誠般,向她說出自己對這份感情的認真:「跟我交往的意思是——第一、我不會隨便答應分手;第二、即使暫時不能透露妳的身分,我也會讓別人知道我有女朋友;第三、條件允許的時候,我希望每天都能見面，不行的時候，我希望每天保持聯絡。」

他緩緩靠近她，在兩人鼻尖幾乎相碰前停下，她混著淡淡酒味的女性香氣竄進他鼻間。「說好之前，妳要確定自己已經做好以上的心理準備。」兩人的吐息互相騷亂。

她的臉好像變得更紅了……

她看起來好緊張，他是不是把話說得太嚴肅了？

不行，他可不想因此失敗，他得逗逗她。

他放開她手，笑著以食指點點自己的唇：「妳都同意的話，就吻我一下。」

他預期她會不知所措地紅了臉、矜持著不敢回答，然後他會打破僵局主動吻她，成功從很好的異性朋友晉升為男朋友。

嗯，完美的計畫。

沒想到，她確實雙頰紅了也沒開口回應，但她卻緩緩靠過來，捧起他的臉——將柔軟且帶著酒香的脣印上他的。

蘇祐凡的理智當場被炸到外太空去，腦中開始盛大施放煙花秀。

酒後的她怎麼變得這麼主動？！還伸舌頭！這樣對嗎！

他本能地摟近她，全力回應著她傾盡熱情的吻，感覺自己的理智即將與地球的塔臺失聯。

在理智完全斷訊前，他硬是拉開兩人距離，氣息不穩道：「巫玟盈，等一下……我不想在妳被酒精影響理智的時候跟妳更進一步，我可不要在妳酒醒後就變成前男友。」

她也喘息著，咬了咬下唇，倔強道：「拜、拜託……我又沒醉。」

他站起身，退到自己伸手碰不到她的地方，給兩人一些冷靜的空間。

要下定決心跟他在一起需要很多勇氣，也許她才因此需要一點酒精壯膽吧。

但是，他想好好珍惜這段得來不易的感情。即使他渴望她，但他不想在她衝動時順勢發生關係，寧願等到兩人都準備好的那一刻。

「我剛剛說過，我不會輕易分手，所以我們慢慢來就好。」他坐回她身邊，捧起她的臉，在她額上印下一個萬般珍惜的輕吻。「先陪我吃生日蛋糕好嗎？女朋友。」

他不帶慾念的輕吻使她冷靜下來，默默點了頭，伸手將放在餐桌一旁預備的蠟燭插上蛋糕點燃，要他許願。

「我的第一個願望，我希望我女朋友出國前可以換臺新筆電。」他先許了一個非常實際的願望。「如果小銀在國外又壞掉，我真的救不到。我希望她不要再固執了，電腦是種不行了就要換的工具，不是拿來當傳家之寶。」

「那個……小銀今天早上壞了啦。」她小聲道。「這次我真的要換了……」

「好靈喔，願望馬上就應驗了。」他在胸前雙手合十，「小銀安息吧，我們懷念你。」被她笑著捶了一記。

他的第二個願望，讓給她許：「我希望，我不在的時候，就算有很可愛的年輕女生倒追我男朋友，他也不會動搖……」

「拜託，妳能不能不要浪費願望？」他聽了大翻白眼。「我現在有女朋友了，而且這輩子沒有分手的打算，其他女生關我屁事？」

「喔。」她聽完，默默轉頭盯著蠟燭的火光。

「喔什麼？該擔心的人是我好不好？」見她反應冷淡，他決定提醒她一個過分的事實。「妳知道嗎？我跟妳告白過那麼多次，妳還沒開口說過妳喜歡我，一、次、也、沒、有。」

「拜託，我剛剛都已經……」她立刻紅著臉抗辯。

「妳是指妳剛剛獻吻的部分嗎？那不能代替告白。」男人也是需要甜言蜜語的，她懂不懂啊？

「你、你在說什麼！」她敢做不敢當地狂捶他。

「我在說的是，可以請妳誠實說出妳的心意嗎？」他握住她惱羞攻擊的雙手，拉近她，不讓她逃避，「要跟女朋友暫時分開，我也是會捨不得的。想聽到女朋友的告白，不是很過分的要求吧？」

他的誠實坦率似乎終於打動了她，她低下頭，吞了幾口口水克服緊張後，輕聲說：「我以前從沒想過我會喜歡上像你這樣的人……」

「喂……」過分的女人，這算告白嗎？

「可是，」她抬頭，笑容溫柔如月光。「我現在也沒辦法想像，我會再喜歡上你以外的人。」

這還差不多。

她帶笑的眼融化他所有不安，知道此刻的他美夢成真。

終於等到她的告白，讓他心裡飄飄然，但他努力維持著平靜的表情，迅速許了最後一個保密的願望，吹滅蛋糕上的蠟燭，朝她勾起一抹笑：「為了慶祝這重要的一天，我們一起來吃蛋糕吧。」

她拿起桌上的蛋糕刀要替他切，還沒下刀，刀就被他奪走放到一邊。

「你幹麼……」她疑惑看向他。

他拿起甜點叉直接挖了一口蛋糕，送到她嘴邊，她不明就裡地吃下後，他靠過去，吻上她帶著鮮奶油香氣的唇。

他終於等到能對她這麼做的這一天了。

她比他想像中的更甜，嗜甜的他，知道自己這輩子都會沉醉其中。

「跟妳一起吃蛋糕啊。」他像隻偷吃魚的貓回味無窮地舔著唇退開，朝她淘氣地眨眼。「請多指教，女朋友。」

「好好吃蛋糕啦你……」她紅著耳根將他推開。「我很認真做的耶。」

他們就這樣一人一口地分食蛋糕，一邊討論她出國一事的細節。偶而他會鬧她似的偷香一下，而她會紅著臉輕捶他兩下。

他們終於走向彼此的這個夜晚，除了有聯繫起他們感情的甜食，還多了對未來的甜蜜展望。

縱使前方還有好多挑戰，也一定有質疑和不看好的聲音，都沒關係。

從今晚開始，他和她，正式成為攜手面對未來的「他們」。

至於那個保密的第三個願望，蘇祐凡在心中告訴自己，他一定要也絕對會實現它——

在未來某天，把她變成自己真正的家人。

最終話　花季之吻

「中中助教，玟盈助教離開之後我們就沒辦過慶生會了耶，為什麼今天忽然有蛋糕吃？」隊辦內，升上碩一成為大學長的阿昊舉手誠心發問。

「喔，這是老朋友送來的禮物。」在巫玟盈離職後接下校隊助教一職的鍾致中，與任總教練對看一眼，笑得神祕。

「老朋友？誰啊？」

阿昊的追問沒得到解答，因為外送一到，大家的注意力就被七吋的大甲芋泥巴斯克乳酪蛋糕與大湖草莓千層蛋糕給拉走了。

「好好吃……」同樣升上碩一的吃貨女隊員沈心羿，吃下半塊芋泥蛋糕後讚歎道。「這家甜點店叫什麼名字，我要記起來……Honestly Sweets？」她順手拿起手機搜尋。

「心羿，有看到那間店的官網嗎？首頁有個YouTube採訪影片，用妳的手機連到電視上讓大家一起看吧。」任總教練笑呵呵地打開隊辦新安裝在牆上的電視螢幕。

沈心羿乖乖照做，採訪影片的畫面和聲音傳出——

「各位觀眾，今天我們要到剛開業半年就成為人氣店家的甜點店Honestly Sweets，來看看他們異軍突起的祕密。」

鏡頭帶到位在老公寓一樓，有著淺色木質邊框落地窗的低調店面。記者推開玻璃門，首先入鏡的是在甜點櫃裡的各式蛋糕與甜點，以及站在櫃檯後方搶眼的銀髮男子。

「小、小右學長！」

「學長應該只是在那裡打工吧？」

「學長都幾歲了，不可能還在當打工仔吧……」

小右碩士畢業距今一年半，隊員們大多都認識他，大家七嘴八舌地討論起來。

鏡頭迅速掃過溫馨的淺色木質坐位區、甜點櫃，以及放著馬卡龍與手工餅乾的展示木架。來到後方的烘焙作坊，畫面中戴著廚師帽、穿著廚師服的嬌小身影，讓認識這位前助教的老隊員們真正傻了眼。

「為、為什麼玟盈助教會在那裡！」阿昊吃驚得瞪大眼。

「你一定想不到，這位嬌小的甜點師巫玟盈，之前可是位射箭教練！三年前，她在當時還是她學生的男友鼓勵下，轉換跑道，遠赴日本念一年制的甜點學校，回臺後在五星級飯店與知名甜點餐廳實習兩年，等男友學業與兵役結束，兩人便著手創業，實現他們甜蜜的夢想。」旁白繼續介紹。

鏡頭拍著巫玟盈聚精會神擠著馬卡龍麵糊到烤盤上的樣子，此刻大家已經被報導傳遞的海量資訊炸得人仰馬翻。

「修……修但幾勒！小右學長後來不是有女朋友了嗎？還說他跟女友遠距離一年，他要把錢存下來買機票去找女友……」

「話說回來，玟盈助教去日本念甜點學校那陣子，小右學長很常去日本對不對？明明學長那時候邊念碩班邊實習那麼忙，我怎麼就沒把他們兩個聯想在一起？」

「等等，玟盈助教回隊上看大家那天，就是小右學長碩士畢業那天啊！把我的眼淚還給我啊助教！」

眾人如名偵探上身，七嘴八舌地分享印象中的蛛絲馬跡。

阿昊在一片混亂中舉手，「總教練、中中助教，你們是什麼時候知道的？」

「我認識小右很久了，他喜歡玟盈助教不是一天、兩天的事。」鍾致中聳肩。「我有一次覺得不對勁，就『請教』了一下阿左，室友的第一手觀察不會錯的。」大學長的模範生笑容，第一次讓眾人感到有絲陰險。

「玟盈剛退婚的時候，我有些擔心，就多觀察了一陣子。」任總教練笑得像個看透世情的得道高人。「結果看到有個銀髮男孩，明明選拔都選完了，準備研究所考試那麼忙，還每天傍晚往隊辦跑，讓玟盈替他準備便當……看著看著，我就明白了什麼。」

結論是，大學長跟總教練早就看在眼裡，卻什麼都不戳破。

「被騙那麼久，有點不甘心……」沈心羿憂鬱表示，「不過，那時候風聲鶴唳，大概不方便公開吧？」

「小右那傢伙會主動送蛋糕來，就是打算公開的意思了。」鍾致中這麼解讀。

聽過當年那些難聽傳聞的人，紛紛點頭表示同意。

「所以大家不用顧忌，到處去宣傳沒關係。」任總教練笑著補充。

「Honestly Sweets短短半年內成為網路口碑極佳的甜點店，這間店崛起的關鍵，除了用心培養死忠粉絲、與知名餅店聯名合作外，最重要的一點是，兩位老闆對甜點品質與創新的堅持。」

影片繼續播著，但大部分人已沒在留意，抱著不能只有自己被炸到的心情，忙著傳訊息告知已畢業的學長姊或認識兩人的系上同學。

「雖然打理店務很有挑戰性，但我最喜歡的工作，是當她新作的第一位試吃員。」螢幕上，兩人並肩坐著受訪，蘇祐凡勾起自信的笑。「她每兩個月會用當季在地食材研發新口味，我們的標準很高，要兩個人都點頭才會推出。剛開幕時跟餅店聯名的手工馬卡龍訂製禮盒，成功讓Honestly Sweets被更多人看見，我們把握住這個機會，讓願意嘗試其他商品的顧客成為粉絲，信任我們商品的顧客越來越多，生意就漸漸做起來了。」

「要我給想追夢的人說幾句話？」記者換問旁邊的巫玟盈。「嗯……追夢的過程雖然辛苦，周遭一定會有不理解或是反對的聲音，但我覺得最重要的是，對自己誠實。」

「對自己誠實？」記者追問。

「嗯。」她點點頭。「如果你對自己誠實，你一定知道自己喜歡的是什麼。喜歡的東西才能長久堅持，就算在途中跌倒了，也能在拍掉身上的泥土後，有再次站起來的勇氣。」

「這是店名取作『Honestly Sweets』的原因嗎？」

只見兩人相視而笑，眼中滿是對彼此的情意。

「幹，太閃了。」唯一乖乖看完的阿昊，悲憤地關上電視。

阿昊拿起手機傳訊息給蘇祐凡，抱怨學長瞞大家這麼久，太不夠意思了。

❄

「阿昊說他要去收驚耶，哈哈哈！」

傍晚打烊，拉下小店的鐵捲門，和巫玟盈開始打掃的蘇祐凡看到了學弟妹們傳來的崩潰訊息。

巫玟盈才想分享她也收到隊員們的訊息時，他的手機就響了。

「喂？媽，我們在忙關店，等一下就會回家吃晚飯了，妳吃了嗎？我好想念媽媽煮的甜湯喔！昨晚還夢到！小盈的手藝是很好，可是論火候，當然還是媽媽最棒了！」

他叫得真順口……明明是她媽媽。

而且，這位同學，我們還沒結婚吧？

巫玟盈坐在內用區的椅子上，再次讚歎這男人有心嘴甜時簡直沒有極限，現在她媽媽跟上癮一樣，明明要找女兒，都會先打給他。

他又一陣天花亂墜地稱讚她媽媽的手藝後，終於將手機遞給了她。

她走到櫃檯旁接起，「媽，什麼事？」

「小盈，快開電視看新聞！剛好又播到了！」還告訴她要看哪一臺。

巫玟盈開了電視，報導的聲音流淌在安靜的小店內：「知名健身中心SwiftFit負責人宋承浩，驚爆對新婚剛滿一年的富商千金提出離婚訴訟！原因眾說紛紜，兩人剛出生的孩子監護權將成為雙方爭奪的重點——」

電視突然被關上。

小右將眼珠華麗地滾了一圈，一臉寫著「看那個渣男的新聞幹麼？」

巫玟盈示意他先不要出聲，把手機放在櫃檯上，按了擴音模式。

「小盈啊，還好妳那時沒跟他結婚！不管什麼原因，怎麼可以拋棄剛生孩子的太太！」

「媽，那是別人家的事。」兩人早就沒往來。

她猜得到母親接下來想說什麼，拉過打算繼續擦甜點櫃的小右，要他靠近點聽。

「還是祐凡那孩子好！又乖又上進又疼妳。」

小右邊搖頭邊勾起薄唇，表情得意。

她知道母親其實不像父親那麼古板，只是在父親面前都順著他，她出國前，便先帶小右跟母親見過面了。很有女性長輩緣的小右，很快就以那張卯起來可以往死裡甜的嘴，以及詳細地說明未來規畫的誠懇態度博得她母親歡心。

母親對她的選擇放了心，在她正式告知父親要出國，父親表示質疑與反對時，母親替她說了許多好話，她才能在相對和平的狀況下出國進修。

她知道固執的父親不可能輕易接受她和小六歲、還在念書的對象交往，為了避免無謂的衝突，也不想讓隊上的人走漏消息到射箭圈內讓父親知道，他們一直將戀情瞞到了小右碩士畢業，後來才與她母親聯手，放出她交了男友的消息。直到一個月前，創業有了點成績，採訪影片公開後，才正式介紹父親與小右見面。

在那之前，父親一直以為她的新工作是在「朋友開的甜點店」——不知道那個朋友，其實是男朋友。

「玟盈，妳要我同意妳交這個男朋友也不是不行。只是，如果他想娶妳，叫他頭髮給我染回黑色！還有，男孩子不要戴耳環！像什麼樣子！」父親搶過話筒宣告。

她知道小右心靈很堅強，也如實讓他聽她父親的意見。

小右聽了，不在意地聳聳肩，和她相視一笑。

話筒再次回到母親手上。

「小盈，妳三十一歲了，是時候考慮結婚了吧？祐凡有沒有什麼表示啊？」雖然她媽媽比較開明，但催婚這種基本款的問題還是少不了的。

「我們現在剛創業很忙啦……」她等母親說完後，用還沒打掃完的理由結束電話。

她終於領悟，身為兒女，其實無需將父母的意見照單全收，只需要耐心傾聽就好。

她是成人了，應該自己決定人生，她也會尊重她的另一半想成為的任何樣子。

才將手機還給他，就換她的手機響了。

「玟盈啊，吃過晚飯了嗎？」是蘇爸爸，他們的父母有種驚人的默契。

這種時候，巫玟盈都會慶幸自己有天生的長輩緣，寒暄兩句後，將手機遞給蘇父真正想找的兒子。

「喂？」他的語氣略顯不耐，她捏捏他手心安撫。「生意好著呢。我也回去實習過了，之後沒有再回去的打算，請蘇董死了併購這條心，我喜歡自己當老闆。」

他沉默下來沒再回話，應該是蘇父又開啟了碎念模式。

小右和父親的關係在他回家實習後稍有改善，至少他現在願意接父親打來的電話，還有一點耐心聽父親長篇大論。

雖然他總是嘴硬地說，那是因為他爸借了他創業基金、又默許大哥在他們剛創業時，聯名推出手工禮盒，面對債主兼業主，態度當然要好點。但現在他們已賺回能還清那筆錢的數目，聯名也暫告一段落，他對父親的態度卻沒有變回以前的逆子模式。

她想，實習的磨練與創業的過程讓他成熟不少，稍微體會父親當年的辛苦了吧。

知道蘇父的來電不會那麼快結束，巫玟盈將內用的椅子反疊上桌面，又去拿了一條抹布，開始擦櫃檯與飲料吧。

發現他的臉色越來越難看，她在飲料吧泡了杯冰奶茶，遞給他邊聽邊喝。

不能代他聽訓，只能這樣支持他了。

他喝下愛心奶茶，臉色稍霽，又再堅持了五分鐘，才開口：「好，不用你說，我知道。我們還在打掃，不說了，拜。」終於掛斷電話。

完成櫃檯清掃的她，走過去給他一個安慰的擁抱。

「妳最好了，我真的會愛妳一輩子。」他感動得胡言亂語，緊緊回抱她。

「好啦，地板還沒吸……」她想退開，他卻不放手，摟得更緊。

「怎麼了？」

「妳知道剛剛我爸講的那一堆高見裡面，我唯一跟他意見相同的是哪件事嗎？」

「嗯……」他暖暖的懷抱很舒服，累了一天的她乾脆就這樣賴著。「不知道。」

「你知不知道你遇上了千載難逢的好女人，不趕快把人家娶回家，你就是笨蛋！我不認笨蛋當兒子！」他模仿父親的語氣說話，讓她聽了笑出聲。

她剛念完甜點學校回臺灣不久，小右碩士畢業那天，他們和特地出席畢業典禮的大哥大嫂聚餐時，蘇爸爸忽然現身，說要看看讓他叛逆二兒子改變的女孩是何方神聖。

她一向很有長輩緣，第一次見面，蘇爸爸就對她十分親切，之後也時常關心她實習得怎麼樣、兩人感情順不順利。

她想，蘇爸爸大概是因為不會用非威權的態度跟兒子交流，所以愛屋及烏地將對兒子的愛傾注到她身上吧。

「我爸真的很愛妳。」他鬆開懷抱，低頭看她。「不過，我更愛妳。巫玟盈，我們結婚好不好？」

呃，這話題是怎麼跳的？人生中第二次被求婚，她還是傻住了，只能拚命眨眼。

「等等，妳還是被嚇到了嗎？這裡明明沒有觀眾，我也沒有浮誇地下跪啊。」

「我以為……你不會那麼快想結婚。」眨眼也沒用，眼淚還是泛了出來。

他因為與年紀稍長的她交往，必須比同齡男生以更快的速度長大，讓她很心疼，從來不想給他這方面的壓力。而且，除了她出國那年，還有他服兵役時，他們正式交往後，因為談著祕密戀情，一直是半同居或同居，關係已經很穩定，結不結婚，生活其實不會有太大改變。

不過，她承認，她還是比較傳統，仍然嚮往有一天能與所愛的人共組家庭。但又覺得才剛創業，可以等兩人都有共識再結婚。

沒想到，被他先說出口了。

原來他也跟她一樣，嚮往著一個有對方的家嗎？

「拜託，要不是我不想被妳爸記恨一輩子，我早就拉著妳去登記了好不好。」他伸手到櫃檯裡面，拉開抽屜，神奇地掏出了一個顏色粉嫩、有著大大寶石的戒指。「喏，雖然我現在有點窮，但一個妳喜歡的戒指我還是給得起的。」

她破涕為笑，看著那個不知道藏在櫃檯多久，有著鑽石造型的糖果戒指，覺得他實在是太會了。

「妳不要誤會，這個只是求婚用的。」他立刻補充道。「我們之後去挑妳喜歡的，看妳喜歡什麼牌子，還是請三姊幫我們設計獨一無二的對戒也不錯，婚紗跟喜餅當然也不用擔心；如果妳想去歐洲蜜月，我會努力存錢，絕對不會讓妳嫁得很委屈。」

傻瓜，她什麼時候說過她需要名牌鑽戒、豪華婚禮，還是歐洲蜜月了？

她要的只是，一個真心想與她共度此生的人。

「那個……妳的答案呢？」

他沒了平時的自信從容，微皺的眉頭與緊抿的唇角都泛著不安，像是害怕會被她無情拒絕。

從路人學弟、棘手學生、禁忌曖昧對象、祕戀小男友、到一起創業的伴侶，她沒想到他在她的人生中居然扮演過這麼多角色，戲分還越加越重……

但是，她期待著與他一起扮演對方生命中更多角色的未來。

她朝他伸出手，微笑道：「好。蘇祐凡，我們結婚吧。」

「Yes！」他如釋重負地握拳歡呼，立刻將糖果戒指戴上她左手無名指，執起她手背吻了一下。「那個，關於結婚，我有一個真的、真的很想完成的夢想，妳可以考慮一下嗎？」

因為跑過一次準備婚禮的流程，她對婚禮已經沒什麼夢幻憧憬，他這麼興致勃勃倒是令她意外。

「是什麼？」

他湊近她耳邊說悄悄話，而她眼睛越瞪越大。

「你、你確定？這對他們有點殘忍耶……」他描述的好具體啊！

他堅定點頭，「我幻想那個畫面很久了，妳可以陪我完成夢想嗎？」

她看著他像小男孩討玩具似的表情，忍不住噗哧一聲笑出來。「好啦。」

「好！我馬上安排！」

巫玟盈看著他開開心心地拿起手機聯絡，笑得像個孩子，唇角也不自覺揚起。

居然覺得那個提議挺有趣的她，好像真的被他帶壞了呢。

❄

從和她正式交往那天開始，蘇祐凡就一直幻想著這個畫面——

「新郎，從後面環著新娘的腰。新娘，妳拿著螺絲起子的右手再舉高一點、拿著打蛋器的左手降低一點，不對，再回來一點……好，就這樣別動！」

攝影快門「嗶」、「嗶」迴響在S大射箭隊的隊辦中，隊員們在窗外圍觀，小聲地交頭接耳。

「幹，雖然我理智上接受了，但親眼看到也太衝擊……啊啊！學長的手臂是不是快碰到助教的胸、胸部了？」阿昊的小心臟承受不住。

「他們是情侶，不要大驚小怪。」沈心羿啜一口小右學長請大家喝的珍奶，精準地下了結論：「學長這是報復性放閃吧？」

「學長為什麼要把我們全部叫來看他們拍婚紗……」周少倫略微憂鬱地嘆口氣。

「小右這個人，能高調的時候，一定會高調到讓全世界都知道。」中中學長悠然現身，帶來鹽酥雞慰勞週日被強制召回看學長拍婚紗的學弟妹。「看不下去的，不用勉強，去找個地方喝珍奶配鹽酥雞，等一下才輪到我們上場。」

但隊員們的八卦之心太過堅強，居然沒人離開，繼續邊吃邊圍觀閃翻天的拍攝現場。

蘇祐凡身著最新系列的丹寧西裝，在充滿他們回憶的隊辦內，和穿著同系列婚紗的巫玟盈，擺拍得不亦樂乎。

之前送蛋糕來，只是要先給隊上的人一點心理準備，這才是他心中認定的公開日。

「新娘，拿起妳的點名版，做出往新郎頭上敲下去的動作。」

攝影師二姊梁時雨指示著站在大白板前的兩人，攝影助理在新娘臉上測好光線後，梁時雨調整好光圈，助理的打光板也就位，卻見巫玟盈一臉為難。

「怎麼了？捨不得打這死小鬼？」

「我沒有打過學生。」巫玟盈佩服梁時雨源源不絕的拍攝點子，但她還真打不下手。「而且我太矮了，穿上高跟鞋也打不到……」

「沒關係啊，妳打。」蘇祐凡配合她身高蹲低，「這世界上，只有妳有這個資格。」

他伸手，將她拿著點名板的手拉到自己頭頂，攝影快門捕捉到了兩人相視而笑的瞬間。

「幹，會不會太閃……」窗外傳來一陣悲鳴與被食物嗆到的咳嗽聲。

「外面太吵了！」脾氣本就不甚好的梁時雨終於發飆，命令助理清場，將圍觀的隊員們全請去射箭場稍候。

拍攝現場安靜下來，只有梁時雨的指示與快門聲。

「新郎，在置物櫃前面壁咚新娘，做出要吻她的樣子。但你如果敢真的吻，我們沒帶化妝師來，就只能拍到這裡為止，下次補拍請自費。」

看在婚紗是大嫂工作室友情贊助的份上，蘇祐凡乖乖照做。

不過，看著她近在咫尺的水嫩紅唇，他還是差點把梁時雨的恐嚇拋在腦後，情不自禁朝她越靠越近。

巫玟盈發現苗頭不對，捧住他的臉阻止，「不、不行啦！」

「妳今天真的很可愛。」蘇祐凡拿下她的手，左右手心各吻一記，舒緩自己想親吻新娘的衝動。

她綁了丸子頭、化上甜美妝容、穿上露肩婚紗與高跟鞋的樣子，讓他想起他第一次看到她穿上婚紗的那天。

那時，她是別人的準新娘；現在，她終於是他的準新娘了。

距離求婚已過了三個月，在這段期間，他們回她老家拜訪了幾次，並跟雙方父母報告他們打算結婚的消息。

他爸爸跟巫媽媽樂觀其成，而頑固的巫爸爸雖然一開始還是不給他好臉色看，但態度日漸軟化，最後同意他們在半年後舉行婚禮。

蘇祐凡不是很明白為什麼準岳父突然同意點頭嫁女兒，他並沒有染回黑髮，耳環也照樣戴著，反正結果是好的就行了。

隊辦內所有能拍的場景拍了一輪後，梁時雨宣布移師射箭場，跟等待多時的眾人拍團體照。

除了還在學校的學弟妹，也有一些已經畢業的隊員們現身祝福。

「小右……恭喜啊……你終於等到了你們一起走結婚運的時候……」阿左有氣無力地拍拍他肩膀。

「小右學長！助教！你們真的是嚇死我了，不過恭喜！」許誼還是很有活力。

「助教，妳今天好美！」人在國外的孫羽翎，透過沈心羿的手機視訊。「小右學長，你真的太好運了，不准欺負助教知道嗎！」

「還用妳說？」蘇祐凡翻個白眼，決定不在這種大好日子跟學妹計較。

眾人在梁時雨的指示下，圍繞著新人拍出許多活潑逗趣的照片，大家玩得開心，從箭靶到弓箭器材都拿出來當拍攝道具玩過一輪，不知不覺間，天色漸暗。

「能玩的風格都玩過了，拍得差不多了。」最後，梁時雨宣布道。

巫玟盈轉頭和蘇祐凡對看一眼,「可惜總教練還是沒趕上……」她嘆道。隊上的大家長任總教練在外地參加研討會,說他會盡量趕回來,他們花了很多時間在隊上外拍,也是想等總教練現身。

「沒關係,我們婚禮時再跟總教練多拍幾張照吧。」蘇祐凡安慰她,自己其實也覺得有些遺憾,畢竟開明的總教練對他們兩人而言都是恩師。

早就看穿兩人祕戀的任總教練,一直替他們保守祕密,直到他們的甜點店開幕當天,收到總教練和中中學長還有阿左一起合送的祝賀花籃,他們才知道,原來總教練和中中學長早就知情,還要阿左聽到好消息立刻通知他們。

「啊,總教練!」許誼指向從遠處走來的身影。

「我遠遠就看到漂亮的新娘和帥氣的新郎。」任總教練一到,笑呵呵地跟他們打招呼。「這種大喜日子,還好我趕上了。」

總教練既然到場,他們又抓緊最後的日光,多拍了幾張一群人站在箭靶前的團體照。

「這是今天最後一張了,大家準備好,我數到三。」

梁時雨宣布後,眾人準備好自己想擺的姿勢,在聽到「三」的時候,一起動作——

所有隊員與總教練,很有默契地轉向站在畫面中央的新人,做出驚訝表情。

而蘇祐凡摟過巫玟盈的腰,不管三七二十一地吻了下去。

眾人的驚訝表情,從演技變成各種真實的情緒反應。

「幹！學長來真的！」悲憤。

「學長真是我的偶像……」崇拜。

「呵呵，年輕真好！」祝福。

他嚐著她帶點巧克力香的口紅，而她沉浸在他慣用的木質調男香中，兩人都忍不住微笑，想起很多往事。

她出於善意的一瓶奶茶、一盒草莓卷牽起他們的緣分，一起品嚐過的甜點讓他們走進彼此心中，也改變彼此的生命——他不再是困惑、憤怒又茫然的少年，她也不再是自卑又畏懼周遭眼光的女孩。

因為對方，他們學會如何傾聽自己心裡的聲音，去成為自己想成為的那個模樣。

從今以後，他們不再是兩個人，將會成為一個家。

一個他們都嚮往的、使他們更勇敢的家。

兩人完全無視周遭吻得忘我時，任總教練偷偷拿出手機，拍下真情流露的畫面。

「學長，他們都是好孩子，又真心相愛，我相信這次玟盈會幸福的。」任總教練傳了照片後，飛速輸入訊息。「對了，我這幾個月傳給學長的訊息跟照片，記得要隨手刪除，不然他們誤會我一直在替學長監視他們就不好了。」

「我知道，就讓這件事永遠是祕密。學弟，辛苦了。」

站在任總教練旁邊的鍾致中無意間看到回傳訊息的人是「巫教練」，雙眼瞬間瞪大。

「中中，你什麼都沒看到。」任總教練向中中比了個噤聲的手勢。

「嗯，我什麼都沒看到。」鍾致中迅速恢復冷靜，點點頭。

天下父母心，擔心是難免的。巫教練這幾個月一直私下在圈內打探小右的評價，就連鍾致中也被問過，巫教練會詢問身為兩人恩師的任總教練也是理所當然。

鍾致中和任總教練在一旁見證兩人一路走來的過程中，也曾暗自替他們擔心，但兩人用時間與行動證明了這份感情不是兒戲。

鍾致中心想，身為旁觀者，能做的就是給予滿滿祝福以及向巫教練說好話吧。

不過，太陽都要下山了，小右還在閃什麼閃？太久沒被學長教訓是不是？

鍾致中受不了地將視線移開時，一朵橘紅的木棉花正好落在腳邊。

算了……看在那傢伙忍耐很久才等到花開的份上，今天就讓他囂張一回。

越過他們擁吻的身影，往山上的木棉道望去，一朵朵橘紅飽滿的木棉花，像慶賀戀情終於挺過凜冬迎來花季，在暖橘色夕陽中恣意盛放。

全文完

番外　騎士的另類溫柔

從低調與巫玟盈祕戀到高調在眾人面前宣布婚訊，蘇祐凡自認拿出了無比的勇氣，一路過五關斬六將，連古板嚴肅的準岳父都被他收服。他心想，大魔王都打完了，他們這場充滿挑戰的戀愛，至此可以宣告All Clear破關了吧？

直到他見過未來的小舅子，他才發現最後還有個隱藏關卡——他這個準姊夫徹底地被小舅子討厭，而他心愛的女人夾在中間兩面為難。

「小右……你不要擔心，就算我弟沒辦法馬上接受你成為他姊夫，但他出席提親，也不至於在那種場合出口反對。」

即將去巫家提親的前一個週末，兩人聊起當天她父母應該也會要求弟弟出席時，巫玟盈打預防針似的先替他做心理建設。

「我真沒料到妳家最難纏的居然是妳弟。」蘇祐凡不滿地嘖一聲。「就算我小他四歲，輩分上我就是他姊夫，他最好給我接受這個事實。」

巫玟盈的弟弟巫文晟大他四歲，是在知名科技公司上班的科技新貴，也許是求學與就職一路都很順利的緣故，蘇祐凡總覺得小舅子有些高傲又不懂人情世故。

「晟晟從來沒有認可過我的男朋友啊，不是針對你啦……」她柔聲安慰，「我想他只是很關心我，所以對姊夫的標準嚴格了些，以後他一定會慢慢看見你的好。」

「不行，都要變成一家人了，這種狀態我不能接受。」

他摟過她，邊撒嬌邊纏著她問有沒有方法攻略她那個難搞的弟弟。

❄

週末清早，巫文晟在床上接到母親的來電。

「晟晟啊，下週六記得回家一趟喔，你姊姊的提親終於到了呢。」

「……又沒有我的事，我真的有必要在場嗎？」昨晚也將肝貢獻給公司的巫文晟，想到下週末回老家不能好好補眠，語氣惡劣起來。

「巫文晟，你今年三十了，也該開始考慮成家，不來見習以後怎麼到女孩子家提親？上次被你逃掉，這次你一定要給我出席！」巫父搶過話筒強力施壓。

巫文晟想吐槽自己沒有見習的必要，但為了不要拉長父親的訓話，只能不甘願地答應下來，掛斷電話，窩回被窩。

「怎麼了？」戀人杜雨被電話吵醒，溫暖的身軀從背後貼上來。「在煩躁什麼？」

「我姊下禮拜又要被提親，這次我爸不讓我缺席了。」

上次他姊被宋承浩提親，他謊稱出國出差躲掉，這回父母學聰明了，事先問好他哪個週末有空回家，事後才告訴他提親「剛好」在他回家那天，搞得他沒藉口能躲。

「你姊好不容易找到她的幸福，你就去祝福她嘛。」杜雨安撫地親吻他的脖頸。

「是嗎？我覺得她看男人的眼光沒一次正常。」他哼一聲。「先是找了一個擺明把她當工具人的學長，現在居然還跟自己的學生在一起！」還是個比他小四歲的死小鬼！有沒有搞錯！

「你姊那個偽君子前男友，跟現在這個小男友，我比較喜歡現在這個。」杜雨客觀地評論。「光看婚紗照，他眼裡全是你姊的樣子，我就覺得你姊這次選對人了。」

「拜託，那是你沒見過本人，那小鬼的嘴巴超賤。」巫文晟想起有次他上臺北出差，順道應姊姊的邀約一起吃飯時，與那位小男友的初次照面——

「嗨，晟晟。」

在他們甜點店附近的江浙餐廳，小男友一打照面便沒大沒小，直呼他只有家人才能叫的小名，這讓還沒認可姊姊男友的巫文晟立刻覺得被冒犯。

「你好。」他微皺起眉卻仍客套地頷首，接著低頭喝茶，不再眼神接觸。

「妳沒說錯，妳弟真的毛很多。」小男友轉頭跟姊姊說了句，然後姊姊緊張地說她哪有這樣說過，一邊用怕他生氣的眼神看過來。

他毛很多？

一向體貼隨和，不管他說什麼都會溫柔配合的姊姊，居然說他毛很多？

「晟晟，不是啦，我只是跟他說，你是個規矩比較多的人……」姊姊試圖解釋。

「妳用的詞是『龜毛』吧?」那小鬼卻在旁邊火上加油。「他是妳弟耶,妳有什麼好怕的?有人願意跟他說實話,讓他在被人打死之前痛改前非,他應該感激才對吧?」

他抬眼瞪向笑得欠揍的小男友,額上青筋直跳,想著要不要直接走人。

「那個,晟晟,你喜歡的排骨炒飯上了,我們先吃飯、先吃飯吧。」要不是姊姊殷勤地幫他挖了一大碗炒飯配上最大塊的排骨,他真的會當場離席。

哼,是他錯了。不該覺得要幫上回識人不清的笨姊姊鑑定新男友,省得她又選到什麼地雷股。

巫文晟一邊吃著炒飯,一邊看著姊姊與小男友互相為對方夾喜歡的菜色。

他必須承認,這小鬼至少有一點比姊姊那個偽君子前男友強——一起吃飯時不會像個皇帝似的,什麼都讓上輩子八成是婢女的姊姊服侍得好好的,好像自己沒長手一樣。

但是,光夾個菜也算不上什麼天大優點,他不懂他姊姊跟他媽媽為什麼被輕浮的小鬼迷得七葷八素,難道女人不分年紀都對嘴甜的壞壞小鮮肉沒有抵抗力?

他對這小鬼的第一印象,就是騙財騙色的小狼狗。

雖然他姊沒什麼財、也算不上天仙絕色,而且小男友還為了她跟家裡借錢創業,指控人家騙財騙色有點站不住腳,但巫文晟還是不喜歡這小鬼。

「為什麼?」聽故事聽到一半的杜雨好奇發問。

「婚都還沒結,他居然就以姊夫自居了。幹,我比他大四歲耶?」

想起那時的對話,巫文晟還是氣憤難平。

「欸，晟晟，有件事我要提醒你。」趁姊姊去洗手間的空檔，小男友又沒大沒小地主動跟他搭話。

巫文晟只是挑個眉，回應沒禮貌的小鬼，這樣就夠了。

「我不在意你用什麼態度對我，」小男友無所謂地聳聳肩，「但是，我不希望再看到你用臭臉對著你姊。她跟我不一樣，她會以為自己做錯了什麼事，然後認真地自責很久，我不喜歡看到她那樣。」

「我跟我姊一直都是這種相處模式。」這小鬼憑什麼命令他啊？

「你是說，很會念書、很受父母寵愛的你心情不好就對姊姊冷暴力嗎？」小男友臉色突然一沉。「我不會允許任何人欺負我女人，就算是她弟，懂嗎？」

他哪有欺負他姊？巫文晟不服氣想抗辯時，姊姊回來了。

「你們……剛剛在聊什麼啊？」很會解讀空氣的姊姊察覺氣氛有異，小心翼翼地開口。

「沒啊，就是姊夫跟小舅子之間的閒聊而已。」小男友堆起滿臉笑，夾了剛上的芋泥小籠包到女友嘴邊。

巫文晟差點被正喝下去的茶給嗆死。

姊、什、麼、夫？他也太有臉說了吧！

巫文晟當場發誓，就算他姊真的眼睛糊到蛤仔肉要跟這小鬼結婚，他也絕對不承認這個欠揍小鬼是他姊夫！

「但輩分上來說，他確實即將成為你姊夫沒錯啊？」杜雨聽完，倒戈似的評論。「而且怎麼覺得他捍衛你姊的樣子好帥好加分喔！」

「在我面前，竟敢說別的男人帥？」他翻身壓制住杜雨，眼神危險。

「不、不是，你等一下——」接下來的話都被消音了。

最親密的戀人居然也淪陷在那個小鬼的話術之下，讓巫文晟更討厭姊姊的小男友了。

哼，總之他是不會妥協的。

❄

提親當天早上，巫文晟搭了早班高鐵，總算在男方到場之前回到家。

「晟晟，一大早趕回來辛苦你了……」今日穿上旗袍、挽個髮髻的姊姊看起來甜美溫婉，巫文晟突然意識到姊姊是真的要出嫁了。

那個小鬼會好好珍惜妳嗎？

他年紀輕，足以做妳一輩子的依靠嗎？

妳是真心想結這個婚嗎？別像上次那樣委屈了自己……

「沒什麼，就爸叫我要出席。」心中雖有千言萬語，但就是無法說出口，他知道自己很彆扭。

之前小男友說他對姊姊冷暴力，雖然用詞過火了點，但也讓他開始反省自己是否常常不給姊姊好臉色看。

姊姊個性溫柔體貼，總是讓著從青春期開始就有些彆扭的他，他是明白的。

從小身邊的人老愛拿學業表現優異的他與成績平平的姊姊比較，她也不生氣，還一直以一路念第一志願、進一流公司的弟弟為榮。

巫文晟知道自己有個很好的姊姊，卻不太知道怎麼表現這份手足之情。

他想了想，決定給個很實用的承諾：「我答應妳，等一下會盡量忍耐那個小鬼。」

姊姊驚訝地眨眨眼，然後笑著跟他說謝謝。

過不久，小男友在他大哥、父親還有媒人的陪伴下到了巫家。小男友穿上正式西裝，收起平時跩上天的態度，乖巧地跟未來的岳父母問完安，便在一旁安靜聽長輩們談話，表情難得流露少許緊張，但眼神往姊姊那邊飄時，表情卻變得柔和，就像她是他的充電站。

哼，連你都明白娶到我姊，你有多好狗運啊。

男方送上伴手禮後，因為雙方對婚事細節早有共識，對話很快就結束，一行人移師飯廳用午飯。

一直在旁邊默默觀察的巫文晟有趣地發現，小男友其實跟他一樣，自己的父親在場時，感覺就不太自在。

那小鬼的爸爸超會削兒子，說有女人願意嫁給這個頑劣的小子真是奇蹟，能娶到這麼好的媳婦更是他上輩子修來的福氣、請親家公親家母不要客氣，就當自己兒子管教……

小男友臉色越憋屈，他就聽得越樂。

能看到這小鬼吃癟的樣子，他這趟家算是沒白回了。

在他放下所有防衛意識，放心享用著好久沒吃到的一桌母親燒的好菜時，話題卻忽然掃到他身上。

「這位就是玟盈很優秀的弟弟吧？幾歲了？有女朋友了嗎？」蘇父來個長輩問候起手式。

他不該高興得太早。

「我們晟晟比姊姊小兩歲，工作太忙了，沒時間交女朋友啦。」母親開口替他擋掉了第一波攻勢，他則配合地禮貌微笑。

畢竟對方是姊姊未來的公公，他也不想把氣氛搞僵。

「一表人才，也到了成家的年紀，如果他有興趣，我大媳婦有兩個單身的妹妹，大家可以交個朋友。」蘇父又來第二波攻勢，讓巫文晟髒話差點爆出口。

「爸，我們是來提親，不是來幫時晴推銷妹妹的。」蘇大哥冷靜地阻止父親亂作媒。「親家公、親家母，不好意思，我老婆的妹妹們很有個性，我不敢隨便幫她們介紹對象。」

還好那小鬼的大哥感覺挺可靠的，不愧是未來的家族企業接班人。

「對啊，爸，你不要這樣。」沉默已久的小男友突然開口幫腔，「我們這輩不流行長輩介紹了啦，你又不知道人家喜歡怎樣的對象，就算他不想交女朋友，也是他的自由。」略有深意的語氣，讓巫文晟不自在地嚥了口口水。

這小鬼知道……

不，不可能。

他們只見過一次，而且他與杜雨的事，連他家人都不知情。

小男友主動將話題帶到母親燒的菜真好吃，回臺北吃不到他會很想念的，姊姊則是主動幫大家倒飲料、裝甜湯，驚險的插曲就這樣過去。

依照習俗，男方一行人在中午十二點前就得離開。巫文晟不想待在家裡聽父親長篇大論地提醒他，男人有了事業，下一步就是娶妻生子云云，早就訂了下午北上的高鐵票，男方道別不久後，他也隨即離開了令他越來越不自在的家。

到了高鐵站，他走進大廳準備搭手扶梯時，便看到換回輕便常服的小男友獨自坐在手扶梯附近的長椅，邊喝著盒裝奶茶，邊用手機傳訊息。

看小男友那笑得眼睛都彎了的神情，無疑是在跟女友，也就是他姊傳訊息——姊姊要在老家住一晚陪父母，明天才回臺北。

就分開這點時間也要傳訊息，年輕人真肉麻。

不過，為什麼那小鬼一個人在這裡？跟他一起來提親的家人呢？

想著的同時，手機在口袋中震動了一下，巫文晟抽出手機，眼神立刻柔軟起來。

「結束了嗎？狀況如何？」是他親愛的戀人杜雨。

「有驚無險。」事實上，算是被姊姊跟那小鬼救了吧。

想著車班的時間快到了，好想趕快回到戀人身邊，他搭上手扶梯，迅速刷票進站，將其他事都拋在腦後。

他進了車廂，選了靠窗的位子坐下，拿出無線耳機打算進入只有音樂跟自己的世界時，一道不久前才聽過的聲線打斷了他美好的計畫。

「嗨，晟晟，不介意我坐你旁邊吧？」

不會吧……

巫文晟倒抽一口氣，轉頭就看到小男友那張很欠揍的笑臉。

❄

「我說我介意，你會換位子嗎？」

「不會。」小男友早就自動入座，大剌剌地翹起二郎腿。「自由座誰都可以坐嘛，我只是禮貌問一下。」

列車緩緩啟動，巫文晟則是毫不掩飾地翻了個大白眼。

這態勢很明顯，小男友是特地留下來堵他的。

但他今天又沒給他難看、也不算有對姊姊擺臭臉吧？

「有何貴幹？」他決定直接問。

「看在你即將成為我弟的份上，我只是想來給你幾句忠告。」

幹，誰即將成為你弟？

他立刻瞪過去。

「你不要以為你家人不知道你的性向，」小男友毫不在意地繼續說，「他們只是在等你主動開口。」

這兩句話資訊量太大，像顆炸彈突然在他耳邊爆開，巫文晟一下子承受不了。

他……剛剛說什麼？

「不然你以為我怎麼知道的？」小男友好心補充說明，「你別小看你姊跟你媽，她們的觀察力很好，卻不知道怎麼關心彆扭又愛裝沒事的你。」

再次襲來的爆炸性訊息，讓他又停頓了幾個呼吸，才能收好自己的震撼。

「……是她們派你來當說客的？」難怪小男友今天會忽然Cover他。

「不是。她們太顧慮你的感受，不敢主動發起攻勢。」小男友把椅背往後倒，放肆地將左手搭到兩人座位共用的扶手上。「但你的陰陽怪氣會讓我重要的女人們傷心，所以我要來解決這個問題。」

「……」巫文晟死盯著小男友那隻侵犯到他個人領域的左手，感覺心裡的私領域也遭到侵犯。「你憑什麼多管閒事？」

「就憑我即將成為你姊夫？」小男友故意再次提起這事，似乎他越氣他就越樂。

如果不是想到姊姊會傷心，巫文晟真想把這個囂張又欠扁的小鬼推出高鐵車廂，讓他躺在嘉南平原反省做人的道理。

「你不會以為娶到我姊，就等於成功攻略了我爸？」他壓下不悅，冷笑著挫小男友的銳氣。「我爸只是怕我姊快要人老珠黃沒行情，才勉強接受你這個沒一樣符合他標準的女婿。」

這小鬼該不會得意忘形，誤以為自己有能力改變他家專制又古板的父親吧？

「拜託，我看起來像這麼天真的人嗎？」小男友嗤笑一聲。「你以為我輕輕鬆鬆就娶到你姊了？你爸可是SSS級的大魔王呢。」

巫文晟有聽母親提過姊姊跟小男友為了不要太早激起父親的反對，祕密交往了很久才選在適合時機公開，但細節他並不清楚。他的自尊也不容許自己對這小鬼不恥下問。

「所以？」

「所以，作為一個挑戰過大魔王還活下來的前輩，我是有幾招可以傳授給你的。」小男友笑得囂張。

「不用了，謝謝。」他轉頭不看那個刺眼的笑容。「我跟你的狀況不一樣。」

他的狀況比姊弟戀加師生戀更棘手，他不覺得他爸能接受獨子喜歡同性。

「是不一樣。」他驚訝於小男友難得同意他的話時，下一句卻是——

「我不像你，還沒嘗試就放棄。」

他轉頭瞪人，小男友當然還是一點都不在意。

「我是抱持著即使永遠得不到你爸的認同，也不會放棄這段感情的覺悟在跟你姊交往的，當然她也是。」小男友堅定的眼神，令巫文晟內心有些震撼。「如果你跟你現在的對象沒有這種決心，那還是不要攤牌比較好。」

「而且，你不是沒有隊友。」小男友扳著長指，「你媽、你姊還有你姊夫我，總共三個耶，比我只有你媽一隻皇后可以用，你的戰力強多了好不好？」

即使永遠得不到認同……這句話戳中了他。

「……」為什麼這小鬼可以讓他一下感動、一下拳頭又硬了呢？

「我不會說這很簡單，我跟你姊也是付出了很多努力才有今天。」小男友的眼中，有著二十六歲的年紀少見的成熟。「但為了有天可以跟喜歡的人光明正大，那些辛苦都是值得的。」

光明正大……真的有可能嗎？

「……這不是我一個人可以決定的。」他將不在場的杜雨當作擋箭牌，掩飾自己一瞬間的動搖。

「沒人逼你今天攤牌啊，我只是來給你幾句忠告而已。」小男友將椅背歸位，突然站起身。「你可以好好想想，真的想擬定作戰計畫的時候再來找我商量。」

說完，也不給他吐槽的時間，就瀟灑地換車廂了。

這嘴賤的小鬼……居然是專程為了幫他才來的？

巫文晟心緒混亂地回到工作的城市，又掙扎了好幾個月，跟杜雨反覆討論，才下定決心要跟這個欠揍但其實很關心身邊人的小鬼討教。

當他終於拉下臉傳訊息過去時，訊息馬上被已讀，然後一串文字飛了回來——

「我很樂意幫忙啊，不過我想先聽到一句話。」

他丟個問號回去，心中浮上一種不祥的預感。

回訊在手機螢幕上跳出時，他理智立刻斷線，摔出手機。「幹！死小鬼，你做夢！」

「怎麼了？」杜雨走來幫他撿起手機，看到螢幕卻大笑出聲。

「我快跟你姊結婚了，叫聲姊夫來聽聽？」

「你到底站哪邊啊你！」他不滿地摟過杜雨的腰。

「有你的那邊啊。」杜雨順獅子鬃毛似的摸著他的短髮。「我們不是討論過了？能多一個打過大BOSS

的隊友，不是很好嗎？」

「……」他知道杜雨說得對，但他就是嚥不下這口氣。

「你對這個稱謂反應太激烈，他才一直抓著這點逗你。」

「……」對，他知道他毛很多。

「你先不要回他，等他真的成了你姊夫那天，再順理成章地叫就好了。」

「……」到了那天，他真的就能叫出口嗎？

「你姊姊選了一個愛屋及烏的好對象，要替她開心啊。」杜雨繼續哄著他，「而且你就快要多一個站在你這邊的家人了呢。」

他知道，可是……

想到不久後自己會多一個可愛又可恨的「姊夫」，巫文晟的心情一言難盡。

普天下的姊姊們，擇偶時可以考慮一下弟弟的心情嗎？

❄

「什麼事這麼開心？」見蘇祐凡盯著手機直笑，巫玟盈好奇問道。

「隱藏版關卡我也破了喔，妳看。」蘇祐凡得意地將巫文晟傳來的訊息給她看。

「你居然真的成功了……」巫玟盈不可置信地確認弟弟傳來的訊息，在看到他回的訊息時忍不住笑出聲，腦中浮現弟弟氣得七竅生煙的畫面。

「雖然他的事大概也是場長期抗戰，但妳的家人們終於都認可我有資格當妳的另一半了吧？」他拉她坐到自己長腿上，露出渴望得到她肯定的神情。

想起與她戀愛的這一路上他勇敢克服了多少困難，他又是如何愛屋及烏地關懷她的家人，巫玟盈用力點頭時，眼眶突然泛溼。「小右，謝謝你。」

「傻瓜，謝什麼？」他拭去她眼角淚光，換上淘氣表情。「我只是在維護身為姊夫應有的權利。」

這男人其實臉皮意外地薄呢——她道謝時總是故意耍帥不坦率接受。

但是，她一直很想讓他感受到，自己有多感謝他為她做的這一切。

「為了慶祝我全部破關，不然我們去吃甜——」

巫玟盈看著面前開始轉移話題的他，突然情不自禁捧起他的臉主動吻了上去，決定將感謝、感動與深深感情以唇舌的纏綿傳遞——

謝謝你，我親愛的專屬騎士。

番外完

後記　Follow your heart

很高興這個故事能有機會以實體書的面貌與大家見面。

小右跟助教這一對，原本是在另一個故事裡戲份不多的配角，在寫那個故事的過程中，我發現了他們之間也有故事存在，但究竟是怎樣的故事我不是很確定，於是試著挖掘看看，先在二〇二〇年初寫了篇短篇測試他們的潛力，寫完後，實在太喜歡他們互動的感覺，決定發展成長篇。

沒想到，這居然成為一場比我想像中更加漫長，卻也更加驚喜的寫作過程。

一開始決定寫成長篇時，就想好了這個故事的主題是要寫「如何對自己誠實」。比如，迷失在外界的眼光當中，做符合主流價值的選擇，而忽略了自己真正的心之所向——就像女主角巫玟盈一開始的狀況；又比如，即使內心深處一直明白自己喜歡的是什麼，卻因為某些原因，選擇欺騙自己，我不喜歡這個、我不需要這個、我這樣就過得很好了——就像男主角蘇祐凡一開始的狀況。對自己誠實的過程並不容易，中間要經過很多掙扎，但我始終相信，學習傾聽自己的心聲，勇敢選擇所愛，這件事終究會有回報的。

雖然主題一開始就定得很明確，這個故事卻是我寫過最卡的故事。基本上每天都處在卡稿狀態，還很一致地從開頭卡到結尾(笑著流淚)。本來以為兩到三個月可以寫完的故事，居然花了將近半年才跌跌撞撞寫完初稿，導致我中途都有點對這個故事與自己的寫作能力失去信心。

雖然一章一章推進得很艱難，艱難到我都做好這個故事也許不會太受讀者喜愛的心理準備，也早就看淡了獲得編推之類外部肯定的想法，但心裡總有個聲音告訴我——不要放棄這個故事，要相信妳喜愛這對男女主角、想寫出他們故事的直覺。

還好我聽從了自己的心聲，堅持下去將故事完稿了——後來，這個故事有幸在網路連載尚未完結時就獲得了POPO站上的編輯推薦、成為我在POPO的第一部簽約作品、通過實體書出版審核——這些我從未想過可能發生的驚喜，一個接一個來到眼前，即使是寫著實體書後記的現在，仍然覺得有些不可思議……沒想到這個故事的寫作過程，也很勵志地和故事想傳達的訊息一致了。

這是我第一次嘗試這麼糾結的故事，又是師生戀、又是姊弟戀、女主角一開始還另有男友，後來想想，大概是這麼複雜的狀況我現實生活中也沒經歷過，需要更多時間去理解角色們的心境，所以才寫得緩慢又艱難吧。（雖然中途我真的很想打自己，沒事寫什麼不擅長的虐文呢？搞得作者本人一起被虐得苦哈哈XD）但在寫這個故事的過程中，我彷彿也經歷了角色們的人生，與他們同喜同悲，故事完結時，感覺自己的人生經歷似乎也以相對安全的方式跟著變豐富了。

實體版與網路連載的初稿略有不同，但故事主軸與核心劇情是不變的。希望修稿過後的版本能帶給大家更好的閱讀體驗，也期待讀完這個故事的人，若能與我分享看完故事的任何心得或感受，對於一個創作者而言，那就是最開心的事了。

最後是很多的感謝——感謝包容我創作時會進入精神時光屋的家人；感謝站上連載時所有來打氣、追文、留言的文友與讀者；感謝發掘這個故事，並在簽約、修稿、到出版的一路上給了我很多鼓勵與幫助的責編小魚；以及雖然未曾謀面，但經營了POPO這麼棒的平台，讓這個故事能以網路連載與實體書的形式被看見的城邦原創的各位——如果不是有這麼多人的支持，這個故事也不能順利地在此與大家見面。

還有，也謝謝翻開這個故事的你。

我會繼續寫，希望下個故事再見。

裴宥

P.S. 我實在太愛這一對，所以控制不住地寫了許多篇番外（笑），歡迎到POPO原創網與裴宥的IG收看這個故事其他大大小小的番外篇喔！

國家圖書館出版品預行編目資料

灰姑娘掉落的甜點 / 裴甯作 . -- 初版 . -- 臺北市 :
POPO 出版 : 家庭傳媒城邦分公司發行, 民 110.03
面; 公分 . -- (PO 小說 ; 54)
ISBN 978-986-99230-7-1(平裝)

863.57 110001892

PO 小說 54

灰姑娘掉落的甜點

作　　者／裴甯
企畫選書／游雅雯
責任編輯／游雅雯、吳思佳
總 編 輯／劉皇佑
行銷業務／林政杰
版　　權／李婷雯

總 經 理／伍文翠
發 行 人／何飛鵬
法律顧問／元禾法律事務所　王子文律師
出　　版／城邦原創 POPO 出版　城邦原創股份有限公司
台北市中山區民生東路二段 141 號 6 樓
電話：(02) 2509-5506　傳真：(02) 2500-1933
POPO 原創市集網址：www.popo.tw　POPO 出版網址：publish.popo.tw
電子郵件信箱：pod_service@popo.tw
發　　行／英屬蓋曼群島商家庭傳媒股份有限公司城邦分公司
聯絡地址：台北市中山區民生東路二段 141 號 11 樓
書虫客服服務專線：(02) 25007718．(02) 25007719
24 小時傳真服務：(02) 25001990．(02) 25001991
服務時間：週一至週五 09:30-12:00．13:30-17:00
郵撥帳號：19863813　戶名：書虫股份有限公司
讀者服務信箱 email：service@readingclub.com.tw
城邦讀書花園網址：www.cite.com.tw
香港發行所／城邦（香港）出版集團有限公司
地址：香港灣仔駱克道 193 號東超商業中心 1 樓
email：hkcite@biznetvigator.com
電話：(852) 25086231　傳真：(852) 25789337
馬新發行所／城邦（馬新）出版集團 Cité(M)Sdn. Bhd.
41, Jalan Radin Anum, Bandar Baru Sri Petaling,
57000 Kuala Lumpur, Malaysia.
電話：(603) 90578822　傳真：(603) 90576622
email：cite@cite.com.my

封面設計／也津
印　　刷／漾格科技股份有限公司
經 銷 商／聯合發行股份有限公司
電話：(02) 2917-8022　傳真：(02) 2911-0053

□ 2021 年 (民 110) 3 月初版　Printed in Taiwan.

POPO 城邦原創 www.popo.tw　POPO 出版

定價／ 280 元
 ISBN 978-986-99230-7-1